U0082426
「真是神聖莊嚴……！」
「感、感覺好不自在喔……」
黃金經驗值I
the golden experience point
特定災害生物
「魔王」降臨競速通關

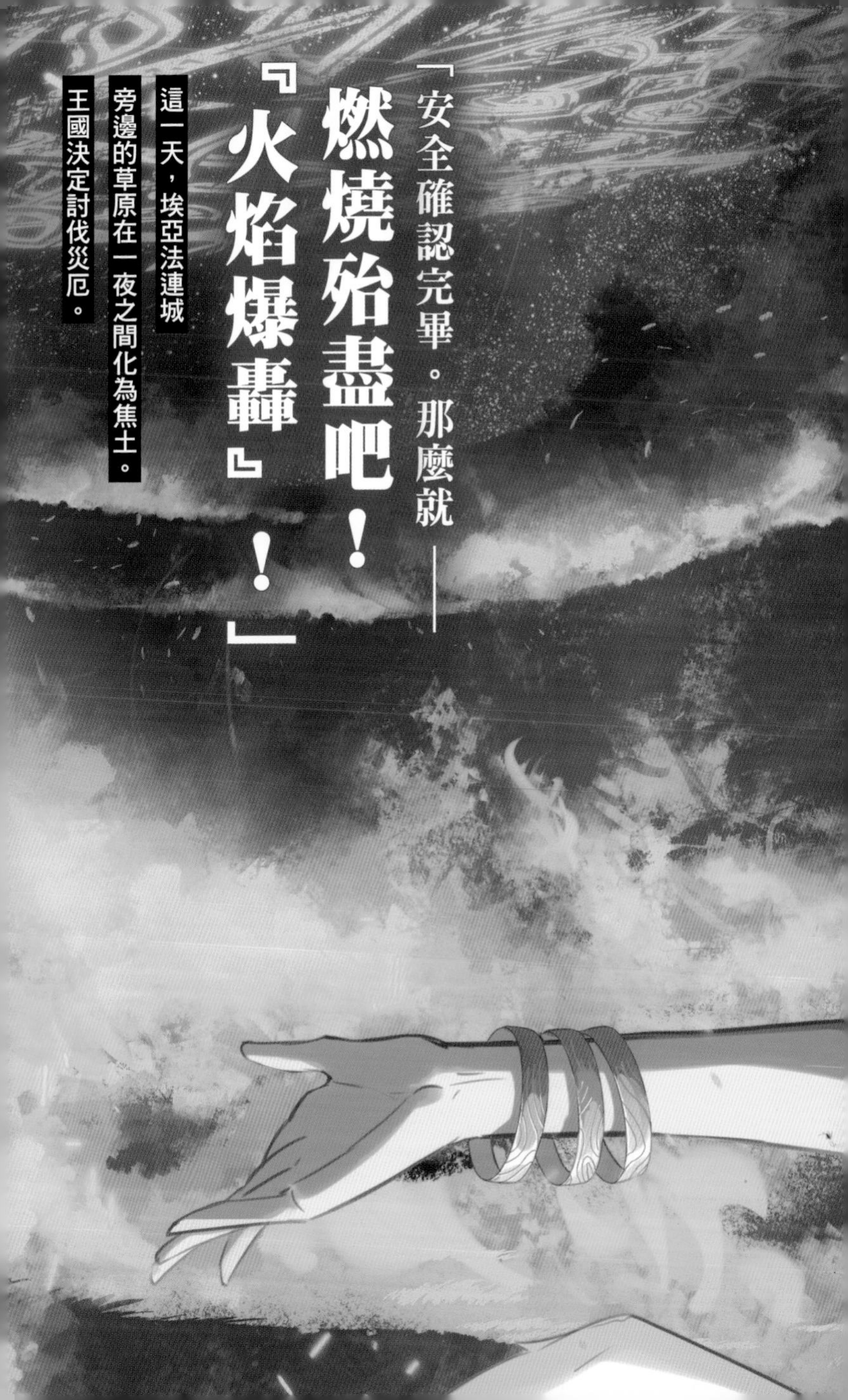
「安全確認完畢。那麼就——
燃燒殆盡吧！
『火焰爆轟』！」
這一天，埃亞法連城
旁邊的草原在一夜之間化為焦土。
王國決定討伐災厄。

（呵呵呵！沒用的！沒用的啦！你們這些臭蟲子！）
只要知道是從哪個方向飛過來，即使徒手抓箭也並非難事。

黃金經驗值

the golden experience point

特定災害生物「魔王」降臨競速通關

◆

原 純 Harajun

illustration fixro2n

◆

Kadokawa Fantastic Novels

contents

the golden
experience point

序章 ✦ 009
第一章 ✦ 蕾亞 ✦ 014
第二章 ✦ 螞蟻與狼 ✦ 053
第三章 ✦ 強化眷屬 ✦ 090
第四章 ✦ 開始正式上線 ✦ 122
第五章 ✦ 大逃殺 ✦ 170
第六章 ✦ 里伯大森林正式開幕 ✦ 219
第七章 ✦ 世界樹與高等精靈 ✦ 263
第八章 ✦ 魔王降臨 ✦ 297
第九章 ✦ 開始蹂躪人類 ✦ 327
終章 ✦ 356
後記 ✦ 364

序章

那一天，大陸各地都發生了強震。

最先出現動靜的，是設置於各國王都聖教會的大聖堂。那股震動很快便從大聖堂傳出，蔓延至各國國王坐鎮的城堡。

在這場強震中，晃動程度最大的恐怕是位於大陸東南方，一個名為希爾斯王國的人類國家。

因為這個國家正是震源地。

◆◆◆

夜晚。

草原上空出現一個反射光線、極其白皙的剪影，讓人幾乎誤以為夜空中掛著人形的月亮。

不用說，當然不可能會有人形的月亮。不對，人形月亮或許真的存在這個世界——這款遊戲的某處，但至少現在不是。

那是一名少女。只不過，她不是普通的少女。

她的頭部伸出金色的角，和頭髮同為純白色的翅膀從腰際展開。

她之所以會等待夜晚降臨，是「白化症」的缺點所致。這種病症讓她只要照射到陽光，皮膚就會輕度灼傷，又稱為曬傷。

草原在月光照射下視野意外地遼闊，不過這個時間果然沒有半個人影。因為NPC（非玩家角色）的傭兵似乎多半都在晚上睡覺，況且玩家現在的主要狩獵場是森林。

「好了，那就擊發看看吧。我在之前的活動好像是用『地獄火焰』焚燒森林？既然如此，這次就用不一樣的……機會難得，就選最強的招數吧。」

她也已經取得技能樹「火魔法」中最高階的魔法了。回想第一屆活動時「地獄火焰」的威力，雖然大致所有情況應該都可以憑「地獄火焰」解決，假使需要用到時卻沒有取得就傷腦筋了，為此她將所有能取得的屬性魔法都拿到手了。

「效果範圍內……沒有我家的螞蟻呢。雖然應該有兔子，就當作牠們運氣不好吧。安全確認完畢。那麼就——讓我展現魔王的力量！燃燒殆盡吧！『火焰爆轟』！」

◆◆◆

希爾斯王國裡有一個名叫埃亞法連的城市。

在埃亞法連城出生、靠著當傭兵維生的吉姆，這一天即使太陽下山了，他依舊繼續在草原上打獵。

最近開幕的魔法藥屋賣的魔法藥，比往常的店家要來得便宜許多。魔法藥之中，也有能讓燈燒得比平常更亮、更久的燈油。只要使用這種燈油，即使天色變暗了也能繼續打獵。雖然沒辦法撐到半夜，至少可以在城外待到城裡的定食屋開始變成酒館為止。

自從那間魔法藥屋開幕之後，城裡被稱為保管庫持有人的外來者就開始增多。也不知是真是假，聽說他們不會死亡，每天都不怕死地深入魔物占據的森林裡帶著成果歸來。儘管他們一天活動的時間似乎很短又不規律，森林獵物和草原獵物的單價相差懸殊，像吉姆這種埃亞法連出身的傭兵們要維持生計，就只能靠著拉長活動時間盡可能多獵捕一些獵物。

現在除了吉姆外沒有其他人這麼做，但是由於保管庫持有人的數量日益增加，非這麼做不可的時刻遲早都會到來。既然如此，當然是趁早開始比較好。

這一天，他也抱著這樣的想法買了燈油，即使天色變暗也依舊繼續獨自活動。正當他心想：「酒館差不多要開始營業了。」準備拔刀解決掉最後的獵物就收工時，忽然間感應到一股怪異的氣息。

那是吉姆至今從未感應過的異樣氣息。他全身冷汗直冒，焦躁難耐的情緒湧上心頭。也不知道為什麼，他覺得要是不趕快離開這裡就糟了。

吉姆緩緩地開始朝城市的方向後退。他放棄殺死獵物。現在不是那麼做的時候。

為了不被謎樣氣息發現，他原本後退得非常謹慎，之後漸漸不再那麼地小心翼翼，不久就變成面朝後方奔跑，最後終於轉身開始全力狂奔。

正好就在那個時候。

◆◆◆

四周瞬間變得亮如白晝，隨後他便感覺到全身熱到彷彿要燒起來了。
吉姆忍不住大叫。不想死的他一邊尖叫，一邊拚命繼續跑。

好不容易快抵達城裡時，只見在城牆門邊看守的衛兵們一臉茫然地注視著草原的方向。接著他們發現朝這邊跑來的吉姆，對他大聲呼喊：
「喂！就是你！發生什麼事了？剛才草原那邊——」
「等等，現在不是問那些的時候！你沒事吧？你的背……」
抵達城裡後，總算放心的吉姆就這麼昏了過去。
隔天他在診所裡醒來，得知自己的背部受了很嚴重的灼傷。所幸傷勢還在藥水能夠治療的範圍內，並不會留下後遺症，只不過為了支付藥水錢，好幾天的工資都泡湯了。
後來將吉姆送到診所的衛兵們來了。他們好像有事想問吉姆。
「聽說你得救，真是太好了。好了，我們想問你的是，昨晚草原上究竟發生了什麼事？你身為當事人應該知道才對，草原在一夜之間變成了焦土——」

◆◆◆

這一天，埃亞法連城旁邊的草原在一夜之間化為焦土。
沒有任何人知道究竟發生了什麼事。

可是希爾斯王國的高層知道。知道在事發前不久，人類的新敵人誕生了。強大到足以一夜燒燬廣大草原的力量。那股力量不曉得何時會對人類造成威脅。

王國決定討伐災厄。

第一章　蕾亞

新曆十二年。

從地球引力這副枷鎖中解放之前，人類一直傾注心力想要逃離名為肉體的枷鎖。

ＶＲ——虛擬實境技術的發展。

從前被定義為假想現實，而現今也以此為名的這項技術，時至今日已進步到即使說是一種現實也不為過的程度。不只是醫療、娛樂，還有教育領域、各種基礎建設、製造業、服務業、土木、建築、不動產、金融……該技術被運用在所有領域上，對社會做出相當大的貢獻。如今，人們已經無法想像沒有ＶＲ技術的生活。

在那樣的現代，又有一款新遊戲發表了。

《Boot hour, shoot curse》

這是一款正統的奇幻類ＭＭＯＲＰＧ（大型多人線上角色扮演遊戲），儘管並不特別創新，該製作公司至今推出過多款銷售突破百萬的作品，因此這款新作相當受到粉絲和業界期待。

發表之後，歷經多次封閉α（alpha）測試、封閉β（beta）測試，最後終於告知將大規模舉行開放β測試。

這次的開放β測試當然也具備最終測試的意義，但其實幾乎所有問題和程式漏洞都已經在之前的測試中獲得解決，因此真要說起來，搶先體驗的意味更為濃厚。根據官方公告，這次測試需要使用和正式上線時相同的帳號，角色資料也會在正式上線時原封不動地轉移。

由於表面上還是在進行β測試，在開始正式上線之前都是免費，不過官方也表明有可能會實施突發性的維護作業。

開放β測試實施在即，目前已被廣為公開的情報僅占遊戲內容的一部分。

之前在進行封閉測試時，都會簽定不得洩漏測試內容的契約書，拍攝影片和截圖等行為也都受到系統的限制。話雖如此，畢竟人的嘴巴是堵不住的，匿名社交平臺上到處都流傳著真假難辨的遊戲內容情報。

無論如何，情報的真偽很快就會真相大白。

◆◆◆

寬敞的榻榻米房內堆滿玩偶，而那些玩偶的中央擺了一臺外型粗獷的最新型VR座艙。此時一名外表成熟的黑色長髮少女躺在座艙內。實際上，她的年紀已經快要不能稱之為少女了。

（基本規則好像和封閉測試時一樣耶。）

女性——少女望著創建角色模式的專用視窗，從視窗上顯示的資料回想上一次測試。

這款遊戲沒有等級概念，也沒有刻板的職業概念。

雖然沒有等級概念卻存在經驗值，玩家須藉由消費取得的經驗值來強化角色的參數、學習名為技能的特殊能力逐漸成長。這款遊戲的系統便是如此。

遊戲從初期的創建角色階段便導入這套系統，一開始會給予玩家一百點的經驗值。

可以選擇的種族有人類、精靈、矮人、獸人、哥布林、骷髏，以及人造人這七種。

經驗值會依選擇的種族進行扣除，比方說選擇人類的扣除額為零，選擇精靈會被扣二十點；相反的如果是選擇哥布林，則會返還發放一百二十點。

參數每上升一點的消費經驗值為十點；至於技能方面，以現在可取得的技能來說，消費經驗值是從十點到四十點不等。

到此為止都和封閉測試時相同。從取得各項技能所需耗費的成本差異來看，技能的設定恐怕也都一樣。由於之前也有些技能設定了取得條件，現在顯示出來的技能應該並非全部。

比起那些，更令人在意的是特性這個項目。這是封閉測試時沒有的內容。

看樣子這似乎是表示角色的先天特性，在一開始完整掃描自己、製作虛擬化身時就已經自動取得了。

先天特性：美貌
消費經驗值：二十
妳天生就很美麗。

✦◆✦

向上補正來自NPC的好感度（中）。

從說明欄的內容來看，因為是先天特性，這個項目似乎和種族一樣，基本上只有在創建角色時可以更改。而且這個項目看來也會扣除或返還經驗值，經驗值會因自動取得的特性逕自減少。

雖然好像只要刪除該特性，經驗值就會被加回來，這麼一來虛擬化身的外貌會大幅改變。

（我好像不曉得什麼時候，曾經在VR圖書館的古董遊戲書中見過這種系統。）

被扣除二十點經驗值固然可惜，不過因為這樣就去更動外貌也有種小家子氣的感覺。於是她決定維持現狀。

這款遊戲沒有所謂升等的時機點，是採取透過消費取得的經驗值來強化角色的系統，因此這項作業基本上隨時都可以進行。

換句話說，在創建角色階段被賦予的這一百點經驗值，也沒有必要現在就全部用完。

決定選擇精靈種族之後，又消費了二十點經驗值。

接著取得「白化症」這項特性。

先天特性：白化症

消費經驗值：負二十

妳天生就是白頭髮、白皮膚和紅眼。

只要長時間曝曬陽光就會輕度灼傷。

※灼傷……會視嚴重程度，持續受損直到治癒為止。

她試圖在儘量不更動外貌的前提下取回點數，最後得到這樣的結果。

只要調整生活，拉長遊戲內時間的夜間登入時間，這項特性應該就不會造成太大的負面影響。之前封閉測試時她就已經知道在遊戲設定上，場域內的敵人有到了晚上就會變強的傾向，不過就她的主觀感受差異並不大。

再加上精靈這個種族的色素本來就很淺，即使患有「白化症」，外表看起來也不會太醒目。

既然都做到這個地步了，可以的話，真想把選擇精靈種族時被扣掉的二十點拿回來。

先天特性：弱視

消費經驗值：負三十

妳的視力很差。

無法瞄準遠處。

向下補正對中距離目標的命中與準確度（中）。

當依靠視力瞄準時，無法攻擊遠距離以上的目標。

好重的懲罰。但是如果不打算進行中、遠距離攻擊，實際上就不會有任何損失。這點程度的讓步，只要之後取得眼鏡之類的道具，或是利用魔法什麼的彌補過去就不成問題。

如此心想的她，最後決定好名字便結束創建角色。
角色的名字是「蕾亞」。
能夠使用字數這麼少的名字，也是β測試和搶先體驗的一項優點。
目前的經驗值是一百一十點。
託先天特性的福，儘管是能力值占優勢的種族，依舊能夠以正數的經驗值開啟遊戲，這一點可以說非常有利——假如取得經驗值的規則和封閉測試時一樣。

◆◆◆

遊戲開始後隨即進入的教學解說無法略過。
支援AI會夾雜影像解說遊戲的世界觀和玩家基本應該知道的資訊等。這一點固然好，可是不僅如前所述無法略過，時不時還會確認：「你剛才有在聽嗎？」就算想當成耳邊風也沒辦法。
歸納其內容的重點——
PC（玩家角色）和NPC在系統上的差異就只有「能否接收系統訊息」這一點。
至於NPC和怪物在系統上則無分別。
並且依照設定，即使玩家已經登出，玩家的虛擬化身仍會繼續留在現場沉睡。
大概就是這樣子。

在將近一小時的冗長說明中，支援AI特別強調的事項就只有這樣。內容和封閉β測試時完全相同。

話雖如此，NPC身上搭載的AI和怪物身上搭載的AI還是有智能上的差別，而且即使同為NPC或同為怪物，彼此之間也有堪稱個性的差異。

這個注意事項恐怕蘊藏了道德方面的暗示吧。也就是說，例如不要因為對方是NPC就擺出盛氣凌人的態度，或者因為對方是怪物就濫殺無辜，希望玩家避免做出這類欠缺思慮的行為。

總之，無法略過的教學解說結束之後，蕾亞在一個潮溼陰暗的場所生成了。那裡似乎是某個洞窟的死胡同，腐敗的氣味在空氣中瀰漫。明明沒有光源卻不是完全黑暗這一點雖然令人在意，有可能是因為這裡是初始地點的關係。

稍微環顧一下周遭，沒有發現敵人，也沒有見到玩家的身影。

玩家可以粗略選擇遊戲開始之後的初始生成位置。只要從大陸的六個國家之中任選一國，就會隨機出現在設定於該國境內的幾個初始生成位置的某處。

大陸的六個國家皆為所謂的人類種國家，像是人類居多的國家、精靈國、矮人居多的國家、獸人居多的國家等，都是遊戲世界中被分類為人類的種族經營的國家。

可是，讓一開始選擇哥布林或骷髏種族的玩家，從那種靠近人類聚落的地方開始遊戲會有問題。在人類種國家的影響下，哥布林和骷髏是人們討伐的對象，因此有被居民通報、遭討伐隊攻擊的危險。選擇哥布林或骷髏時會返還較多經驗值，也是為了補償這方面的缺點。而且假使當場死亡了，除了接受死亡懲罰外，還會在初始生成位置重生。假如衛兵正在警戒四周，想必很快又會遭到討伐吧。

死亡懲罰自動製造系統於焉完成。

話雖然這麼說，由於身為ＮＰＣ的衛兵和居民身上搭載了高階ＡＩ，他們實際上並不會做出持續不斷討伐的異常行為。即使要討伐，只要他們判定對方是會從特定場所突然現身的怪物，應該也會在現身位置設置籠子或陷阱將其逮捕。只是不曉得被人類種捕獲的魔物玩家之後會有何種命運就是了。

為了避免陷入那樣的絕境，玩家也可以選擇六國以外的地點。

那便是人類種國家口中的「魔物領域」。

在魔物的領域裡，基本上不會有人類種。儘管未必不會遭受同種族的魔物攻擊，總比會不由分說就動手殺人的人類種要來得稍微能夠理性往來。

蕾亞生成的初始位置，便是那樣的魔物領域之一。她雖然是精靈又被分類為人類種，無論任何種族都可以自由選擇初始生成位置。

蕾亞之所以選擇這裡，是基於先天的特性。「白化症」怕陽光，「弱視」則不適合身處在視野遼闊的場域。

她現在所處的地點，恐怕是從感覺像是為了骷髏之類的角色準備的洞窟類初始位置中，隨機挑選出來的。

由於魔物不像人類種一樣有國家之分，如果不選擇六國，就得像蕾亞所選的「洞窟環境」一樣選擇周邊環境。因此，雖然可以確定她現在所處的地點是某個魔物領域，卻不曉得這裡靠近哪個國家。

對身為精靈的蕾亞來說，屬於魔物領域的這一帶只有敵人。她首先必須找到可以作為據點的地點才行。

儘管不清楚洞窟內是否有敵人，假使她是以骷髏身分開始遊戲，應該也會面臨同樣的問題，因此這裡應該會有某種類似安全區域的地方才對，而她只要找出來就好。

既然已經決定好行動方針，就應該迅速展開行動。要是在這個死胡同裡遇襲，有可能會陷入重生殺的無限迴圈中。

由於蕾亞目前不具備任何技能，只能憑藉角色的基礎運動能力抗敵。

如果是和封閉測試時相同程度的初始敵人，那麼憑現在的能力值也能徒手應付。不過考量到自身的技術，可以的話她還是希望對方是人形的敵人。

走了一小段路後，她貼在洞窟的第一個岔路口牆壁上，只露出半張臉窺視轉角的另一頭。沒有看見會動的東西。雖然洞窟內原本就昏暗，再加上先天的特性使得她的視力很弱、看不清楚，不過她至少還分辨得出有無動靜。

等了一會兒還是沒有出現會動的東西。

她用石頭在岔路口的牆上做記號，決定姑且先往右側前進。她沿著牆壁走著走著，忽然見到洞窟前方像是轉角的牆壁另一頭，流瀉出微弱的光線。

假如那是出口，而光線是陽光，那麼她現在就算出去也只會讓皮膚受傷。可是，她有必要事先掌握洞窟的出口在哪裡。

她小心翼翼地朝著光線走去。

隨著越走越近，她聽見像是有人在說話的聲音傳來。

（魔物領域的洞窟中有人類種嗎……？）

不對，未必是人類種，也有可能是會說人話的魔物。無論如何，從聲音的反響程度來判斷，那裡感覺不像離洞窟的出口很近的樣子。

既然不是出口，這個光線很有可能是某人基於某種目的準備的。魔物會做這種事情嗎？

這麼說來，對方果然是人類種嗎？說不定是碰巧在同個地點生成的玩家。

為了確定這一點，她謹慎地把頭探出牆壁窺視。正好就在這時，身在該處的人物出聲說：

「──我去後面小便一下。」

◆◆◆

凱莉望著營火的火光一面心想：

（能夠發現這個洞窟真是太幸運了。）

這座洞窟位於進入魔物領域後走沒多久的地方。這個地方照理說本來應該不會被人發現，但是看在成員之中眼睛最尖的萊莉眼裡卻是一目了然。

她們決定暫時把這裡當成據點在此生活。因為人類的國家裡沒有她們的容身之處。

位於魔物領域內的洞窟——

闖進這裡的凱莉一行人，是一群原本在貓獸人聚落裡生活的孩子。

也許是受到魔物領域擴大的影響，那個聚落的作物收成量和能夠捕捉到的獵物日益減少，使得居民漸漸難以維持生計。

接著聚落的大人們為了解決生計問題，打算將孩子們賣掉，結果凱莉四人逃了出來。

可是光憑幾個孩子要活下去是不可能的。

因為聚落附近的食物本來就很少，再加上又靠近魔物的領域，有可能會遭到凶暴的怪物攻擊。假如被聚落的人發現帶回去，這次肯定會被賣去聽都沒聽過的地方。

最年長的凱莉帶著三名兒時玩伴拚命逃跑。

她們逃到隔壁的聚落，一邊小心翼翼地隱藏行蹤一邊搜刮田裡的作物。晚上則偷偷潛入建築物，竊取衣物、刀刃和蔬菜以外的食物。當然她們也曾被居民發現，而當時她們選擇了殺人逃逸。之後她們又前往下一個聚落重複同樣的行為，拚命地求生存。

有時她們也會遇到正在和自己做同樣行為的大人們，和對方發生衝突。可是凱莉一行人的身材比大人來得嬌小，動作又敏捷，而且彼此之間的團隊默契絕佳，總是能夠成功打贏他們。隨著每次勝利，凱莉一行人的能力逐漸增加，無論是狩獵野獸還是大人的技巧都變得越來越好。

同業人士雖然和野獸不一樣，沒辦法吃下肚，但是他們擁有武器和金錢。武器能夠成為戰力，金錢則可以到城裡交換食物，因此算是不錯的獵物。

她們過了好一陣子這樣的生活，白天時在樹洞或草叢裡度過，到了晚上再一邊活動一邊縱向穿越國土。注意到時，她們已經逃離自幼生長的聚落長達五年。

她們在不知不覺間進入到魔物的領域，然後萊莉發現了洞窟。

那便是她們現在所在的這個洞窟。

這個洞窟從入口進來之後，會先經過一段狹窄彎曲的路徑，之後空間就會變得開闊起來。四人決定把這個大空間當成據點。

然後就在她們探索完洞窟稍事休息時，最年幼的瑪莉詠去了廁所。

留下來的三人用營火準備餐點，可是瑪莉詠卻遲遲沒有回來。

廁所應該就在旁邊的死路裡而已。難道她去了深處的地底湖？

「妳們先吃，我去看一下。」

凱莉這麼說完，便從廣場走進通往深處的橫洞，卻沒見到瑪莉詠的身影。這個橫洞分成兩條路，一邊是死路，另一邊則通往地底湖。她打算先看一下死路，如果裡面沒人就去地底湖找人。

當她拐彎走進死路的那條岔路之後，忽然就在一陣撞擊下失去意識。

◆◆◆

「……原來如此，我還在想魔物的領域裡怎麼會有人類種，原來是廢物敵人的盜賊啊。」

蕾亞突襲在通道上遇見的盜賊，將她們一一打倒，最後又在大空間一次打倒兩人。雖然應該沒有殺死她們，在將全員移動到廣場的過程中卻沒有任何一人醒來。

仔細想想，如果今天是以魔物虛擬化身在魔物領域開始遊戲，要是四周都是同種的怪物而且能夠溝通對話，就無法輕鬆地在這一帶賺取經驗值了。

可是倘若事先在生成候補地點旁配置人類種的盜賊，那麼無論玩家是魔物虛擬化身還是人類虛擬化身，同樣都能獲得經驗值。這樣的配置真是考慮周詳。

蕾亞記得之前支援AI在教學解說時提醒過，因此她為了以防萬一，並沒有奪走盜賊們的性命。其實蕾亞隨時都能殺死她們，可是NPC不會重生。再說就算不殺人，當蕾亞成功令她們無力化時也已經獲得了大量經驗值。

在這款遊戲中，獲取經驗值的方法其實不只有戰鬥。

生產活動也能獲得經驗值，另外像是進入某處行竊後順利逃出而不被任何人發現，這種既非生產亦非戰鬥的行動也能得到經驗值。

在那種情況下獲得的經驗值，會受到行動的難度和自己現在的實力影響。這裡所說的「自己現在的實力」僅指當下的技能和能力值，完全沒有參考目前持有的經驗值。也就是說，假如是完全沒有使用經驗值的玩家從事生產活動，其所獲得的經驗值會遠比把經驗值用在技能或參數上獲得成長的玩家來得多。

當然前提是要成功，雖然失敗了還是多少可以獲得經驗值，相比之下取得生產技能來提升成功率的效率還是比較好。

光是擁有經驗值一點意義也沒有，必須用在參數或技能上才能發揮其價值。以蕾亞來說，她在創建角色時非但完全沒有使用初始的一百點，反而還以增加為一百一十點的狀態開始遊戲，因此在系統判定下，她在各種領域都比外行人還不如。

但是蕾亞內心的盤算，是要反過來利用這個不利的狀況。

受到老家家業的影響，她在現實世界中曾經學過護身術。那是為了富家子女而創立，由同族之人自古鑽研至今、歷史悠久的流派。一方面由於學習的都是富家子女，該護身術的理念是要讓體格、肌力和靈活度不佳的人也能秉持合氣道和古武道所宣揚的「理」，毫髮無傷地打倒對手。

基於這樣的概念，該流派並不推崇進行一般的鍛鍊來增加多餘的肌肉。這樣的觀念儘管老舊，身為富家子女最重要的還是必須保持女性化的美麗樣貌。

理所當然的，該流派長年以來一直都被武道愛好者批評是空有滿口理想。

可是VR技術的躍進，使得這樣的狀況澈底改變。因為這項技術將不必鍛鍊身體就能進行鍛鍊一事化為可能。

「理」的精髓在於如何不花自己的力氣打倒對手。只在腦中完成修練，在現實中讓自己的肉體和腦中想像互相結合，藉此追求所謂的「理」。

蕾亞自懂事起便被要求一有空就要用VR進行這項鍛鍊。自己的虛擬化身能力值低落這一點，反而正合她意。

原本站在遊戲平衡的角度，系統會以初始生成時玩家的持有經驗值已全數用盡為前提進行調整。蕾亞早在封閉測試時，就得知應該會是如此了。

蕾亞因得到出乎意料的大量經驗值而在內心暗自竊笑。

剛才的戰鬥總共讓她獲得三百點經驗值。若再加上原有的，她現在持有的經驗值已高達四百一十點。

雖然不清楚為什麼能獲得這麼多，因為她暫時還不打算使用，決定先把昏厥的盜賊們綑綁起來，等到之後再思考。

由於盜賊們身上沒有繩索之類的東西，她便把她們的衣服脫掉，用衣服綁住手腳。她讓盜賊們保持適當間距倒在地上，再一個一個地強制讓她們清醒過來。

終於要和NPC第一次接觸了。對了，突襲不算是一種接觸。

可是，枉費她為了難得的初次接觸興奮不已，卻因為盜賊們醒來後不停地咆哮掙扎，根本沒辦法進行對話。

無可奈何之下，她只好每當盜賊們吵鬧便仔細地說服她們。由於這個狀況很難用言語說服，她行使了最原始且最有效率的說服手段。

反覆說服好幾遍之後，盜賊們總算慢慢變得比較文明。

終於可以開始第一次接觸了。對了，行使說服手段不算是一種接觸。

「好了，先從自我介紹開始吧。我的名字叫蕾亞，如妳們所見是一名精靈。妳們幾個是獸人嗎？代表人是誰？啊，我允許代表人可以開口說話。」

蕾亞好聲好氣地說完，剛才最吵鬧的那名盜賊戰戰兢兢地報上名來。

「……我……我叫凱莉……妳、妳這傢伙究竟素……」

「妳這傢伙？妳媽媽難道沒有教妳說話要有禮貌嗎？既然我是坐著的，而妳們幾個被綁起來倒在地上，就算不用想應該也知道誰的地位比較高吧？」

「噫……！對、對不擠！那麼我該怎麼稱呼才好？偶父母沒有教過偶那種素情！」

「……原來是這樣啊？看來妳的家庭不太注重教育耶，真是糟糕。『妳這傢伙』用比較優雅的說法表現就是『妳』。只要記住這一點，以後就不會再受不必要的傷了喔。對了，我看妳好像很不方便說話，要不要喝魔法藥？」

語畢，蕾亞從背包中取出LP（生命點數）藥水擺在凱莉面前。

所謂背包是玩家從遊戲開始時就可以使用的系統功能之一，是一個能夠放置持有物品的神祕空間。

剛才她取出的藥水從一開始就在那個背包裡，現在背包裡還剩下九瓶。

凱莉滿臉狐疑地瞪著ＬＰ藥水發出哀號。

「這個素……這個素什麼……？素毒藥嗎……？妳打算毒死偶們嗎……？」

「妳難道不知道什麼是藥水嗎？是一般人都不知道？還是只有這個地區是如此？奇怪……可是我以前去城裡時，曾經看到賣藥水的商店啊。」

「偶們沒有在城裡……買過衣服和糧食以外的東西……」

「什麼啊，原來是這樣。這是能夠療傷的魔法藥啦。雖然可能沒辦法完全治癒，應該能恢復到可以好好說話的程度。好了，妳乖乖地別動，我餵妳喝。」

她打開藥水瓶倒入凱莉口中。

好像是藥水刺激到口腔裡的傷口了，凱莉雖然一瞬間皺起臉，隨即用吃驚的表情注視蕾亞。

雖然為時已晚，蕾亞直到現在才想到這四人有可能不是盜賊。

因為見到髒兮兮的武裝集團身在似乎是魔物領域的洞窟內，而且還一副像在這裡生活的樣子，於是蕾亞立刻出手攻擊。可是現在回頭想想，像是接受某種委託來此調查的傭兵，或是住在附近村莊的獵人來這裡休息，其實也有其他更加和平的可能性。

既然出現在生成地點旁，就一定是沒用的小怪物——這完全是遊戲式的後設觀點。而以這款遊戲來說，沒有費心做那種安排的可能性比較高。

因為這款遊戲在正式發表時，雖然被視為是以追求真實性為最大考量的劃時代全新系統，也有傳言說這是世界模擬器的運用測試。

儘管蕾亞並不相信那一點，既然那個傳言中摻雜了一些真實性，那麼這款遊戲就不可能會在模擬異世界的環境中特地為每位玩家預作安排。

只不過這雖然是結果論，應該不會有傭兵不知道什麼是藥水，即使是獵人也至少應該聽過才對。再加上她們似乎和城市、村落少有往來，盜賊說也就成為了最為有力的說法。

「好了，既然已經不痛了，那就把妳們之前過著什麼樣的生活，以及在這個地方做什麼告訴我吧。」

◆◆◆

在此之前，萊莉和別人互相廝殺從來沒有輸得這麼澈底。

她在不知不覺間失去意識，再次睜眼時發現四人全都遭到綑綁，倒在地上。

她們的領導人凱莉大吵大鬧企圖反抗，可是白色女人只是稍微碰她一下、抓她一下，凱莉就發出前所未聞的慘叫大聲哭泣。白色女人聽了她的哀號聲，皺起臉來要她閉嘴，接著就打了凱莉。凱莉的嘴巴因此滲出血來。

在目睹那一幕之前，萊莉、芮咪和瑪莉詠原本也一直在大聲咆哮，可是後來馬上就安靜下來，並且這輩子從來不曾表現得如此乖巧有禮。因為這是她們第一次見到忍耐力很強的凱莉哭泣，她們不認為自己有辦法承受得住。

後來凱莉又吵鬧了好幾次，可是每次都會上演相同的景象。過了一陣子，凱莉終於也變得安靜乖巧了。

見到凱莉安分下來後，白色女人報上自己的名字，凱莉也說出自己的名字。凱莉的用字遣詞惹得白色女人有些不開心，使得其他人在旁邊看了一臉驚恐。

白色女人讓凱莉喝下奇怪小瓶子裡的液體，之後凱莉原本明顯腫脹的臉頰立刻消腫，恢復成原本的模樣。凱莉目瞪口呆地看著白色女人，其他三人也是如此。

女人好像讓凱莉喝下名為魔法藥的東西。這大概就是那個魔法藥的效果吧。

澈底放棄反抗的凱莉開始道出至今為止的遭遇，其他三人也幫忙補充不夠完整的地方。原本以為擅自開口會挨罵，結果白色女人只是微笑著聽她們說。

看樣子，白色女人說不定比想像中來得溫柔。

畢竟她雖然痛毆了四人一頓卻沒打算殺死她們，也不像要把她們賣去別處的樣子。如果她打算把她們賣了，她根本沒必要聽凱莉說話，也沒必要用厲害的魔法藥治療凱莉才對。

萊莉至今從未見過像她這種人類。這句話的意思並非「她不是獸人」。

要是我們的母親像這個女人一樣既強悍又溫柔，我們四人現在或許還會在聚落裡生活吧。不知為何，萊莉總覺得其他三人應該也有相同的想法。

凱莉說著說著就哭了起來。萊莉原以為凱莉是因為很會忍耐才會至今都沒有哭，但是她錯了。她到現在才明白，凱莉是因為自己年紀最長才不敢哭泣。因為她必須堅強起來才行。

由於現在比凱莉更強的白色女人出現，她才再也克制不了自己。

◆◆◆

大致聽完盜賊們的遭遇之後，蕾亞嘆了一口氣。

一來是因為她們的遭遇比想像中還要悲慘；二來則是從她們的說話方式來看，她們的記憶似乎源自真實的體驗，而這一點正是問題所在。

好了，這是怎麼一回事呢？

遊戲中的世界非常遼闊。

雖然好像是利用生成隨機地圖的演算法，自動持續演算好幾年來完成地圖和物體的數據，要維持每一個生物種都能安然地在這片廣袤土地上生存競爭的規模，究竟需要多少數量的ＡＩ呢？

即使搭載智慧生命體等級ＡＩ的生物生存密度不如地球的人類，並且持續和強大生物爭奪棲息領域，少說應該也需要幾十億個高階ＡＩ吧。

究竟是誰幫這麼多的ＡＩ設定記憶呢？還有，那人又是如何將記憶灌輸到全世界所有生物身上，並且將所有記憶分毫不差地連結起來呢？

比起那麼做，從開始上線的短短幾年前開始，就以幾千倍的加速時間讓傳聞中的世界模擬器運作起來這個說法，感覺要遠遠來得實際多了。

若真如此，那麼這裡無疑就是被模擬出來的異世界。

話雖如此，蕾亞在那方面的技術上完全是個門外漢。說不定現在已經成熟發展出專門由AI指導AI的技術，又或者是憑蠻力硬幹也不無可能。

蕾亞放棄繼續想那件事，轉而思考眼前的盜賊們——四名少女的事情。

她們的模樣非常寒酸。不僅任由頭髮胡亂生長，耳朵和尾巴的毛髮也毛毛躁躁的，感覺觸感很差。她們四人現在的毛色雖然相似，卻髒到讓人看不出實際顏色。

從剛才把人摔出去的感覺來推測，凱莉的身高大概是一百七十公分，萊莉則是和蕾亞差不多的一百六十公分左右，但是年少的兩人身材明顯比同齡者要來得嬌小。她們在年幼時期恐怕沒有攝取到足夠的營養吧。

蕾亞並不是不同情、不可憐她們的身世和遭遇，只是對她們為了不受他人壓榨，能夠毫不猶豫地奪取對方性命的這份果決更為欣賞。

在現實社會裡，那樣的生活方式是嚴重的犯罪行為，而這一點即使在這個世界恐怕也一樣。然而從她們的話中聽來，她們似乎並沒有成為懸賞目標。不知是因為很會打鬥，還是很懂得適時撤退，總之她們似乎有那方面的才能。

儘管已經確定她們是盜賊，蕾亞卻覺得把她們的生命轉換成經驗值很可惜。

不曉得有沒有能夠把NPC永久帶在身邊的系統呢？

✦◆✦

「原來如此……我已經明白妳們的身世了。過去真是辛苦妳們了。不過，就像今天在我面前屈服一樣，只要妳們繼續過著那種生活，早晚有一天會被某人奪走一切。妳們明白這一點嗎？」

蕾亞的話似乎令四人深受打擊，她們露出一副從沒想過那種事情的表情。不過這也難怪了。

「可是，我們就算去城裡也沒有地方可以睡，再說既然城裡沒有其他像我們這樣的人，那麼就算搶錢也沒關係吧？」

「啊啊，要從那裡開始啊？」

蕾亞決定先從獲取金錢的正規手段開始教起。

為此，像是貨幣經濟的機制、何謂經濟活動、說明社會結構、六個代表性國家的起源等——因為這些官方網站上都刊載了概要，因此就原原本本地說出來——就必須針對這些進行說明。因為花的時間很長，蕾亞說明到一半就解開束縛，讓四人把衣服穿上。

由於她還允許四人自由發問，這堂課整整花了大約五小時才結束。

枉費蕾亞為了能從遊戲一開始就全力衝刺，隨隨便便就結束角色創建，結果這下全白費了。

不過反過來想，能夠和NPC產生交流或許也不是什麼壞事。雖然蕾亞完全不知道這幾名少女身為NPC究竟有多少用處。

她一邊這麼想一邊瞥向少女們，結果發現她們用閃閃發亮的眼神注視著自己。目光中充滿了尊敬和敬愛，令人感覺好不自在。

「精靈蕾亞大人真博學，我還是第一次遇見這種人。而且妳還很溫柔。」

「不僅非常強悍，而且還很溫柔。」

年長的凱莉和萊莉用閃亮的雙眼大力讚美蕾亞。

年少的芮咪和瑪莉詠則在一旁不停地點頭附和。

「呃，我才不溫柔哩。我只是喜歡向他人解釋說明，才會因為想做而這麼做啦。」

「可是以前從來沒有人這麼仔細地教導我們。」

「從前在聚落時也是，每次只要拿不懂的事情去問人，對方都會說：『不需要在意那種無聊事。』然後把我們打一頓。」

「那真是……難為妳們了。」

話雖如此，在人口＝勞動力的村莊社會裡，會有這種情況或許也是無可奈何。畢竟一輩子都不會離開聚落，知不知道貨幣經濟和國家起源根本沒差。說不定被提問的那個大人其實也是因為答不出來才會那麼做。

「妳果然好善良喔。」

凱莉直視著蕾亞說。

那雙閃亮的眼睛原本平靜無波，此時卻有些不安地閃爍。

「精靈蕾亞大人，求求妳，請妳當我們的首領。」

『並未取得符合的技能。要收服【個體名：凱莉】需要「使役」。』

出現了奇怪的錯誤訊息。

蕾亞
凱莉

（咦？什麼，收服？可以收服ＮＰＣ嗎？）

不只是好像可以收服人類種ＮＰＣ這個驚人的事實，就連遊戲裡有收服系統也是第一次聽說。以前封閉測試時並沒有這個系統。儘管有可能只是沒被發現，至少蕾亞並不曉得這個系統的存在。

蕾亞完全不知道那是什麼樣的系統，不過既然系統發出了錯誤訊息，應該就表示某人做出了和收服有關的行動。

照常理來思考，八成是凱莉剛才的發言。也就是說，「請妳當我們的首領」這句話被系統判定為她希望被蕾亞收服。可是由於蕾亞這一方沒有收服相關的技能，因此請求未被受理，並且出現了錯誤訊息吧。

在進行封閉測試時，眾多測試員會在創建角色階段嘗試各式各樣的技能配點，觀察技能的組合和技能樹的成長，挖掘出形形色色的技能和附帶條件的技能樹。

為了嘗試各種技能組成，玩家必須一再反覆地創建角色，於是便上演了所謂的重置馬拉松。

就連那個時候，也沒有發現收服類的技能。

這麼一來可能性或許就有兩個，一是封閉測試時不存在這項技能，二是雖然存在，可是設有無論怎麼使用一百點的初始經驗值也無法取得的條件。

若真如此，那就表示無論情況為何，不是沒有玩家知道有收服類技能這件事，就是有但人數極少，而蕾亞正是那極少數之一。

蕾亞莫名感到興奮起來。

她原本並沒有打算要搶先其他玩家，或是在情報戰中立於優勢地位。

可是，也許只有自己才知道的情報實在太吸引人了。

儘管可能也有其他玩家同樣基於某種理由而滿足條件，進而收到錯誤訊息，從這次的案例來思考，那種可能性恐怕非常低。

蕾亞想必是因為獲得ＮＰＣ的高度信賴才滿足收到錯誤訊息的條件，但是應該沒有多少人能夠像她一樣在遊戲開始後短短五小時內，就從零開始建立起如此深厚的信賴關係。

「不可以……嗎？」

凱莉滿臉不安地嘀咕。

糟糕，不小心把重要的收服對象擻在一邊了。

「不會啊？我當然不介意當妳們的首領，反而還覺得求之不得呢。只不過嘛，我現在有些事情必須思考，所以麻煩妳們暫時讓我自己靜一靜。妳們不用吃飯嗎？說到這裡，我看妳們剛才好像正打算用餐的樣子。」

蕾亞這麼說完，四人立刻一副放心地放鬆肩膀，開始用營火加熱已經冷掉的食物。

蕾亞瞅了她們一眼便自顧自地思考和收服有關的技能，以及系統訊息所說的「使役」技能。

可能性最高的應該是技能樹的「調教」。也就是「使役」「調教」過的ＮＰＣ。

可是之前進行封閉測試時，技能樹「調教」裡面就只有「調教」。然後「調教」是主動技能，其效果是「成功時，能夠在一定時間內操控對象的行動」。比方說，在和怪物作戰的過程中，讓「調教」成功的怪物和其他怪物起內鬨、彼此相殘，這項技能的使用方式便是如此。這麼一來實在和收服沒什麼關係，單純只是一個刁鑽的妨礙技能罷了。

再說如果要進行妨礙，「精神魔法」的「混亂」同樣也能辦到。雖然無法指定對象的行動，對象一旦陷入混亂狀態就會攻擊最靠近自己的存在，因此也能獲得類似的效果。而且這個技能的發動成本也比較低。

同樣都是「精神魔法」，「魅惑」和「恐懼」的取得成本雖然比「調教」來得高，成功率卻也高於「調教」。只要合併使用那些技能的取得前提技能「自失」，成功率又會更加提升。倘若再對處於魅惑或恐懼狀態的對象使出進階技能「支配」——

（莫非關鍵是「精神魔法」嗎？）

這一點不無可能。「支配」這個詞聽起來很響亮。

可是如果要取得「精神魔法」的「支配」，包括取得前提技能在內，必須消費的經驗值最少也要一百五十點，光憑初始經驗值根本無法取得。

假使必要條件是在遊戲內採取特定行動，或是和特定ＮＰＣ產生連結，那就只能投降放棄了，但是如果嘗試取得可能有關的技能後還是行不通，就只要再賺取經驗值重來一次就好。

既然凱莉她們身上也搭載了高階ＡＩ，即使現在無法收服她們，她們應該也願意和自己一起行動。畢竟蕾亞似乎即將成為她們盜賊團的首領。

這麼一來，或許應該利用手中現有的情報，盡可能事先進行考察。蕾亞想要嘗試其中可能性最高的方案。

她決定先把「精神魔法」當成可能性之一予以保留，思考其他途徑。

「召喚」是給人感覺和收服一詞有些差異、似是而非的技能。

和「調教」一樣，技能樹「召喚」裡面也只有「召喚」技能。這個「召喚」是一種能夠將指定種族中隨機選擇的個體召喚到自己身邊的技能，一旦十分鐘的限定時間過去，或是召喚對象死亡，又或者發動的施術者死亡，個體就會被送回原本所在的位置。

根據能夠閱覽可取得技能詳情的說明欄，發動「召喚」時，召喚對象會被迫選擇是否回應召喚。這時如果召喚對象拒絕，對象就會被判定為抵抗「召喚」，而當抵抗成功時，「召喚」便會以失敗告終。

召喚對象因為是從施術者指定的種族中被隨機挑選出來，抵抗的成功率會隨個體的能力值差異而有很大的落差。換言之，基於結構上的因素，「召喚」這項技能的成功率隨時都很不穩定，因此被測試員們視為所謂的噱頭技能。

（話說回來，為什麼只能隨機召喚呢？）

「調教」也是一樣，一個技能樹裡面居然只有一個技能，這樣實在太沒效率了。很難想像營運方會無緣無故設計成這樣。

同樣技能樹裡面只有一項技能的還有「煉金」技能，不過玩家在取得技能樹「調藥」的「調藥」之後，能夠製造魔法藥的「煉成」就會出現在技能樹的取得清單中。由於「煉金」技能本身的效果是「發動煉金系統的技能時必備。為煉金系統技能的判定加成」，若只有單一技能便毫無意義，因此看起來前提還是得取得隱藏在技能樹中的技能。

假使「調教」和「召喚」也設定了相同的條件，那麼關鍵究竟是什麼呢？

總而言之，蕾亞決定先假設技能樹「調教」和「召喚」還有發展可能，並將其當成可能性之二予以保留。

這一次蕾亞打算不是從收服，而是從使役的面向去思考。

說到使役，初始取得清單中感覺最相近的就是「死靈」了。一般聽到死靈術，都會產生使役可憐死者靈魂的印象。

可是「死靈」也和先前兩者相同，是只有「死靈」這一項的技能樹。效果是「能夠將距離自身中等距離內的屍體化為活屍，在五分鐘內任意操控其行動。五分鐘過後便會回歸塵土，不留下屍體」。乍看之下很有用，可是如果屍體內有靈魂殘留，就會和「召喚」一樣受到抵抗。雖然沒有靈魂殘留的話就能立刻製造出活屍，因為活屍全都弱到只要遭受一記攻擊便會瓦解，實在讓人不知如何評論是好。

直到現在蕾亞才終於有種感覺，那些看似有關聯的技能樹全是感覺微妙的單發技能，是有人在背後刻意為之。雖然這可能只是她一廂情願的想法。

✦◆✦

在洞窟的大空間裡，凱莉等人好像快要用完餐了。

雖然她們不時會遞食物給蕾亞，她並不覺得餓……應該說，她現在實在沒有那個心情吃飯，於是便委婉拒絕了。

時間已經到了。是時候必須為考察作出結論，然後付諸行動。

經過先前的一番考察，蕾亞想到的可能性大致有三個。

第一，「精神魔法」的「支配」是條件之一。

第二，「調教」和「召喚」等技能樹還有發展的可能。

第三，「死靈」、「調教」和「召喚」之間有關聯性。

儘管這三者皆無根據，又漸漸變得是情急之下冒出來的想法，總算有姑且可以依循的指標了。經過蕾亞的計算，現有的經驗值足夠進行驗證。

可是，要是為了一次驗證就投入大量經驗值，蕾亞之後會沒辦法好好地在這一帶賺取經驗值。若想要有效率地賺取經驗值，就必須移動至別處去打倒和投入的經驗值相當，又或者稍微高階的敵人。然而說到她能否在手上的技能都很微妙的狀態下，有效率地和難度適當的敵人作戰，這一點恐怕有困難。

雖說已經作好心理準備，如果能憑少量投資解決一切，那是再好不過。

因此蕾亞決定把最耗成本的「精神魔法」擺到後面，先試著取得「調教」、「召喚」，以及「死靈」。

她總共消費六十點，取得那三項技能。全部取得之後，她重新確認各個技能樹，結果可取得技能並未增加。

◆◆◆

（算了，果然不出我所料。現在還不是慌張的時候。）

若是這個當下已滿足取得條件，那麼應該早就看到了才對。

這麼一來，接著就是「精神魔法」了。

如果要取得「支配」，首先必須消費「自失」的十點，再來是「恐懼」和「魅惑」各四十點，最後是「支配」的六十點，總共花費一百五十點。

仔細想想，蕾亞雖然已經作好當預測失敗時，只能憑微妙的技能去賺取經驗值的心理準備，但其實光是取得這些「精神魔法」，就算是相當完整的「精神魔法」特化技能配點了。

「精神魔法」的判定是參考ＭＮＤ（精神力），因此只要把剩餘經驗值全部投入ＭＮＤ中就足以戰鬥。只要ＭＮＤ增加，發動技能時所需的ＭＰ（魔力值）最大值就會增加，所以效率也很好。

既然如此，那就沒必要猶豫了。

蕾亞消費一百五十點，一口氣取得技能樹「精神魔法」的「支配」。

假如考察正確，這下可取得技能應該會增加才對。

（好了，首先從「調教」開始確認……）

技能樹「調教」裡面沒有增加新技能。

技能樹「召喚」裡面也沒有增加新技能。

然後技能樹「死靈」裡面——出現名為「魂縛」的新技能。

（來了！就是這個！我果然沒有搞錯方向！）

興奮的她毫不遲疑就支付經驗值。

新取得的「魂縛」效果是「奪取死亡一小時以內的屍體靈魂。另外當發動『死靈』時，若對象屍體內有靈魂殘留，則可封鎖對象對『死靈』的抵抗。假如持有靈魂庫存，可消費庫存，選擇【活屍】類、【人造人】類和【魔像】類作為『精神魔法：支配』的對象」。

（好強！……可以這麼說嗎……？）

光從單一技能來看，效果就只有「奪取屍體的靈魂」，用途不明。說得更直接一點，甚至感覺只是用來營造氣氛罷了。

可是因為在取得這項技能的當下，最少也應該已經擁有「死靈」和「支配」，而「魂縛」能夠彌補這兩個技能「成功率低」和「只能以生物為對象」的缺點，可以說非常有用。雖然不太清楚什麼是靈魂庫存，那大概是指透過「魂縛」奪取的屍體靈魂吧。

只不過，取得的所需經驗值為六十點，明明是技能樹裡的第三項技能，取得成本卻和「支配」一樣高。

即使只想支付經驗值獲得這項技能，光是把「支配」到「死靈」都湊齊就得消費一百七十點，只憑初始經驗值根本辦不到。

考慮到輕易就能進行重置馬拉松的封閉測試時並沒有先天特性這個系統，目前取得這項技能的玩家應該很少。這是一般人不知道有，應該就不會想去嘗試的技能配點。知道有「魂縛」這項技能的玩家恐怕少之又少吧。

還有另外一點，那就是「魂縛」能夠奪取的是死亡一小時以內的屍體靈魂。若將這個事實和「死靈」的特點合併思考，則可以推斷出這個世界的死者靈魂會在屍體內殘留一小時。

蕾亞意外發現因為沒人想去驗證，結果一直被人以為只是用來營造氣氛，或是跟屍體損壞程度有關的「殘留靈魂的屍體」，其實是「死靈」的發動條件。

總之，這下成功取得強化「支配」和「死靈」的被動技能了。雖然已經用掉累積下來的經驗值的三分之二，這麼一來總算勉強可以作戰了。

蕾亞開心得不得了，懷著「就算接下來沒有任何進展也無所謂」的心情再次確認「調教」。技能樹「調教」裡依舊只有「調教」。既然只有一個「調教」，那樣根本不算是樹，是不是應該把技能樹這個名稱改掉比較好啊？她一面這麼心想，繼續打開技能樹「召喚」。

結果多了一項可取得技能「契約」。

她幾乎是半反射性地支付經驗值。

其效果是「以契約束縛一度召喚成功的對象靈魂。之後再次召喚時，可以選擇已訂立契約的角色作為召喚對象，並且那個時候對象不會抵抗召喚。能夠把利用『死靈：魂縛』奪走靈魂的屍體當成活屍，追加進契約者名單中」。

和「魂縛」一樣，這項技能純粹是用來強化基本技能「召喚」。再加上還能讓取得條件「魂縛」產生追加效果，威力十分強大。不枉費一路收集到這裡，最少也得消費三百一十點經驗值。

此時的蕾亞，應該可以說已經能憑「精神魔法」、「死靈」和「召喚」這三大招牌技能作戰了。儘管支付出去的經驗值相當多，也已經完全回本了。

先前的考察已被證實有很大一部分準確無誤。

蕾亞十分確定「調教」裡面也已經出現新的技能。

然後正如同蕾亞所相信的，技能樹「調教」中新出現的可取得技能果然是「使役」。

蕾亞的情緒頓時高漲到最高點。

她甚至可以斷言，自己是此時此刻唯一取得「使役」的玩家。

來到這一步必須付出的經驗值為三百九十點，是玩家初始持有點數的將近四倍。不可能有其他玩家願意把這麼大量的經驗值投入到實用性低的「召喚」和「調教」上。

然後蕾亞到現在才明白，她一路以來取得的技能組合是最有效率的。

「使役」的取得條件是「調教」和「契約」。

「契約」的取得條件是「召喚」和「魂縛」。

「魂縛」的取得條件是「死靈」和「支配」。

雖然「調教」、「召喚」和「死靈」是她一開始便取得的，自從「精神魔法」之後，事情可以說進展得一帆風順。不對，其實也可以反過來說正是因為先取得了那三項技能，她才能夠發現取得「支配」之後，可取得的新技能就會被解鎖這個事實。

運氣太好了。感覺簡直就像把一生的好運都用完了。

不，不只是運氣。蕾亞也充分進行了考察。這也是拜她自己的才能所賜。

取得的「使役」效果如下：

「收服對象成為自己的眷屬。若對象被判定抵抗成功，『使役』便會失敗。透過『召喚：契約』束縛靈魂的契約者不會抵抗『使役』。透過『死靈：魂縛』奪取靈魂的活屍不會抵抗『使役』。當自身受到『精神魔法：支配』影響的對象抵抗『使役』時，會對判定進行向下補正。本人可與所有眷屬共享經驗值。發動『召喚』時，可選擇眷屬作為召喚對象。倘若眷屬死亡，在遊戲內時間的一小時將無法召喚眷屬。」

這項技能堪稱是至今技能配點的集大成。

然後就在蕾亞確認完技能的詳情之後，系統傳來了訊息：

『保留中的課題可以解決。能夠收服【個體名：凱莉】。』

看樣子，假使某件事情因為所需技能或條件不足而無法處理解決，就會被予以保留。雖然不太可能會一直保留下去，而且就算設有時間限制也不奇怪，如果是從備餐到用餐完畢這樣的時間，系統似乎就願意等待。

蕾亞執行了收服凱莉的動作。

由於她並沒有發動技能，如果是對方主動希望被收服，那麼也許玩家就算只是持有「使役」而不發動，也一樣可以成功收服。

成功收服的瞬間，凱莉猛然抬起頭看著蕾亞。

「凱莉，抱歉讓妳久等了。我想妳應該知道，妳剛才已經成為我的眷屬了。這麼一來，我就是妳名實相符的首領了。」

「是，首領！謝謝妳！」

蕾亞確認了一下，發現她變得能夠看見凱莉的能力值和技能組成。雖然經驗值的項目是零，這應該就如同說明欄所述，是因為和蕾亞共享的關係吧。

至於蕾亞持有的經驗值會增加，不是因為她成功收服凱莉於是獲得經驗值，就是因為凱莉所擁有的未使用經驗值被統合進來了。

凱莉的技能是專精近身戰的技能配點，除了技能外，她也花了相當多的經驗值在能力值上。應該說，她的能力值比蕾亞現在的總經驗值要高上許多。要是她認真作戰，剛剛完成角色創建的玩家恐怕贏不了她。

「啊，好奇妙……我至今從未有過這種感覺……可以感受到首領……讓人好安心……」

反觀凱莉則變得像是吸了木天蓼的貓咪一樣。算了，應該遲早會習慣吧，蕾亞只能這麼告訴自己。

由於其他三人也露出羨慕的眼神，蕾亞催促她們也宣示服從自己，成功將她們所有人收服。

之後，蕾亞隨即收到系統訊息：

『成功討伐冠名級敵人【山貓盜賊團】。』

『私人領域【山貓盜賊團的祕密基地】已解鎖。』

『要將【山貓盜賊團的祕密基地】設定為領地嗎？』

（領地系統！原來還有這種東西啊！）

話雖如此，現在應該在意的不是那一點。

凱莉她們好像是四人一組的特殊頭目。

也就是說，蕾亞的初始生成位置就在特殊頭目的初始配置地點旁。

一般會建議魔物虛擬化身選擇的生成地區，的確是洞窟、火山和遺跡這類即使有小頭目也不奇怪的場所，可是蕾亞萬萬沒想到自己竟會在這麼近的地方生成。

由此可見，魔物虛擬化身一開局的難度就異常地高。

也難怪選擇魔物種族時，能夠得到較多的初始經驗值了。不過話說回來，若是不幸和蕾亞一樣生成在頭目旁邊，就算獲得的經驗值比較多，應該也會立刻陷入絕境吧。畢竟蕾亞的生成地點還是洞窟的死胡同。

蕾亞為了能從遊戲一開始就全力衝刺，特地極度精簡技能配點，又為了掩飾缺點選在魔物領域開始遊戲。因為是魔物的領域，她格外謹慎行動，結果遇見的頭目是她擅長的人形。她發動突襲打倒頭目，因為沒有殺死對方，結果陰錯陽差地獲得收服的情報，於是她幾乎花光手中的經驗值，讓那個頭目成為眷屬。

只要蕾亞在過程中採取任何不同的行動，或許就會出現不一樣的結局，因此她簡直可以說有如神助。

既然如此，那麼應該可以順勢將這裡設定為領地吧？雖然這裡是昏暗的洞窟，仔細想想，這或許對既是白化症又有弱視的她而言是最適合的地點。看來果然有神明在暗中保佑。

✦◆✦

設定為領地之後，隨即就能開始使用住所清單。

蕾亞立刻開始確認，直到深處的地底湖都被包含在領地的範圍內。她原本還覺得範圍異常廣大，結果實際上只有大空間和狹窄通路而已，並沒有那麼寬敞。

「對了，妳們的名字是【山貓】嗎？」

「不是，我們幾個是貓獸人，不是山貓。」

「我不是那個意思。」

「嗯？」

看樣子她們這個集團並沒有特別取名。算了，不重要。

無論如何，隨著得知凱莉等人其實是特殊頭目這個事實，蕾亞之前感到困惑的幾個問題也跟著獲得解決。

得到超乎預期的大量經驗值。

成為眷屬的凱莉等人比想像中還要強。

以及剛才蕾亞持有的經驗值再度增加。

這恐怕主要來自成功收服身為頭目的凱莉等人時，所獲得的成功報酬吧。

目前蕾亞持有的經驗值是三百二十點。由於她並不打算花在STR（肌力）、VIT（體質）等肉體類參數上，看來只能用於除此之外的參數、取得技能，或是讓凱莉等人成長了。

即使要用在凱莉等人身上，最好還是等弄清楚和眷屬一同戰鬥時的經驗值取得規則以後再說。再加上，雖然蕾亞並不想積極嘗試，她也希望能夠先確認眷屬死亡時是否會受到死亡懲罰。

封閉測試時規定NPC死亡後不會復活，不過不曉得眷屬是不是也一樣呢？

話說重新計算之後才發現，即使把現今擁有的三百二十點全都投入到蕾亞身上，凱莉還是比她強。既然已經成為她們的首領，蕾亞似乎也應該強化一下自己比較好。因為現在的技能配點和ＭＮＤ的契合度佳，她姑且投入了兩百點提升ＭＮＤ，再使用四十點取得「精神魔法」的「混亂」和「睡眠」。

既然姑且算是和頭目交過手，這下事情應該算是完整落幕了。

接下來必須為了下一次冒險採取行動。

首先必須將這個領地布置得像據點才行。由於玩家登出時會處於睡眠狀態，為了舒服地登出，有必要準備睡覺的地方。

其實倒也不是非有床鋪不可，不過至少要有可以讓地面變得不那麼堅硬冰冷的東西。儘管不得已時也只能直接躺在地面上，還是應該努力保持文明。話雖如此，畢竟這裡是洞窟裡面，沒辦法要求太多，應該頂多只有野生動物或魔物的毛皮吧。雖然不曉得洞窟外面的環境如何，又有什麼樣的生物，應該會有長了毛皮的動物才對。畢竟聽凱莉她們說，這個洞窟位在森林裡。

第二章　螞蟻與狼

蕾亞決定帶所有人到洞窟外探索。

不過在那之前，由於四人的模樣實在太寒酸，她先讓她們到洞窟深處的湖邊洗澡。

雖然光憑普通的水無法修復毛髮的角質層，至少還是可以洗去髒汙。之前髒兮兮的模樣讓毛色看起來都一樣，可是經過耐心清洗之後，光是憑藉火把的火光也能看出她們的髮色各不相同。

凱莉的頭髮應該是較為明亮的紅褐色系。那是叫做紅銅色嗎？如果是在明亮的場所，顏色想必會看起來更加鮮豔，但不曉得蕾亞有沒有機會見到就是了。

萊莉的頭髮是烏賊色，也就是接近深褐色的顏色，在洞窟中最不醒目。

芮咪的髮色是更加明亮的土黃色。這樣形容雖然感覺不太好聽，只要讓角質層恢復健康，應該就會變成顏色較深的金髮。

洗頭時最辛苦的就屬瑪莉詠了。不知道是不習慣洗澡還是怕水，總之她就是討厭洗頭。蕾亞原本還在想為什麼她不管怎麼洗，汙垢還是洗不掉，後來才發現她的髮色原本就是那樣的樣子。那是比萊莉更深的深褐色。

蕾亞很希望之後能夠找到洗髮油或藥品來讓她們變得更乾淨漂亮，不過現在這樣就已經是極限了。假如有剪刀之類的好工具，她也想幫她們把毛髮好好修剪、梳整一番，但是目前暫時只能請她們忍受這個只是把放任生長的頭髮隨便剪短的凌亂髮型。

來到洞窟外面時，太陽已經下山，天色暗到幾乎看不見前方。

這對蕾亞來說是一件值得慶幸的事。因為這樣她就不必在意陽光，況且無論天色昏暗還是明亮，她都無法看得太遠。

月亮雖然好像已經出來了，因為被蓊鬱的樹木擋住，使得月光照射不到地表。

遠處傳來某種野獸的尖銳叫聲。看來這裡的夜行性野獸也很多。

「凱莉，妳對這座森林熟悉嗎？」

「不，我們也是最近才來，所以不是很熟。就連那個洞窟也是今天早上才發現的。」

對喔，她們之前好像就提過這件事了。

她們明明才剛來，洞窟就已經成為山貓盜賊團的祕密基地了啊？說不定，無論是祕密基地還是特殊頭目，接下來原本都會繼續這麼成長壯大下去。

「首領之前人在洞窟的哪裡啊？我們找到洞窟時全部巡視過一遍，可是並沒有發現任何魔物或其他生物存在。」

「啊，關於這一點其實我也不清楚。因為當我回過神時，人就已經在洞窟深處了。後來我因為發現妳們——持有武器的陌生人，才會忍不住出手攻擊。」

「原來是這樣啊……世界上果真是無奇不有呢。」

雖然有可能是因為雙方是主人和眷屬的關係，她未免太容易相信別人了吧？還是說，是因為她的ＩＮＴ(智力)太低才會這麼笨——個性這麼單純呢？

若真如此，是不是應該不惜讓她成為近距離物理攻擊者，也應該在某種程度上把經驗值投入ＩＮＴ啊？

可是憑現在的經驗值，那麼做也讓人不太放心。畢竟接下來必須賺取五人份的經驗值才行。

考慮到戰力也有五人份，整體雖然感覺不變，依照遊戲的設定，恐怕打倒的對手也得擁有相應的戰力，才能夠獲得讓人滿意的經驗值。

✦◆✦

這次探索的目標，是毛皮、糧食和經驗值。也就是有毛的可食用魔物。

表明完目的之後，瑪莉詠隨即蹲下來抽動鼻子。

「首領，有野豬的氣味。」

瑪莉詠的技能中有「強化嗅覺」，大概是那項技能的效果吧。

蕾亞指示瑪莉詠追蹤氣味，然後吩咐芮咪注意周遭的聲音。芮咪有「強化聽覺」的技能。

在由瑪莉詠領頭、蕾亞居中的隊形下，五人在森林中謹慎地緩緩前進。

因為蕾亞已經在其他遊戲體驗過很多次森林漫步，完全沒有被樹根和落葉絆倒。走在前面的瑪莉詠和萊莉也會揮舞柴刀，幫忙清除從頭頂上方垂落的藤蔓和妨礙移動的草叢。

「……停。」芮咪制止一行人前進。

「……有爭執的聲音。是野獸在彼此爭執嗎？」

而且瑪莉詠接著說：

「也有傳來血的氣味。應該是野豬和狼。」

「萊莉，妳先去窺探一下情況。」

「好。」

萊莉聽從凱莉的話，獨自前往偵察。

萊莉有「強化視覺」和「鷹眼」的技能。「鷹眼」是技能樹「弓」中的一項技能，能夠在瞄準遠距離目標時提升命中率，次要效果是容易看見遠方物體。畢竟如果看不到就沒辦法瞄準了。

「啊，首領對不起，我自作主張了。我一時沒忍住平常的習慣……」

「沒關係啦，我不介意。反倒是像這樣團體行動，還有需要立刻作出判斷的時候，妳大可之後再取得我的許可不要緊。話說回來，這種時候我們不需要屏住氣息，還是可以照常說話嗎？」

「嗯，沒關係。反正對方是野豬和狼，雙方的鼻子都比我們來得靈敏，所以當我們發現牠們時，牠們也早就發現我們了。」

「原來如此啊。」

看來在森林裡要偷襲野生動物非常困難。雖然這說起來也是理所當然。

可是，就連被認為感覺敏銳的獸人在利用技能強化嗅覺之後，嗅覺還是不如野生的狼，這樣的話普通玩家究竟要怎麼獵狼呢？這一點實在令封閉測試時沒有去探索森林的蕾亞難以想像。

過沒多久，萊莉回來了。由於蕾亞的視力不佳，萊莉看起來就像突然從黑暗中現身一般。

「就跟瑪莉詠說的一樣，是狼沒錯。牠應該正在攻擊我們鎖定的野豬。」

「知道了。首領，現在要怎麼辦？」

凱莉的工作似乎是向成員下達指示，以及向首領蕾亞尋求意見。只是與其說指揮命令系統意外地明確，更給人一種接近野生獸群的感覺。

「不如我們就坐收漁翁之利，等野豬倒下了再攻擊狼……我雖然很想這麼說，還是趁野豬還活著時一口氣解決雙方好了。不然白白錯失經驗值太可惜了。」

只要順利被判定為「同時和兩頭敵對動物作戰」，能夠獲得的經驗值或許多少會增加一些。

「明白了。妳們幾個去吧。」

凱莉這麼說完，隨即轉頭望向蕾亞。

「啊，首領，我們可以去嗎？」

「當然可以。既然妳判斷這麼做可行，就儘管去把那兩頭擺平，不用顧慮我。」

聽到蕾亞這麼說，凱莉露出猙獰的笑容消失在黑暗中。其他三人也緊跟在後。

蕾亞也循著聲音，前往疑似正在進行戰鬥的地點。

森林裡大概有開闊的場所吧，戰鬥聲從光線稍微明亮的前方一帶傳來。蕾亞躲在樹木後面偷偷探查。

在那裡，野豬、狼和山貓們正在上演三方會戰。

「話說，野豬和狼都好巨大啊！這絕對不是野生動物而是魔物吧！」

狼的身高比凱莉還要高一些，全長目測應該超過三公尺。

至於野豬則又更巨大了。光是身高似乎就有三公尺。

蕾亞原以為森林裡有開闊的場所，但現在看起來應該是這兩頭把樹木撞倒了，這裡才會形成廣場。

狼好像一直在鎖定攻擊野豬的腳，只見野豬的腳步已經搖搖晃晃。凱莉也一邊牽制狼，一邊朝著野豬的腳揮劍。

不停用劍攻擊以大型車般的體型跑來跑去的野豬這種事情，蕾亞實在模仿不來。大概是凱莉擁有的「敏捷」和「輕巧」技能發揮了效果吧。

也許是凱莉的攻擊生效了，野豬終於重重地往前倒下。這時不知從哪裡飛來的箭射穿了牠的眼珠。野豬發出慘叫一面往後仰，大大地甩頭。大概是看準了野豬從一邊甩到另一邊、瞬間靜止的那一刻，箭再次射穿牠的另一隻眼。這想必是芮咪和萊莉的傑作吧。她們的技能裡有「弓」。

可能是因為太巨大的緣故，刺中雙眼的箭似乎沒能直達腦部，野豬依舊痛苦地掙扎。

但此時野豬的意識裡已經沒有狼和山貓們了。

「雖然我之前一直手心冒汗緊張地從旁觀戰，其實我並不是不能出手干涉。」

機會正好。蕾亞決定趁現在測試自己的技能和能力值。

「好了，首先是──『自失』。」

一瞬間，她感受到某種像是抵抗的感覺，不過那份抵抗就像破裂般旋即煙消雲散，只見狼兩眼失焦定在原地。

那是自失的異常狀態。

「首領，妳做了什麼嗎？」

「是啊。凱莉，妳先不要攻擊。接著是『魅惑』。」

「自失」僅能令對象失去行動能力幾秒鐘，必須在期間內使出「魅惑」或「恐懼」才行。

這一次蕾亞完全沒有感受到抵抗。陷入自失狀態的對象對「魅惑」和「恐懼」進行的抵抗會受到向下補正。

狼瞇起雙眼，抽動著鼻子朝蕾亞的方向走來。牠大概是受到施展「魅惑」的蕾亞吸引。

「成功了。再來是『支配』。」

儘管做出些許抵抗，狼仍在走到蕾亞附近後低下頭來。

「最後是『使役』。」

狼躺在地上露出肚子，幾乎沒有抵抗。

「……唔嗯，成功了。看來即使對手是敵對的敵人，只要巧妙使用『精神魔法』還是可以『使役』呢。」

從凱莉等人的戰況來看，這隻狼的實力顯然比較強。如果是四對一或許還能從容取勝，假如是一對一就只能逃跑了。

「使役」之所以能輕易成功，一部分有可能是因為蕾亞使出魔法干預戰鬥，但最大的原因恐怕單純是因為蕾亞的MND很高吧。

由於蕾亞的能力值不如凱莉等人，她靠著消費經驗值進行了補強，不過只投資在MND一點上的做法有點太過火了也說不定。

冷靜地回頭想想，她雖然抱著稍微投資的心態花了兩百點，可是兩百點相當於初始經驗值的兩倍。根本沒有玩家會不去取得任何技能，單單只把兩百點花在ＭＮＤ上。

就算和能力比現在的蕾亞略高的凱莉相較，蕾亞的ＭＮＤ數值也是她的三倍以上。只是比凱莉一人強一點的魔物，不可能有辦法抵抗ＭＮＤ判定。

「話說回來，既然只比身為特殊頭目候補生的凱莉四人稍弱，那麼以遊戲的開局來說，這兩隻狼和野豬算是相當強的敵人耶。這座森林是怎麼回事啊？」

我到底生成在什麼地方啊？

事到如今，蕾亞並不感到後悔，只是想到如果有善良的骷髏角色玩家遭遇到類似情況，就不禁深感同情。

「總之，這次的狩獵成功了。我們把野豬帶回去吧。」

「首領，最好先在這裡把獵物分解。倘若不趁活著時盡可能把血放掉，肉會變難吃。」

「原來如此，這麼說也對，那就交給妳們了。芮咪和萊莉則負責戒備四周。啊，等等。」

這時，蕾亞決定交辦工作給新同伴。

「欸，狼先生，你應該明白你已經屬於我了吧？接下來我們要在這裡處理野豬，希望你能在這段期間幫忙戒備，不要讓其他野獸靠近。」

蕾亞一邊用手指撥弄倒地的狼肚毛，一邊這麼說。之後狼隨即站起身，不時微微抖動鼻子和耳朵，開始緩緩地沿著廣場邊緣走動巡邏。

成功收服的瞬間，凱莉等人似乎也明白這隻狼已成為自己的同伴，於是澈底放心地背對牠。

蕾亞因為無事可做，便在一旁觀察狼的技能配點。

裡面有好幾個從未見過的技能。

大概是會在特定條件下解鎖的類型吧。如果是這樣的組成，感覺凱莉等人應該也有辦法取得，可是實際見過凱莉等人的技能之後，卻又覺得不太可能成功。

看樣子，取得技能的開放條件好像不是只有其他特定技能的組合。真是幸好「使役」不是那種類型。

狼的先天特性中有「嗅覺特別敏銳」和「聽覺特別敏銳」這幾項。魔物和野生動物似乎會利用先天的特性，從出生那一刻起就讓種族間產生差異。仔細想想，明明是狼卻必須取得技能才能擁有敏銳嗅覺，這樣未免太不合理了。這類先天特性，也許有可取得的種族和不可取得的種族之分吧。

那隻狼的種族名是「冰狼」，看來牠果然是魔物。只不過明明是冰狼，被人撫摸肚子時的態度卻一點都不冷冰冰。

姓名欄是空白的，這下得替牠取名字才行。因為解體作業也差不多快結束了，蕾亞決定等回去安頓好之後再取名。

「首領，處理好了喲。我們已姑且用毛皮把肉包住，內臟等不需要的部位待會兒則會掩埋起來，但是骨頭要怎麼辦？肉可以請狼搬運，可是骨頭沒辦法帶回去。」

「沒關係啦，全部由我來拿。瞧。」

蕾亞這麼說完，將肉、毛皮、骨頭和內臟全都收進背包裡。

「首領，肉消失了！這是首領做的嗎？」

「是啊。這是一種叫做背包，將物品藏進祕密場所的方法。」

「好厲害……！妳是怎麼做到的啊？」

「怎麼做到……關於這個問題……嗯……就是把東西收進看不見的袋子裡，又或者說是用大袋子的袋口套住想要裝的東西，然後直接封起來吧。」

要說明應該是透過系統在運作的背包非常困難。反正能夠使用背包的大概只有玩家，就算解釋了也沒什麼用。

「我聽不懂……」

「沒關係啦，我下次再解釋給妳聽。先不管那個了，既然目的已經達成，那我們就回洞窟裡去吧。」

蕾亞隨口用場面話回應，一邊站起身。這時，剛才一直在戒備四周的狼用鼻尖磨蹭了蕾亞的腹部。

可能是因為已經眷屬化的關係，蕾亞莫名可以理解狼想說什麼。

「咦？什麼？家人？你不是孤狼嗎？」

看樣子狼似乎有家人。

孤狼這個詞聽起來雖然帥氣，正確的意思其實是在狼群中爭奪權力失敗的輸家。

蕾亞沒見過其他這個種族的狼，不過這麼說來，牠確實不像在權力鬥爭中失敗的弱小個體。牠在與凱莉等人和野豬作戰時，完全沒有讓人感受到那種卑微的感覺。現在可能是因為服從蕾亞的關係，牠看起來根本就是一隻巨大的家犬。

「好吧，既然你有家人，那我就一起照顧吧。畢竟把你們拆散，感覺很可憐。」

此時的蕾亞已經決定不去在意「使役」數量增加所帶來的缺點了。

只要眷屬增加，所需要的經驗值就會增大，而且取得效率也會下降。然而就如同剛才在凱莉等人的戰況中所見，相反的作戰風險也會減少。

以剛才的戰鬥來說，讓同等級或實力略高的狼無力化所能得到的經驗值，約莫和單獨打倒和自己同等級的敵人時所得到的量相同。雖然若是由五人來分，這些經驗值的確相當少，戰鬥時間也相對很短。儘管單人作戰的效率算起來還是好很多，多人作戰卻能夠穩定地賺取經驗值。

蕾亞雖然在發現「使役」這些特殊系統後興奮地大肆運用，其實她原本並不打算積極地鑽研攻略和進行ＰｖＰ（玩家對戰），單純只想好好地享受遊戲而已。她只是因為太過期待，除了開放β測試外也主動應徵參加封閉測試，結果就成為了測試員。

要是效率降低，到時只要用次數補回來就好。

一行人在狼的領頭引導下，在森林中前行。

這條路應該就是所謂的獸道。因為平常在此走動的野獸過於巨大，使得人類也能輕鬆通行。

走了一陣子之後，她們發現前方有一個和蕾亞的領地相似的洞窟入口。看來這裡便是狼一家人的巢穴。

因為狼好像要先單獨進入洞窟，其他人便在外頭等候。

由於應該是首領的狼已經受到蕾亞支配，應該不會有問題，不過進到裡面之後未必不會遭到其他敵對的個體攻擊。在完全不清楚洞窟狀態的現在，還是極力避免那種情況為上。

過了一會兒，狼回來了。後面還跟著一群看起來跟牠同種的狼。

蕾亞收服的個體果然體型最為巨大，接著有一頭體型較小的個體，其餘六頭狼的體型則和現實世界的大型犬相當。這六頭的體型大小雖然確實和現實中一般的狼一樣，臉和腿這些部位卻感覺胖嘟嘟的。

這樣的身形輪廓，讓牠們看起來簡直就像只是比較大隻的小狗。

「這也太可愛了吧……」

狼群似乎已經理解狀況了，牠們一來到蕾亞面前便低下頭。

『可收服冰狼、小狼、小狼、小狼、小狼、小狼、小狼。』

狀況大概和凱莉等人當時一樣吧。看來似乎不需要發動技能。

「很好，你們一家從今天起就是我的家人了。我是你們的首領，可以嗎？」

蕾亞如此宣示完畢後，狼群紛紛聚集到她身邊用鼻尖磨蹭她的腿，然後倒在地上翻肚。

「好乖、好乖，你們真乖……」

小狼的肚子摸起來比剛才的狼還要溫暖。因為每隻都很巨大，儘管她花了好一段時間才摸完所有狼，內心卻感到十分滿足。

據狼所言——雖然沒有真的開口說話——牠們雖說是一家人，其實並非全部都有血緣關係。牠們原本所在的狼群遭到襲擊，在眾人四散逃竄的過程中，由於這頭狼和體型第二大的狼碰巧就在小狼們身邊，牠們便保護小狼們逃難至此。牠們這個種族原本棲息在更北邊的地方。

「說得也是，畢竟都叫做冰狼了嘛。我就覺得奇怪，你為什麼會出現在這種地方。」

話雖如此，現在的蕾亞卻連她口中的這種地方也不熟悉，她只是從氣溫和溼度推測這裡的緯度應該不是很高罷了。

「對了，我們接下來要返回自己的據點，不過在那之前，我可以看看你們的據點嗎？裡面已經沒有東西了嗎？」

感應到狼群表示應允，於是蕾亞進入洞窟探險。

她明明是為了得到毛皮才離開洞窟，如今卻感覺越來越偏離目的了。反正蕾亞本來就打算悠哉享受遊戲，所以沒關係。

再說，狼可是光一頭就足以和凱莉四人交手的魔物。倘若牠們和凱莉等人一樣，全員在這座洞窟等待自己前來，威脅性肯定更高。

既然如此，狼有可能也是特殊頭目。既然這裡是特殊頭目的巢穴，那麼或許也可以設定成領地。確認完裡面的格局之後假使覺得不錯，說不定也可以搬到這裡來住。幸好蕾亞她們沒有在另一個據點留下任何物品。

洞窟內部比另一個據點還要寬敞。

蕾亞進來後才發現這一點，但其實仔細想想，她就算把狼群帶回另一個據點，也只有小狼們有辦法通過狹窄的入口。也就是說，蕾亞從一開始就沒有選擇的餘地。

儘管寬敞程度不同，格局倒是十分相似，同樣往裡面走一會兒就會出現一個開闊的場所，並且似乎還可以再往深處走去。

這裡的大空間呈現葫蘆形，又或者說是將兩個圓形和緩地連在一起的形狀，深處的牆上則有橫洞。和另一個據點的龜裂型橫洞不同，這個橫洞呈現不自然的圓形，大小足以讓人類體型的人物匍匐前進。

「咦？那是什麼啊……」

雖然狼群說裡面已經沒有東西了，實際上恐怕並非如此。或許應該把那個洞的另一頭視為有人居住才對。太可疑了。既然考慮將這裡當成據點，就應該先將疑點排除掉。

蕾亞剛才進入洞窟時並未收到私人領地的導覽訊息，不過等到收拾掉前方有可能存在的未知居民後，導覽訊息說不定就會開放了。由於蕾亞完全不知道成為私人領地的條件為何，這裡也有可能本來就是無法滿足領地條件的物件。若真如此，到時只要放棄這裡，想辦法擴大另一個據點就好。

「我想要調查那個洞的另一頭，該怎麼做才好呢……」

「應該只能潛入吧？因為不知道裡面有什麼，不如就由我們幾個先進去看看。」

「——汪呼！」

「啊，等等，我聽見聲音了！」

狼和芮咪好像聽見了什麼。

一行人屏住氣息凝視洞穴。由於所有人全都動也不動，使得現場籠罩在幾乎令人耳鳴的寂靜之中。

不久後，蕾亞的耳朵也聽見某個細微的聲音。喀嚓喀嚓、喀嘰喀嘰，一個就像鑿子在反覆敲擊岩石的規律聲響徐徐靠近——當她才在想：「來了！」就見到某個發亮的黑色物體從洞中探出頭來。

「是、是螞蟻！」

體型和小狼差不多大的螞蟻現身。看來神祕橫洞的真面目是蟻窩。

恐怕是因為這裡是冰狼的巢穴，螞蟻之前才沒有過來這邊吧。又或者螞蟻看準只有小狼在的時候不時前來偵察，而剛才碰巧正是那個時候。

可是，如果是那種體型的螞蟻群，牠們應該有辦法憑藉數量蹂躪八頭巨大的狼才對。莫非牠們有什麼理由嗎？

「是螞蟻的魔物啊……牠們既堅硬，又不能吃，是一群麻煩傢伙。這下怎麼辦呢，首領？」

關於這個問題，蕾亞心中早已有了答案。

她要收服那些螞蟻。

有了螞蟻的能力和勞動力，就能輕易擴大洞窟。假使牠們的生態和蕾亞所知的一般螞蟻一樣，那麼只要收服蟻后，應該就能命令牠們幫忙達成目的。

為此必須前往蟻窩的最深處才行。

「有沒有什麼辦法可以前往蟻窩的深處呢……」

那是叫做工蟻嗎？若是能夠收服剛才的普通螞蟻，就可以一隻一隻地讓牠們成為眷屬了。然而就算要那麼做，還是必須和螞蟻接觸一次。剛才的螞蟻已經不見了，就現況看來，感覺只有那個洞可以通往蟻窩，所以說到底還是只能進去那裡面。而且還非得由能夠使用「使役」的蕾亞親自前往不可。

「隻身前往只有我方無法動彈的地區並非明智之舉……」

再說，蕾亞的技能組成本來就不具直接的攻擊力。她對於自己不倚賴技能和參數的戰鬥力頗為自負，可是那完全是專門用來對付人的技術。她實在不認為自己有辦法好好地和高度只到自己膝蓋的六腳生物作戰。

想到這裡，若單就蕾亞一人的情況來說，能否在橫洞中活動這一點其實在戰術上並沒有太大差別。由能夠在緊急狀況下使用「精神魔法」的她一人前往，也算是合理的選項。

「況且若是另一頭有一定寬敞度的場所，我只要在那裡『召喚』眷屬就好了。」

這麼一來，問題就只剩下「精神魔法」對螞蟻是否有效了。

「真希望螞蟻能再來一次耶。」

「要我去抓一隻回來嗎？」

瑪莉詠這麼提議。如果是身材最嬌小的瑪莉詠，想必會比凱莉等人更加行動自如。可是——

◆◆◆

「不，先等一下。」

目前的戰力說起來比較偏向物理攻擊。冰狼牠們雖然似乎多少可以使用冰屬性攻擊和「冰魔法」，可是不管怎麼說，冰狼現在都進不去那個洞。

如果是這樣，或許可以考慮在這裡取得魔法類的應對能力。畢竟物理攻擊感覺對螞蟻無效，而且即使這次沒有考慮直接戰鬥，未來也有可能會和這類敵人交戰。

蕾亞接下來希望能夠憑藉數量追求戰鬥時的穩定性。既然如此，讓戰術保持多樣化也是最優先事項。

冰狼牠們的加入使得現在持有的經驗值來到兩百點。想到這樣的數量由十三人共享確實令人不安，也可以說幾乎毫無進展，但如果是投入到一人身上就非常足夠。

「瑪莉詠，我很想如妳所說的拜託妳去抓一隻回來，在那之前我想先授予妳魔法的力量。」

「魔法？……魔法！我也會變得能夠使用魔法嗎？」

「妳知道什麼是魔法嗎？」

「以前我居住聚落裡的老奶奶會使用。只要會使用魔法，就能穿上好衣服，還能夠填飽肚子不挨餓。」

獸人的初始參數不適合成為魔法師，因此自然而然就會使用魔法的ＮＰＣ十分罕見。

「這樣啊。其實我打算有一天要讓凱莉妳們所有人都學會某種魔法，不過現在就讓瑪莉詠先來吧。只是，問題在於要授予妳何種魔法才好。」

現在應該要盡可能挑選能夠有效對付螞蟻的屬性魔法。那究竟是什麼呢？

◆◆◆

儘管昆蟲好像都怕火，那完全是現實世界裡的印象。應該說在現實世界裡，昆蟲其實也沒有特別怕火，因為絕大部分的生物被火焚燒都會死亡。

既然大部分生物都怕火，就表示火在許多場面都是有效的攻擊手段。

「雖然火好像也可以……可是在洞窟內使用，讓人有點害怕耶。畢竟要是缺氧就麻煩了。」

又或者反過來故意製造缺氧狀態，這也是一個方法。

儘管不清楚和現實中的螞蟻有何差異，既然是昆蟲，其身上應該有許多氣門才對。昆蟲需要相當多的氧氣來維持活動，所以多數昆蟲一旦氧氣濃度下降，動作就會變得遲緩。

照理說體型巨大的昆蟲和現實中的昆蟲相比，活動時所需的氧氣濃度應該相當高。既然牠們現在能夠正常活動，或許就表示在這個遊戲世界裡，存在只憑少量氧氣濃度便足以活動的神奇生物功能。

話說回來，現在也還不確定用魔法產生的火焰是否藉由消耗氧氣來燃燒。因為有點感興趣，蕾亞很想要驗證看看，可是要證明的話就需要一定的設備。

「敵人太過魔幻也挺棘手的呢……看來我方果然也只能依靠魔法類的攻擊手段了。」

倘若火不方便使用，接下來哪個屬性比較好呢？雖然現在也還不確定火是最佳辦法就是了。

說不定應該先暫時把現實中的螞蟻放一邊，試著利用目前所知的資料考察那個螞蟻。

目前蕾亞對於這個螞蟻了解得並不多。

首先是體型約莫相當於大型犬。然後是動作和一般認知中的螞蟻一樣迅速。

再來是似乎有能力在洞窟牆壁的堅硬岩石上，挖出又圓又漂亮的洞。雖然不確定那個洞是否為螞蟻挖出來的，至少看起來不像自然形成的洞。既然如此，就應該預設為敵人的能力之一加以警戒。

「啊，首領，那個螞蟻會不會有可能怕狼呢？既然冰狼不知道螞蟻的存在，就表示螞蟻之前沒有在冰狼在的時候現身！」

萊莉對著一邊喃喃自語一邊整理思緒的蕾亞補充。

原來如此，看來就跟凱莉說的一樣，除了「強化視覺」這層意思外，萊莉本身也是個相當敏銳的人。其實蕾亞也瞬間想過這個可能性，只是她不知怎地忘了。

如果是這樣，害怕狼究竟是什麼意思呢？雖然正確來說應該是冰狼才對。

「──這樣啊，是冰狼啊……難不成螞蟻怕冰？」

假如這裡的蟻群曾經在進行偵察之類的活動時見過冰狼們使用冰呢？

冰狼不是原本就棲息在這一帶的魔物。牠們是在生存競爭中落敗，舉家南下的一群狼。而螞蟻若是棲息在這一帶的土著種族，自然很難對冰狼這個未知的魔物立即採取有效的戰術。

說不定螞蟻很不耐寒。不對，應該說一般的昆蟲都很怕冷，而這個世界的螞蟻或許也沒有神奇的能力可以抵禦低溫。

又或者如果從魔幻的角度來思考，蟻群也有可能是基於某個魔幻的理由才會對冰屬性沒有抵抗力。至於所謂魔幻的理由，就是屬性契合度之類的狀況。

「……總之先試了再想吧。現在已經沒有材料可以繼續進行考察了。」

蕾亞決定讓瑪莉詠取得冰魔法。

◆◆◆

首先是「魔法適性：冰」和「冷卻」。雖然也很想要攻擊用的「冰子彈」，這次的重點是降低氣溫而非攻擊，目的也不是殺死對方而是捕獲。

一般的魔法攻擊會在判定傷害時使用ＩＮＴ。瑪莉詠因為是獸人，ＩＮＴ的初始值很低，所以依照現況無法期待能夠發揮多少魔法的效果。況且她根本連取得魔法所需的最低數值都沒達到，因此本來就無法取得。首先得消費經驗值來提升ＩＮＴ才行。

由於不能全部用光，蕾亞只是適度地幫她強化一下。儘管如此，ＩＮＴ應該也有遊戲開始時精靈的魔法特化技能配點程度。考慮到她已經是一名優秀的游擊兵，之後只要再讓她取得一項攻擊魔法，應該就能輕易秒殺新手玩家。雖然蕾亞現在還不打算積極地進行ＰｖＰ。

「瑪莉詠，怎麼樣？這下妳應該能夠使用初階的『冰魔法』了。」

「哦哦……好厲害……我感覺到了……就連魔法的使用方法也是……這就是首領的力量？」

「是啊，妳開心嗎？」

與其說是蕾亞的力量，這其實是系統的功能，不過的確是蕾亞賦予她的沒錯。

「其他人只要努力為我工作，我也會給妳們更多魔法和其他力量。雖然我先給了瑪莉詠獎勵，妳還是願意好好加油吧？」

「嗯，我會把螞蟻冰起來然後抓回來！」

「很好。那我們就在這裡等妳，萬事拜託嘍。」

蕾亞將瑪莉詠送進巢穴，留在原地等待結果。

只要距離沒有隔得太遠，蕾亞還是可以大概掌握眷屬的健康狀態。假使遇到危險，屆時只要把瑪莉詠召喚回這裡，應該就能順利逃脫。

蕾亞考慮在瑪莉詠回來之前，用剩下的經驗值強化其他成員。

儘管她並不打算馬上讓她們取得魔法，提升瑪莉詠的ＩＮＴ這個舉動，說不定會讓ＮＰＣ的思考能力出現落差。由於凱莉等人的技能配點只有ＩＮＴ莫名低下，蕾亞本來就有考慮稍微提升數值。

蕾亞其實並不討厭凱莉她們現在那副輕浮的語調，不過既然之後也會進城，還是讓她們學會用敬語說話比較好。雖然不曉得提升ＩＮＴ能否達到那種學習效果，依然值得一試。即使無效，反正蕾亞也打算之後讓她們取得魔法，所以不會白白浪費。

她將剩餘經驗值幾乎全部投入，提升凱莉三人的ＩＮＴ。儘管不夠讓她們提升至瑪莉詠那種程度，所有人的ＩＮＴ仍比依舊保持精靈初始值的蕾亞來得高。她們現在已經成為比精靈更聰明的獸人了。當然玩家的聰明程度並不會受數值影響，所以蕾亞並不後悔。

可是，反正經驗值也只剩下二十點，再說之後可能也會取得普通的魔法，蕾亞決定也提升自己的ＩＮＴ。這下蕾亞的ＩＮＴ變得比凱莉等人高了。

她會這麼做沒有什麼特別的意思。縱使瑪莉詠的ＩＮＴ還是比較高，蕾亞並不後悔那麼做，所以沒關係。沒錯，她一點都不後悔。

「首領，瑪莉詠要回來了。」

◆◆◆

大概是用耳朵捕捉到聲音了，芮咪的報告打斷了蕾亞的思緒。

瑪莉詠似乎成功達成了任務。

「不過，她好像把螞蟻也帶回來了。我聽見了螞蟻的腳步聲。」

莫非瑪莉詠正遭到追趕嗎？雖然她可能有辦法擺脫掉敵人，還是不應該背負不必要的風險。

「『召喚：【瑪莉詠】』。」

蕾亞一發動技能，前方的地面隨即發光，瞬間之後瑪莉詠就出現在光中，手裡還抱著結霜的螞蟻。

「——啊，這是首領的魔法？謝謝，真是幫了我大忙。」

在蕾亞說明之前，瑪莉詠便從狀況推測出是怎麼回事，然後開口道謝。

儘管不知是提升ＩＮＴ帶來的效果，還是瑪莉詠原本的資質就很好，總之不必多費脣舌解釋真是太好了。雖然「召喚」是一種技能，嚴格來說並非魔法，現在這不是重點。

「哎呀，看來妳順利完成工作了呢，真了不起。好了，妳應該很冷吧？快把牠放在地上。」

瑪莉詠手裡抱著的螞蟻既沒有完全結凍，也沒有死去，卻幾乎動也不動。這樣的狀態可以說恰到好處。

「芮咪，螞蟻有展開追擊嗎？」

「……我想牠們應該正在瑪莉詠消失的地點附近徘徊。」

「是因為追蹤對象突然消失了嗎……？妳覺得螞蟻還會再過來偵察嗎？」

「我不曉得……啊，螞蟻回去了。牠們是要回巢穴報告嗎？」

芮咪也變得會在報告中夾雜自己的意見了。在報告中加入成見和個人一廂情願的想法雖然不是件好事，這一點只要提醒一下就好。

開始會自己獨立思考，並且將想法說出來這一點，應該算是好的傾向吧。之後要是有餘裕，蕾亞還想繼續積極提升她們的ＩＮＴ。她們之前都不開口發言，其實是因為根本就搞不清楚狀況也說不定。

「總之，我們來把這隻螞蟻解凍吧。要是我事先讓誰取得『火魔法』就好了呢。雖然我不想給螞蟻太多時間，既然經驗值已經用完，這下只能等牠自然解凍了。」

「首領，我可以說句話嗎？」

「可以啊，凱莉。有什麼事嗎？」

「首領能否『使役』螞蟻的這項測試，應該無論這傢伙是結凍還是融化都可以進行吧？我們現在的目的，不是要在健康狀態下利用這傢伙嗎？」

太驚人了，凱莉居然提出中肯的意見。無庸置疑地，這肯定是提升ＩＮＴ的關係。明明蕾亞的ＩＮＴ比較高，蕾亞卻感覺她甚至變得比自己還要聰明。難道玩家的聰明程度與參數的數值無關這一點，根本不是事實？

不，下屬的腦袋聰明是一件值得高興的事。雖然有必要讓她們把意見和報告清楚分開，聰明的頭腦勢必有助於提升無法表現在數值上的戰力。

「原來如此，凱莉妳真厲害。妳說的一點都沒錯，那我們就趕快來試試吧。」

蕾亞立刻對螞蟻施展「自失」。螞蟻幾乎不會動所以很難看出來，不過應該成功了。由於螞蟻也幾乎沒有抵抗，使得蕾亞甚至開始擔心技能究竟有沒有發動。「精神魔法」這類肉眼看不見效果的魔法也有這種不便之處。

接著是「恐懼」。若是平常，蕾亞通常都會使用「魅惑」，不過因為她沒有用過「恐懼」，便決定測試一下。剛才她對冰狼使用「魅惑」時幾乎沒有受到抵抗，可是這次的「恐懼」卻有遭受強力抵抗的感覺。雖然最後還是生效了。

難道說螞蟻的恐懼耐性比冰狼的魅惑耐性來得高嗎？昆蟲感到害怕的狀況確實讓人很難想像。也有可能是蕾亞比起「恐懼」更加擅長「魅惑」，不過兩者在系統上並無差異——

「……啊，這麼說來，我有『美貌』這個特性呢。」

這項特性的效果是「向上補正來自ＮＰＣ的好感度」。

看來這項特性也對「魅惑」的成功判定進行了補正。想想這也是很正常的事。

說不定蕾亞會在遇見凱莉等人後五小時內就成功收服她們，也是受到這個特性的影響。或許今後遇到使用哪種技能都可以的狀況時，應該儘量選擇「魅惑」比較好。

無論如何，「恐懼」生效了。既然和「自失」相繼成功，應該就表示「精神魔法」對螞蟻也有效吧。之後只要「支配」成功，「使役」就不可能會失敗才對。

若要說有什麼事情令蕾亞擔憂，大概就是「精神魔法」有效，但「調教」類技能無效這個可能性了。

「算了，到時候再煩惱吧。『支配』……成功了。那麼『使役』——什麼？」

『無法執行「使役」。對象Infantry Ant已被其他角色收服。』

蕾亞聽見這樣的系統訊息。

（短短一句話的情報量好多！）

首先是螞蟻的名字。Infantry Ant大概是這個螞蟻的種族名，翻譯過來就是所謂的步兵蟻。從這個名字來思考，這個螞蟻果然是社會性魔物，而且毫無疑問有把這個螞蟻當成步兵使喚的進階存在。

另外從已被其他角色使役這句話，也可以看出那個進階存在恐怕是身在巢穴中的女王。

眷屬系統和公司、企業等組織結構非常相似。

位居頂端的主人從全體手中接收所有能夠得到的利益——以這個情況來說是經驗值——之後將其分配給組織內部，全體宛如一個生物般合作行動。這樣的系統也和螞蟻、蜜蜂等社會性動物的生存方式十分類似。

說不定「使役」原本就是為了螞蟻這類社會性魔物特別安排的技能。如同冰狼所擁有的「爪擊」和「咬擊」等，是專為特定種族安排的技能。

雖然不知道能否辦到，比方說將熊或是什麼生物的手臂，以奇美拉（註：近代泛指由異種生物的部位混合成的神話幻想生物）一般的神奇人體改造方式接在人類身上，那麼人類或許也能取得「爪擊」，可是那基本上應該還是魔物專用的技能。

若真如此，那麼即使是生來便擁有「使役」的魔物，也有可能不具備「精神魔法」和「召喚」等前提條件技能。

反過來說，既然收到螞蟻已經被其他人「使役」的錯誤訊息，也就表示「使役」可行。

✦◆✦

「……不，這只是我一廂情願的想法吧。」

雖然對方有可能不具備「精神魔法」，要是有就麻煩了。憑蕾亞現在揮霍過度的ＭＮＤ，應該有辦法抵抗來自強大對手的「精神魔法」，可是其他成員就不是這樣了。所幸蕾亞對步兵蟻施展的「支配」和「恐懼」都生效了，由她一人獨自前往是最能將損害降到最低的做法。

她對「使役」還有許多不明瞭的地方。螞蟻也有可能只會被同系統的進階種「使役」。

「接下來就由我自己一人去吧。反正『支配』似乎有效，況且從這個洞來看，就算很多人一起進去，也只有一人能夠在前頭作戰。」

「可是首領，要是螞蟻使出人海戰術，妳應該沒辦法一口氣『支配』所有螞蟻吧？不管怎麼想，這麼做都太危險了。至少要有人在前面保護妳才行。」

「首領，妳至少應該帶我一起去。我可以用寒氣讓螞蟻的行動變遲緩，幫首領爭取施展魔法的時間。」

「為了得知螞蟻的動靜，也應該要有我的『強化聽覺』才對。」

「雖然我的眼睛在這個昏暗洞穴裡派不上用場……多幾個擋箭牌總是好的吧？」

由於蕾亞獨自探索的提議遭到獸人們反對，最後決定由人類組全員一起進入洞中。

她拜託無論如何都進不了洞穴的冰狼們留守，為了征服螞蟻前往洞穴。雖然小狼應該進得去，只帶小孩子去也沒用。

「啊，在那之前，我得先幫你們取名字才行。」

蕾亞本來打算之後再替冰狼們取名，不過她決定現在先完成這件事。要是沒有名字，使用

「召喚」呼喚時就沒辦法指定要呼喚誰了。

如同凱莉說要當擋箭牌，洞穴前方未必沒有開闊的空間能讓螞蟻使出人海戰術。那個時候要是能夠「召喚」冰狼，想必能夠為我方帶來很大的優勢。

「首先從你開始。你是【白魔】。那邊的妳因為是女生，所以叫【銀花】。小不點們從那邊開始依序為【霙】、【霰】、【雹】、【吹雪】、【小米】和【粗目糖】。」

白魔是指大災害等級的大雪，銀花則是形容白雪如花朵一般。

小狼之中的霙和雹是公狼，霰、吹雪、小米和粗目糖是母狼。

取完名字後，凱莉、蕾亞、瑪莉詠、芮咪和萊莉依序進入洞中。

洞穴內既狹窄又昏暗，五人就算四肢著地爬行，行進速度依舊緩慢。

地板和岩壁不知為何十分光滑。觸感最相近的大概是鐘乳石吧。由於很難想像這樣的圓形橫洞裡會形成鐘乳石，這恐怕是某種魔物，應該說是螞蟻的傑作。如果這是一般的裸露岩壁，只有初始裝備的蕾亞可能早就被磨破手掌和膝蓋了，所以或許應該要為了這一點感謝螞蟻才對。

即使觸感光滑，現實中只要直接跪在堅硬的地面上，就有可能因為膝蓋的角質變厚而不再被視為理想中的美腿，因此蕾亞無論如何都不敢那麼做。失去美貌會受到師父和家主嚴厲責備，所以她很慶幸有萬能的ＶＲ可以讓她「體驗」這種事情。

結果她們一路上都沒有遇見螞蟻，就這麼順利穿過狹窄橫洞，不久來到一個勉強可以站著行走的空間。對螞蟻來說，這裡的寬敞度足夠展開小隊規模的兵力，對蕾亞一行人而言也同樣可以擺出陣形，只不過無法召喚「白魔」。

「剛才我就是在這裡抓到負責看守？的士兵。後來在回去的路上，其他螞蟻好像發現守衛不見了，於是就追了過來。」

「原來如此。不過現在這裡為什麼沒有任何守衛呢？之前發生過那種事，牠們應該已經知道有人從這個洞穴入侵了，莫非牠們正在更容易防衛的地點鞏固陣地嗎？」

既然螞蟻過去好像沒有從這個方向遭受過攻擊，也難怪牠們會反應過度了。況且我方和蟻群害怕的冰狼有關。

「雖然還是很狹窄，接下來應該可以站著走路了。總之我們繼續前進吧。」

她們依照和先前一樣的順序列隊前行。

凱莉單手持劍戒備四周，芮咪和萊拉也把原本揹在背上的弓拿在手裡。

若是之前，瑪莉詠應該也會拔出某種武器來，如今她卻兩手空空地留意周遭。看樣子，瑪莉詠或許需要有助於發動魔法的裝備。

一行人比之前更加謹慎地走了一段路後，芮咪的耳朵掌握到了蟻群的動靜。

「前面好像有很多。數量雖多，因為沒有在動，有可能是在埋伏……？」

說不定終於要開始戰鬥了。蕾亞吩咐瑪莉詠做好隨時可以施放寒氣的準備，自己也集中精神，以便隨時都能散布「魅惑」。儘管不先利用「自失」做好事前準備恐怕會使得成功率下降，因為螞蟻的數量很多，與其一隻一隻地確實攻陷，即使準確率低，大範圍散布還是比較能有效降低對手的戰力。「自失」一次只能對付一個個體。

她們繼續前進，來到一個稍微寬敞的空間，結果見到那裡密密麻麻地擠滿螞蟻。明明沒有光源，卻能看見地面上凹凸不平的形體散發出黑色光芒。蕾亞雖然並不特別害怕昆蟲，見到這幅景象還是本能地感到排斥。

可是一想到幾小時後這些都將成為自己的戰力，她便感到無比安心。儘管現在這還只是她的如意算盤而已。

蟻群應該已經發現蕾亞一行人才對，可能是因為沒有收到命令吧，牠們沒有採取任何行動。相當於女王的個體或許另有盤算，但是蕾亞並不打算繼續等待。

「『魅惑』。」

幾乎所有螞蟻同時轉頭看向蕾亞，那些是抵抗「魅惑」失敗的蟻群。身在後方、體型較大的螞蟻之中，大約只有三分之一抵抗成功的樣子。換句話說，蕾亞成功將所有小螞蟻，以及三分之二的大螞蟻無力化了。效果比預期中來得好。

「瑪莉詠，拜託妳了。」

「是，首領。」

瑪莉詠向前走出一步。在未受「魅惑」影響的螞蟻因多數螞蟻都呆站不動而動彈不得的情況下，瑪莉詠的「冷卻」充斥整個空間。

這個魔法的威力本來並不算強，然而就算對象的數量很多，只要不動還是可以花時間充分將其冷卻。

瑪莉詠的ＩＮＴ和剛開始遊戲沒多久的玩家相比非常高。

假使這些螞蟻是以遊戲開始時的玩家戰鬥力為基準進行配置，那麼牠們不可能抵擋得了擁有高ＩＮＴ瑪莉詠的魔法。

蕾亞在最初選擇的洞窟中，偶然遇見身為特殊頭目的山貓盜賊團。

那座洞窟的外面不遠處同樣有頭目等級的冰狼。

那麼，照理說應該和新手魔物玩家交手的弱小敵人在哪裡呢？

那恐怕正是這些螞蟻。

過沒多久，螞蟻們身上結霜，大空間裡只剩下蕾亞等人還能活動。

「糟糕，我應該先用剛才的野豬毛皮加工做成防寒衣物。」

洞窟內十分寒冷，而且待會兒蕾亞一行人還得踩過結凍的蟻群前進。雖說不到無法忍受的程度，仍有必要作好體力會被低溫剝奪的心理準備。

「算了，反正我本來就沒打算花太久時間，我們就趕緊把事情解決吧。」

留在白魔牠們巢穴裡的螞蟻，至少在蕾亞一行人出發時完全沒有融化的跡象。大概是因為瑪莉詠的ＩＮＴ很高，才會需要一段時間才能解除凍結狀態吧。也有可能是洞窟內原本氣溫就低，所以才不容易融化。

在這個大空間裡結凍的螞蟻們，應該即使經過幾小時也無法恢復行動。這裡的氣溫比白魔牠們的巢穴低許多。

根據芮咪所聽見的，前方似乎還有其他地方有著同樣僵立不動的螞蟻。

既然如此，當然要在對方的援兵到來之前主動前往，用和剛才相同的步驟將牠們解決掉。

此時此刻，女王有可能尚未掌握這場戰鬥的內容。若能在被發現之前，抵達女王所在之處就太完美了。

「好了，我們走吧。大家小心不要滑倒了。」

之後她們也在反覆行經狹窄通道後進入天花板低矮的大空間，並且每一次都以相同步驟令螞蟻無力化後繼續前行。原來如此，這應該就是經常在蟻窩中見到、有通道和房間的那種格局吧。雖然中間也有岔路，蕾亞猜測重要設施應該會位於遠離出口的位置，於是選擇往地底下降的方向前進。

陷入無力化的螞蟻總數十分龐大。雖然她並沒有殺死牠們，又加上戰力差距、契合度的因素使得戰況完全是一面倒，得到的總經驗值依舊相當可觀。儘管每隻平均只能獲得四點經驗值，現在也已經累積到四百點的量了。

就在取得經驗值正好超過四百的時候，芮咪阻止一行人前進。

「嗯……前面好像沒有之前的螞蟻集團了，只有一隻耶。」

看來防衛網已經結束了。只要前方不是照顧蟻卵的房間或糧食庫，應該就是女王的房間了。

◆◆◆

「很好，我們繃緊神經前進吧。」

不久後抵達的房間雖然和之前差不多寬敞，天花板卻很高。

然後房間深處有一隻體型格外巨大的螞蟻，而且還有翅膀。那大概就是女王吧。現實中的蟻后聽說開始築巢後沒多久翅膀就會脫落，既然牠還有翅膀，大概就表示牠才剛開始築巢吧。又或許牠這個種類的螞蟻就是如此。

「嘎嘰嘎嘰嘎嘰……」

女王好像在說些什麼，只可惜蕾亞聽不懂牠的話。無論如何，她都不打算讓對方有機會先下手為強。既然敵人只有一個，她決定這次從「自失」開始施展技能。

「首先是『自失』！……哦哦，成功了。我本來還以為女王是首領，搞不好會行不通呢。那麼再來是『魅惑』……唔，遭到抵抗了嗎！」

說起蕾亞的技能配點特徵，那就是單獨使用「自失」時，以及對陷入自失異常狀態的對手使用「魅惑」時，後者的成功率比較高。而「魅惑」行不通這一點，或許意味著牠擁有女王獨有的特殊耐性。比方說不會受到同性魅惑之類的。

不僅如此，由於女王成功抵抗了「魅惑」，牠也連帶從自失狀態中恢復的樣子。和「精神魔法」相關的異常狀態，具有只要成功抵抗其中一樣，精神便會接連恢復正常狀態的性質。

「瑪莉詠，快使出『冷卻』！其他人從遠處進行牽制！我現在需要一點冷卻時間才能再次施展『自失』！」

「好的。『冷卻』！」

從自失狀態復原後，女王旋即朝蕾亞衝過來。芮咪和萊莉看準女王的腳步，放箭攻擊牠的前腳，令牠跌倒。冷卻開始生效，女王的動作儘管變得緩慢仍企圖立刻起身，卻隨即被凱莉擲出的劍命中頭部。發出金屬撞擊聲的劍雖然最後偏向一旁、未能刺中，似乎仍有挫其銳氣的效果。

與此同時，瑪莉詠的冷卻使得氣溫越發下降，女王的動作逐漸遲緩。

每當女王想要起身，萊莉和芮咪便會擲出手裡的近戰武器阻礙牠的行動。同時凱莉會去撿別人擲出的武器，直接攻擊女王的頭部。這時女王已經因為體溫下降無法確實發動攻擊，而憑凱莉的實力當然有辦法避開那樣的攻勢。

然後「自失」的冷卻時間結束。

可是就算再次施展「自失」，之後使出的「精神魔法」還是受到了抵抗。

即使重複相同的步驟，依舊有可能會得到相同的結果。

和剛開始戰鬥不久時相比，蕾亞確實已對女王造成些許傷害，然而說到她是否為女王帶來大到足以向敵人屈服的精神負荷，這就很難說了。

此時蕾亞決定再使出另外一招。

「『召喚』：【白魔】，『召喚』：【銀花】！」

下個瞬間，兩頭巨大的狼出現在蕾亞面前。

這個空間固然寬敞，可是對於讓冰狼的成獸到處活動來說仍然過於狹窄。兩頭體型如此龐大的冰狼突然現身，不只是白魔牠們，就連其他人也同樣難以活動。

◆◆◆

凱莉等人對巨大毛球突然現身感到困惑，不過蟻后的心情顯然比她們更加忐忑。因為牠的天敵突然出現在原本絕對安全無虞的巢穴深處。

「白魔、銀花！壓制女王！」

縱使突然就被召喚過來，白魔牠們仍舊立刻便理解狀況，遵從蕾亞的指示襲向蟻后。話雖如此，由於牠們無法自由活動，因此真要說的話，其實是用身體壓住對方才對。

無論如何，女王已澈底受到拘束了。

「——很好，就是現在！『自失』！……成功了，接著是『支配』！」

第二次的「自失」效果時間更短了。由於中間沒有夾著「魅惑」，成功率可能不高，蕾亞仍然決定直接使出「支配」。雖然感覺到女王極力抵抗，牠最終還是接受了支配，完全停下緩慢的動作。

「……沒想到到頭來，居然沒有先經過排練，就直接對女王進行『使役』對螞蟻是否有效的測試。妳應該沒有被任何人收服吧？好了，接受我吧。『使役』。」

由於女王一動也不動，旁人無法判別出來，不過蕾亞確實感覺到女王已成為自己的下屬。

蕾亞隨即查看女王的技能配點。牠的種族名似乎是「女王蜂」。

「奇怪？原來妳不是螞蟻嗎？」

既然名稱是女王蜂，那就表示牠是胡蜂了。蕾亞一直以為牠是螞蟻，原來牠其實是蜜蜂。

蕾亞感覺到兵蟻們並未立刻受到自己支配，又或者應該說中間產生了時間差，不過最終牠們還是以受女王使役的眷屬身分，間接成為了蕾亞的下屬。

◆◆◆

『成功討伐冠名級敵人【蜂之女王】。』

『私人領域【女王國遺址】已解鎖。』

『要將【女王國遺址】設定為領地嗎？』

果然和山貓盜賊團是相同的模式。

可是，說這是一個國家也太誇張了。螞蟻數量確實很多，但是規模並沒有大到王國的等級。

無論如何，這下事情總算可以說告一段落了。

蕾亞將領地移到這裡，解除之前的領地。

「話說回來，要是從這裡朝著另一邊的領地挖掘、開通隧道，會被判定為同一個領地嗎？」

這件事情有必要進行驗證。

「不過嘛，就算要試也得等螞蟻們恢復再說呢。牠們恐怕無法在一天之內恢復吧……我如果用召喚把其他小狼也叫到這個房間，牠們應該進得來，可是因為成狼們怎麼樣都出不去，看來有必要對整體進行擴大工程吧。還有，既然經驗值也增加了，我想讓大家都取得魔法。」

儘管想做的事情堆積如山，登入時間已經快要超過十二小時。假如不先暫時登出遊戲，硬體的VR座艙就會發出警告。

蕾亞很想用取得的毛皮當作墊被，可是因為還沒有經過鞣製，腥味相當重。她才從背包裡面拿出來就馬上又收回去了。

假如有「皮革工藝」的技能，即使沒有藥品之類的用具，應該也能憑神奇的力量鞣製皮革。或許讓某人取得這項技能比較好。

◆◆◆

「抱歉這麼突然，不過我決定要睡一下。等我醒來後，我們再談談以後的事情吧。啊啊，不用特別幫我準備床啦，我躺在那裡睡覺就可以了。那麼，大家晚安。」

雖然有必要努力保持文明，有時也需要保持彈性。

蕾亞阻止打算把身上的衣服脫下來幫她鋪床的凱莉等人，立刻就躺下來登出遊戲。

✦◆✦

第三章 強化眷屬

在現實世界處理完諸多雜事之後，蕾亞再次登入遊戲。

蕾亞的虛擬化身一醒來，與登出之前幾乎無異的景象映入眼簾。

她登出的時間約莫是一小時。遊戲內的時間流逝速度是現實世界的一點五倍，可是蟻后到現在依然處於冰凍狀態。雖然表面開始有點溼溼的，與其說是融化，應該算是結露之類的吧。女王的狀態顯示為「凍結」。

蕾亞正覺得奇怪為何自己不覺得冷，才發現白魔和銀花躺在旁邊包圍她。

看來牠們似乎自願當蕾亞的抱枕。

「——早安，首領。妳已經睡飽了嗎？」

「早啊，凱莉。我不需要那麼久的睡眠時間，不過以後還是有可能會持續睡很久啦。」

今後也許會遇到因為有急事而暫時無法登入的情況。儘管蕾亞的身分在時間運用上比較自由，而且也暫時想不到有什麼事情會需要處理。

蕾亞詢問眾人自己睡覺的期間有沒有發生什麼事。芮咪好像曾去查看小狼們的情況，不過她現在已經回來了。

小狼們還是一樣在洞窟裡休息的樣子。儘管成狼們突然從眼前消失，牠們似乎知道那出自蕾亞之手。難道是眷屬之間的神奇連結令牠們產生了感應？

不過這麼一來，就表示只要這一小時內眷屬們的記憶沒有自動生成、被覆蓋過去，即使主人已經登出，眷屬仍會依據自己的判斷做出行動。

仔細想想，在玩家登出的期間，虛擬化身也是以睡著的狀態留在遊戲裡，如果只有眷屬消失就太不自然了。眷屬也是以在這個世界生存的一員存在於遊戲中，大概就是這個意思吧。

既然如此，在玩家登出的這段時間裡，說不定可以讓眷屬去打獵賺錢？

這一點只能實際驗證看看了。

當然蕾亞並不是想要使壞。只要沒有違反遊戲設定，那就是一種正規的玩法，絕對不是惡意的利用。

「抱歉，凱莉，我還要再睡一覺，這段期間妳可以到森林……不管什麼都好，可以請妳獵點小動物回來嗎？因為我一樣差不多的時間就會醒來，麻煩妳在那之前回到洞窟。」

「知道了，首領。我可以帶其他人一起去嗎？」

「好啊，當然可以。如果有必要，也可以請白魔牠們幫忙……啊，可是牠們出不了洞窟，所以沒辦法吧。看來等螞蟻可以動之後，得請牠們幫忙拓寬入口才行。那麼我先讓白魔牠們回去另一邊好了。至於獵物的話，不管什麼都可以……但如果有白魔牠們的協助，還是抓稍微大一點的獵物比較好。不過前提是千萬不可以勉強喔。」

「既然這樣，我就請白魔也一起去，捕捉跟剛才的野豬差不多大的獵物吧。」

「拜託妳了喔。啊，等等，芮咪妳留在這裡。」
「首領，有什麼事嗎？」
「芮咪，我有其他工作要拜託妳。」
蕾亞叫出芮咪的取得技能畫面，讓她取得「皮革工藝」的「鞣製」。
接著從背包中拿出野豬的毛皮遞給芮咪。
「我想妳應該隱約可以感覺到，我剛才讓妳取得『皮革工藝』的技能了。妳現在應該知道要怎麼把這個野豬毛皮處理乾淨吧？」
「啊……是的，首領，我知道要怎麼處理……」
「很好。妳需要什麼工具嗎？」
「有了會比較方便的東西是……不過，我想沒有應該也沒關係。」
居然沒有任何工具也能鞣製皮革，技能的效果真神奇，替人省了好多工夫。
「那就麻煩妳在我睡覺的時候幫忙鞣製皮革。不用趕在我醒來之前完成沒關係，但是要儘量仔細一點。妳做得到嗎？」
「可以，首領。」
「那麼，等我去另一邊讓白魔牠們回去之後，我會再回到這裡睡覺。我會和剛才一樣睡差不多久的時間。那麼凱莉、芮咪，麻煩妳們嘍。」
「是。」
「好的，首領，交給我們吧。」

之後過了一小時，蕾亞再次登入。

「首領，早安。」

是芮咪。地面上鋪著漂亮的野豬毛皮地毯。

「早安，芮咪。這是……妳已經把皮革鞣製好了嗎？」

「是的，首領。因為結束得意外地早，我剛才在觀察首領的睡臉。」

「這還真是令人害羞啊……應該沒有奇怪的地方吧？」

「我發現首領睡覺時的鼻息聲很小，而且睫毛很長。」

她似乎真的只是在觀察蕾亞的睡臉。不過，既然連NPC定睛凝視也不會覺得不自然，看來玩家的虛擬化身是真的在睡覺，意外驗證了這一點。

「凱莉她們還沒回來嗎？」

「是的。要我去看看情況嗎？」

「不，不用了。反正她們應該很快就會回來。在那之前……」

是時候該替女王取名字了。

還有可以的話，蕾亞也想讓芮咪取得「火魔法」融化結凍的身體。本人──本蟻一直在靜靜等待身體融化。一方面當然也是因為蕾亞迫不及待，但老實說主要還是房間冷得讓人受不了。畢竟白魔牠們都不在這裡。

「那麼，蟻后啊，妳的名字是史佳爾。」

雖然沒有動作，蕾亞仍感應到女王點頭同意。

這個名字引用自蜾蠃（註：蜾蠃的日文發音為sugaru）一詞。蜾蠃既非螞蟻也不是胡蜂，而是泥壺蜂。自古人們便會用泥壺蜂來形容纖纖細腰，是經常用來讚美女性身材的詞彙。這個名字對昆蟲女王來說應該再適合不過。

蕾亞在現實中也曾經被不知活了多久的老爺爺們稱讚是蜾蠃姑娘。當時蕾亞只覺得，他們不應該拿那種需要具備非一般常識的知識才能理解的讚美詞來稱讚小孩。

接著蕾亞讓芮咪取得「火魔法」。

「這是妳幫忙鞣製皮革獲得的獎勵喔，芮咪。」

「這是……魔法？我也有魔法了……」

「因為妳把工作做得很好呀。好了，既然都學會魔法了，就快點使用看看吧。」

蕾亞拉著芮咪的手，把她帶到史佳爾面前。

「來，巧妙地使用『加熱』，融化凍結的史佳爾吧。一開始要輕輕的喔。」

由於蕾亞也同時讓芮咪取得了「魔法適性：火」，應該不至於會搞錯用法，然而為了以防萬一，她還是提醒芮咪要謹慎行事。這款遊戲適用所謂的友軍誤傷，又或者應該說攻擊時無法判別敵我，因此必須特別留意。

芮咪提心吊膽地開始對史佳爾施展「加熱」。如果這一步進行順利，蕾亞打算依次讓大空間裡的蟻群也融化。即使需要等待芮咪的ＭＰ恢復，應該還是比自然解凍來得快。

「……啊，首領，凱莉她們好像回來了。」

芮咪好像一邊施展「加熱」，一邊捕捉到了聲音。

由於不認為她有辦法從這邊聽見入口廣場的聲響，也許是凱莉在那邊對著芮咪大聲通知自己回來了。

「芮咪，妳繼續對史佳爾施展魔法，我去迎接凱莉她們。」

蕾亞四肢著地沿著狹窄通道爬行，回到入口廣場。來到廣場時，凱莉等人正在將捕捉到的獵物解體。

獵物似乎、也許、恐怕是貉。因為已經解體到一半，完全看不出來是什麼生物。

「首領，我們回來了。如何？這頭獵物很大吧？」

「是啊，真是太棒了。妳們是在這一帶獵到的嗎？離這裡很遠嗎？」

雖然嘴巴上這麼問，其實蕾亞早已大致推測出距離。捕獲地點恐怕不會太遠。

「不，我們是在離這裡不遠處幹掉牠的。我們本來遲遲找不到好獵物，好不容易才找到牠，結果追著追著又回到這附近的樣子，然後弄到剛剛才結束……妳等很久了嗎？」

見到凱莉一臉歉疚，蕾亞揮揮手要她別放在心上，之後便打開凱莉等人的技能畫面。

蕾亞剛才會猜測獵場應該不遠，就是因為看了這個畫面。

蕾亞方才登入時，發現皮革儘管已經鞣製完成，她的持有經驗值卻和登出前一模一樣。

◆◆◆

由這一點可以知曉，即使身為主人的玩家已經登出，眷屬依舊可以獨自行動，並且可以事先針對行動內容給予指示。而且，那段期間的行動雖然會產生結果，卻不會獲得相應的經驗值。

可是，就在蕾亞為了取得芮咪的「火魔法」而打開技能畫面時，卻發現經驗值突然增加了。她本來以為是芮咪鞣製皮革的成果延遲到來，增加的量卻出奇地多。

因為後來沒多久芮咪就告知凱莉回來了，她便猜想應該是凱莉等人在距離洞窟不遠處狩獵成功的關係。

打獵的人是凱莉她們，獲得經驗值的人卻是蕾亞。原本應得的經驗值由主人代為領取，之後再從主人手中獲得經驗值。主人登出時無人可以領取經驗值，因此誰也無法得到經驗值。公式公認bot（註：自動練功程式）的夢想就此破滅。沒有啦，其實蕾亞並沒有期待那種事情。

然而如果只是賺錢，就非常有可能辦到。現在無論是芮咪還是凱莉等人，都做出了足以換取金錢的成果。

而且假如可以在登出之前先下達感覺比較花時間的指示，在成果差不多要出來的時間點登入，就不會浪費時間了。

只不過要實際執行這一點，可能需要反覆踏實地進行驗證和試行，弄清楚什麼內容的指示需要花費多少時間。如果有空那麼做，還不如由蕾亞親自指揮，有效率地多戰鬥幾次要好多。因為眷屬人數多，蕾亞需要大量的經驗值。儘管沒有到非怎麼樣不可的地步，她還是希望盡可能以有效率的方式取得經驗值。

「凱莉，這隻貉非常值得嘉獎喔。剛才我看過芮咪鞣製的毛皮，品質非常好，我便先給芮咪獎勵了，然後現在我也要賜予妳們魔法的力量。」

蕾亞讓凱莉取得「雷魔法」的「魔法適性：雷」和「雷電」，讓萊莉取得「水魔法」的「魔法適性：水」、「洗淨」和「水槍」。

「哦哦……我終於也有魔法了……」

「首、首領，我有三個魔法耶，這樣真的可以嗎！」

「當然沒問題，再說其中有一個是『洗淨』……所以沒什麼大不了的。再來換瑪莉詠。」

接著她讓瑪莉詠取得「冰子彈」。這下只要之後也讓芮咪取得「火焰箭」，所有人就都擁有某種魔法攻擊力了。

「首領，謝謝妳！這麼一來，以後就算再和蟻后交手，只憑我一人也打得過……大概吧？」

雖然史佳爾的實力比瑪莉詠來得強，若是她先下手為強，再加上戰場條件對她有利，打贏的可能性並非全無。

因為史佳爾目前並不具備遠距離攻擊的手段，之後讓芮咪取得「火焰箭」時，好像也應當順便讓史佳爾取得某些技能比較好。

可是，史佳爾的技能配點不太適合直接戰鬥，唆使下屬的蟻群或許才是牠的風格。畢竟當初作戰時之所以能夠迅速壓制住史佳爾，也是因為蕾亞事先讓下屬的蟻群全部無力化的緣故。

這麼說來，給予史佳爾能夠強化下屬的技能也許比較有效。

◆◆◆

無論如何，最終還是需要更多的經驗值。等蟻群解凍之後，說不定應該和史佳爾商討一下這方面的計畫。這個洞窟也得改建成對人類和冰狼來說比較舒適的生活環境，另外也得進行讓凱莉她們學會敬語的實驗才行。

想做的事情和該做的事情堆積如山。

「說到這裡，首領，之前那個叫做背包嗎？妳快告訴我們那是什麼啦。」

「……啊，對喔。」

看樣子她們還記得。提升ＩＮＴ果然是值得的。

不過，那其實只是場面話，是因為蕾亞懶得解釋才隨口那麼說。

由於什麼都不跟用滿懷期待的眼神看著自己的凱莉等人說，也挺讓人感到過意不去，蕾亞便決定把使用背包時的感覺直接用言語表達出來。

雖然解釋了她們可能也聽不懂，到時還是可以當作要她們放棄追問的理由。

「這個嘛……我之前也說過，在我身旁，也可以說是在幾乎和我自身重疊的地方，有一個看不見的大袋子。我就是像這樣用手把那個袋子的袋口打開，然後把想要裝的東西放進去。當覺得東西太大放不進去時，就用袋口套在想要裝入的物品上……」

蕾亞一邊說，同時將已經解體的貉的毛皮收進背包。

「只要套上袋口，物品一下子就會進到袋子裡，不需要硬塞喔。雖然看不見，袋子的袋口非常大又柔軟，總之就是很方便啦。」

這是不可能出現在現實中，完全只存在於遊戲的東西，要具體說明相當困難。

儘管蕾亞不禁懷疑自己現在到底在做什麼，只要想到這也是促進雙方交流順暢的一環，就覺得還不壞。

「汪呼！」

這時，白魔突然吠了。轉頭望向牠的蕾亞一臉茫然。

原本在白魔前方的肉消失了。

「……你應該不是吃掉了吧……咦？怎麼回事？你真的吃掉了嗎？」

聽了蕾亞的話，白魔一副委屈地又叫了一聲，旋即讓肉再次出現在眼前。

縱使這幅景象令人不禁懷疑自己的眼睛，牠看起來確實就像從背包中把肉取出。

真是令人不敢置信，ＮＰＣ……不如說一般應當被分類為怪物的冰狼居然會使用背包……的樣子。

「——我明白了！成功了！」

接著換成瑪莉詠大喊。她讓疑似是骼骨的白色棒狀物一下消失，一下又拿出來。

雖然無法理解，假如硬要接受眼前的事實，那就是既然白魔辦得到，那麼瑪莉詠辦得到似乎也不是什麼稀奇的事情。畢竟蕾亞在教學解說中，曾經聽說ＮＰＣ和怪物在系統上並無分別。

◆◆◆

儘管腦袋仍處於一片混亂，蕾亞卻感受到前所未有的興奮與雀躍。

只有玩家可以使用背包是一種常識，然而沒有玩家證明過這一點。

玩家在封閉測試中使用背包時，所有NPC見狀都大感驚訝。每個NPC都說自己不曉得有人能夠辦到那種事情，所以所有玩家都以為背包是專屬於玩家的特殊設計。事實上，也沒有玩家遇過能夠使用背包的NPC。

可是就算誰也沒見過能夠使用背包的NPC，並不代表會使用的NPC不存在。

背包只有玩家能夠使用這一點不只是玩家，對於NPC來說也是一種常識，過去所有人都這麼認為。

然而凱莉她們不同。因為她們完全沒有接受過那方面的教育，她們才會對蕾亞使用的背包感興趣，並且抱著自己也想使用看看的想法請教她。

想到這裡，蕾亞彷彿腦部遭人重擊一般深受打擊。

因為她回想起某句話。

那是教學解說AI一再重複提醒的一句話。

「PC和NPC在系統上的差異就只有『能否接收系統訊息』這一點。」

蕾亞一直以為那句話蘊藏著道德方面的暗示。

但是她錯了。那句話完全就是字面上的意思。

玩家能夠辦到的事情，NPC和怪物也能辦到。

正當蕾亞深受打擊的同時，瑪莉詠和白魔則是得意地向其他人解釋要怎麼使用背包。

◆◆◆

「嗯……我好像懂……又好像不懂……這種感覺讓人好心急。」

「我完全聽不懂妳在說什麼啦。妳可以再解釋一次嗎？」

蕾亞一邊看著眷屬們，一邊用逐漸從打擊中復原的腦袋疑惑地想：「哦？」

白魔和瑪莉詠能夠使用背包。既然她們聽完蕾亞的說明立刻就會使用，就表示這件事對她們來說應該不難理解。

那麼，為什麼凱莉和萊莉學不會呢？還有，白魔似乎也正在教銀花，可是蕾亞卻從銀花身上感受到一股困惑的情緒和些許煩躁感。至於小狼們則完全聽膩了，正在玩貉骨。牠們已經把附著在骨頭上的肉片舔得乾乾淨淨。

既然白魔和瑪莉詠辦得到，就表示至少以怪物為首的所有ＮＰＣ都有可能會使用背包。雖然不是說所有角色都應該馬上就會使用，究竟是什麼造成這種差異呢？

這時，蕾亞想到某種可能性，於是確認眷屬的能力值。

恐怕就是這個。因為理解能力不足，才會有會使用和不會使用的差別。

會使用和不會使用背包的人，兩者的差異就在於ＩＮＴ的數值。

就目前看來，在場ＩＮＴ最高的是瑪莉詠和白魔，他們兩人的數值相當。再來是蕾亞，但如果不把她算在內，其次就是凱莉，接下來則依次是萊莉、芮咪、銀花，以及史佳爾。

「凱莉，可以耽誤妳一下嗎？」

「首領，抱歉啊，枉費妳還特地教我……」

「不，沒關係。所以我想要幫妳一點忙。」

蕾亞因為是玩家，無法進行驗證，她姑且讓凱莉的ＩＮＴ提升到和自己等值。

「好了，妳再試一次。如何？能夠辦到了嗎？」

「啊……好像比剛才好一些……不過，我總覺得好像還缺少了一點什麼耶。」

看來方向性正確。從凱莉的話中，可以感受到狀況確實有在好轉。

她繼續讓凱莉的ＩＮＴ和瑪莉詠等值。

結果——

「啊！我懂了！是這樣啊！原來要這麼做！我會了耶，首領！」

「嗯，恭喜妳！這下我總算沒有白教了。再來是萊莉和銀花。妳們過來一下。」

這下確定了。ＮＰＣ能夠使用背包的條件是ＩＮＴ的多寡。

假使條件只有這一項，那麼即使有自然而然達成的ＮＰＣ也不奇怪。可是既然沒聽說過那種事，就表示不是會使用的人全都絕口不提，就是還需要其他條件。

關於前者，蕾亞打算之後遇見ＩＮＴ看似很高的ＮＰＣ時試探一下對方；如果是後者，能夠想到的可能性就是「身為玩家的眷屬」這個條件，或是——「由能夠使用背包的人傳授使用方法」這個條件。

這一點或許也和從這次的開放β測試開始就無法略過教學解說有關。那個教學解說中也包含了背包使用方法的說明。儘管營運方沒有明說，教學解說會變得無法略過，可能是因為在以前的測試中，曾經有玩家因為略過教學解說而不會使用背包。

也就是說，必須有人教才會使用的這個條件不只是ＮＰＣ，就連玩家也適用。如同教學解說

AI說過的，玩家角色和NPC之間沒有分別。

無論如何，目前已經沒有事情可以驗證了。

蕾亞直接把貉肉交給白魔，隨便交代牠們可以開始用餐，之後便和其他人一起爬著回到洞窟深處。

回到女王之間（暫定）時，史佳爾已經解除凍結狀態，正在和芮咪一起等待一行人回來。

蕾亞斜眼看著瑪莉詠立刻就向芮咪炫耀起自己的背包，一邊消費經驗值提升芮咪和史佳爾的INT。

「芮咪，妳也試試看如何？瑪莉詠，麻煩妳教芮咪怎麼使用。」

因為正好有這個機會，蕾亞決定確認看看芮咪是否會因為聽了瑪莉詠的說明，就變得會使用背包。

起初芮咪露出一臉「這傢伙到底在說什麼」的表情，但是看瑪莉詠操作過幾次之後，她很快便學會了。

看樣子，必須有人教才會使用的假設最有力。說得更精確一點，或許在學習的同時還必須實際親眼確認才行。

倘若條件只有這樣，那麼就算教學者沒打算教，旁人只要看了或許也能自己學會。

也有可能教學者不想教的話，他人就沒辦法學會使用。另外，受教者沒打算學的情況也尚未驗證。

◆◆◆

此時，史佳爾也正在嘗試使用背包，卻遲遲沒有成功。這恐怕是因為瑪莉詠沒打算教史佳爾的關係。

「那麼，芮咪，既然妳已經學會怎麼使用了，這次可以換妳教教史佳爾嗎？妳要好好地示範給牠看喔。」

「知道了，首領。」

芮咪開始教導史佳爾使用背包。如果史佳爾因此學會如何使用背包，便幾乎可以確定條件是什麼了。

蕾亞一邊提升史佳爾的ＩＮＴ，一邊確認之前暫時放著不管的史佳爾技能。

裡面果然有沒見過的技能。

蕾亞雖然對於「選擇種族」和「多產」這些不管怎麼想，感覺玩家都無法取得的技能也有些好奇，最吸引她目光的還是「強化眷屬：ＳＴＲ」等技能。

目前這些技能還只是出現在可取得技能清單中，史佳爾尚未取得，可是假如史佳爾早已取得這個系列的「強化眷屬：ＭＮＤ」，想要占領牠的巢穴或許就沒那麼容易了。不，應該說恐怕辦不到才對。

然後令蕾亞在意的，是「強化眷屬」並非單一技能，而是存在於技能樹「調教」之上。既然是存在於一般技能的技能樹中，那麼只要取得「調教」之後滿足條件，就有可能任誰都可以取得這個「強化眷屬」。

那個條件是什麼呢？

蕾亞也好想取得這項技能。只要有了這個，就不需要勉強把經驗值花在眷屬們身上，能夠節省總經驗值。

儘管史佳爾從一開始就不具備「精神魔法」，牠還是擁有「使役」。這或許是基於蟻后的種族特性，使得牠專精於「使役」——又或者說是「調教」類的技能樹，於是可以無條件取得這些技能。

若真如此，就無法從史佳爾的技能得到線索了。「強化眷屬」有可能也是牠基於種族特性無條件取得的技能。

假設「強化眷屬」和「使役」一樣和某種魔法技能有關，最有可能的應該就是「授予魔法」了吧。

話說技能樹「授予魔法」在一開始也是只有「授予魔法」一項技能，而蕾亞在封閉測試時便已得知大致的取得條件。

其內容如下：

「授予魔法」與「火魔法」結合成「強化魔法：ＳＴＲ」。
「授予魔法」與「水魔法」結合成「強化魔法：ＭＮＤ」。
「授予魔法」與「風魔法」結合成「強化魔法：ＡＧＩ（敏捷）」。
「授予魔法」與「地魔法」結合成「強化魔法：ＶＩＴ」。
「授予魔法」與「雷魔法」結合成「強化魔法：ＤＥＸ（靈巧）」。

「授予魔法」與「冰魔法」結合成「強化魔法：ＩＮＴ」。

恐怕只要取得「強化魔法」，對應的「強化眷屬」或許就會解鎖。

這一點即使推測錯誤，「強化魔法」對現在並不打算親自上場作戰的蕾亞來說依然是契合度很好的魔法，因此她並不排斥取得。

「強化魔法」是對單一對象發動，能夠暫時強化各參數的魔法。對象也可以是自己本身，能夠對肉眼可見範圍內的某人施展。

只不過現在的問題，應該是蕾亞需要非常龐大的總經驗值，才能取得許多魔法進行驗證。

因為讓凱莉她們所有人取得魔法，又為了讓她們學會使用背包而提升ＩＮＴ的關係，現在經驗值只剩下一百四十四點。由於「授予魔法」要二十點，取得最便宜的屬性魔法要二十點，「強化魔法」也是二十點，「強化眷屬」則是每個各四十點，因此即使蕾亞的推論正確，也只能從中選擇一種取得。

如果是這樣，當然要選比較有效率的進行。

考量到全體安全，蕾亞想以ＶＩＴ為優先。這款遊戲的ＬＰ計算方式，是從ＳＴＲ和ＡＧＩ之中取較高者和ＶＩＴ數值相加。只要提高ＶＩＴ，ＬＰ必定會上升，而且ＶＩＴ也會影響物理防禦力，因此角色會變得更不容易死亡。

可是從之前的戰況看來，蕾亞並沒有見過凱莉她們受傷。

硬要說的話，就是第一次接觸時蕾亞的突襲了。不對，蕾亞已經決定不把突襲當成是第一次接觸。所以說，凱莉她們到目前為止還是零傷害，沒有問題。

既然如此，那就提升ＡＧＩ好了。這對凱莉她們和冰狼們的戰鬥模式，應該都能發揮強大的協同作用。

蕾亞取得的魔法是「風魔法」的「空氣刃」。她本來在煩惱要不要選「乾燥」，可是又覺得現在取得「乾燥」似乎不會增加團隊的多樣性，於是暫時作罷。

接著她取得「授予魔法」和「強化魔法：ＡＧＩ」。結果不出所料，關鍵的技能樹「調教」中——「強化眷屬：ＡＧＩ」解鎖了。

「……這下在取得這個系列的所有技能之前，我得專心賺取經驗值了。」

假如要取得對應所有能力值的強化魔法，從現在開始還需要三百點的經驗值。

蕾亞不禁遙望遠方。未來還有好長一段路要走。

「讓我看看最重要的『強化眷屬：ＡＧＩ』……」

其效果是「將自身ＡＧＩ能力值的一％加到自己的所有眷屬身上」。

「好厲害！原來這是被動技能啊！如果是這樣，感覺就跟『強化魔法』重複了！咦？這麼說的話……」

若真如此，假設蕾亞現在也讓史佳爾取得「強化眷屬：ＡＧＩ」，史佳爾在接收蕾亞一％的ＡＧＩ之後，牠的ＡＧＩ也會有一％流向蟻群。

「使役」擁有「使役」的角色這件事，照理說是非常難以達成的狀況，但是如果未來蕾亞和史佳爾都取得同屬性的強化技能，身為源頭的蕾亞本身的能力值只要夠高，最後很有可能會讓螞蟻成為主戰力。

「可是因為大多數的螞蟻都結凍了，我根本沒機會驗證螞蟻作戰時經驗值會不會進到我手裡，真是糟糕。」

若按常理來思考「使役」的設定，螞蟻應得的經驗值會流向女王，然後女王應得的經驗值會流向蕾亞，因此在經驗值這方面，最後的結果和其他眷屬應該一樣。

不管怎麼樣，所有螞蟻都還要再一陣子才會解凍，於是蕾亞姑且先讓史佳爾也取得「強化眷屬：AGI」。原本好像在玩背包的史佳爾望向蕾亞，蕾亞便對牠點頭示意。

這麼一來，經驗值就只剩下四點了。

雖然必須趕快出去賺取經驗值，在那之前蕾亞想要先鞏固地盤，首先必須讓蟻群解凍。

然而，好像應該先讓凱莉她們休息才對。蕾亞已經透過登出遊戲休息了幾個小時，她們卻連那段時間也一直都是醒著活動。

「凱莉、萊莉、芮咪、瑪莉詠，今天真是辛苦各位，妳們差不多該去休息了。妳們已經很久沒睡覺了吧？」

「不，我們……」

「不睡覺對身體不好喔。這樣會沒辦法發揮最佳實力。等妳們起床之後，我會再請妳們做事，現在就先好好休息吧。」

✦◆✦

所幸這裡有芮咪鞣製好的毛皮地毯。蕾亞半強迫地讓四人躺在地毯上，和史佳爾一起前往隔壁的大空間。

隔壁的大空間裡擠滿了依舊結凍的蟻群，不過已經有一半看起來開始融化了。如果是一開始就被凍結、靠近入口處的蟻群，現在已經有螞蟻快要可以動了也說不定。

在女王的帶領下，蕾亞決定前往螞蟻沒有被冰凍的大空間。那個房間位在蕾亞等人展開襲擊時，沒有行經的路線上。

一抵達那個大空間，蟻群立刻同時看向蕾亞。

「唔哇！」

如此整齊劃一的景象，令蕾亞不禁大吃一驚，結果蟻群隨即同時低下頭。看來牠們雖然不是蕾亞的直屬眷屬，卻也對蕾亞的意志和命令十分忠誠。

「啊，對不起，我剛才忍不住驚呼一聲。不要緊，你們可以看我沒關係。我是你們首領的首領，請大家多多指教。」

蕾亞重新觀察螞蟻們。襲擊時她不管三七二十一便使出「魅惑」和「冷卻」對付牠們，完全沒有認真去看，不過現在仔細一瞧，她才發現原來有好幾種螞蟻，不是只有步兵蟻的樣子。

蕾亞無法直接查看蟻群的狀態列，於是她試著詢問史佳爾。

可是她雖然大概明白眷屬想表達什麼，卻不知道具體的名稱。據史佳爾表示，直接確認技能欄會比較快，因此她又重新檢視了一次史佳爾的技能欄。

既然螞蟻分成好幾種，那麼在史佳爾的技能中可能有關的就是「選擇種族」了。這不是存在於某個技能樹中的技能，而是名為「選擇種族」的技能樹。

「選擇種族」可能是女王蜂的專屬技能吧，技能樹中具有「步兵」等名稱的技能，似乎能夠生出種族與取得技能對應的螞蟻。螞蟻從出生那一刻起便會是那個種族。

技能樹中除了「步兵」外，還有「工兵」和「騎兵」。「工兵」是和步兵顏色不同的螞蟻，技能說明欄將其解釋為「Engineer Ant」，那麼「騎兵」又是什麼呢？難道會騎乘在某種東西上頭嗎？

蕾亞本來這麼猜想，但事實上好像只是步兵的進階兵種的意思。就意義上來說，比起騎兵可能更接近於騎士。

可是螞蟻這個種族在戰鬥力上，好像就只有步兵和騎乘的騎兵這樣的分別。而且生產成本和生產時消費的LP和MP也很多。

總之，蕾亞現在最在意的就是這個工兵蟻。既然名稱是工兵，自然會想到挖掘這個巢穴的是牠們。牠們大概擁有某種技能，能夠鑿出牆面如此光滑的通道吧。

◆◆◆

蕾亞隨便叫來工兵蟻，請對方實際稍微挖掘一下牆壁。

工兵蟻將身體往內側彎曲，同時把腹部前端推向前方，從那裡猛地噴射出氣味刺鼻的液體。

現實中也有螞蟻會做出這樣的行動。現實中的螞蟻會噴射毒液或蟻酸，工兵蟻噴射出來的液體則開始融解岩石。這個酸能夠如此猛烈地融解岩石，生物要是被噴到可不是開玩笑。這感覺不像工兵會有的攻擊力。

不過，這個液體似乎只會對岩石產生影響。附近的同伴雖然也被噴到了，卻沒有對螞蟻的外骨骼造成傷害。蕾亞也戰戰兢兢地試著觸摸，結果完全沒有任何刺痛的感覺。這個酸真是神奇。

根據女王表示，這個酸好像只能融解岩石，而如果從遊戲的角度來解釋牠所說的內容，這個酸似乎只能融解等級，又或者說稀有度較低的礦物。鈣質等物質大概被包含在稀有度低的礦物中吧，曾經有人類的骨頭遭到融解的樣子。

不過，畢竟世界上有龍骨也說不定，再說也不曉得這個酸能否將鈣質一律融解，因此以骨頭這類生物素材來說，會不會被融解看的也有可能是該生物本身的等級而非金屬的等級。雖然龍骨的主成分究竟是不是鈣質這一點也令人懷疑。

「……畢竟我剛才也摸了，手指卻還是毫髮無傷的樣子。」

看來果然是因為蕾亞的等級比較高才融解不了。大概是她消費經驗值，使得她身為生物的等級不斷上升的關係吧。反過來說，對方若是剛開始遊戲的玩家，就有可能將其裝備和骨頭融解。

或許對剛開始遊戲的骷髏玩家而言，這個工兵蟻是堪稱天敵的存在。

洞窟這麼多，假如真有骷髏玩家偏偏隨機生成在有這種螞蟻的洞窟裡——那傢伙究竟有多倒楣啊？

◆◆◆

由於至少在融解洞窟牆面這部分看起來完全沒問題，蕾亞立刻請工兵蟻們從狼群所在的洞窟鑿出一條直達女王之間的通道。她一開始原本打算將之前襲擊時，在抵達女王之間之前行經的路線通道全部拓寬，但因為直線距離較短於是作罷。

現在能夠活動的工兵約有十隻，因此她姑且請牠們全部投入作業。等其他工兵復原了，蕾亞打算請牠們進行通往舊據點的開通作業。

趁著工兵們在進行作業，蕾亞開始研究史佳爾的技能樹「選擇種族」。

從技能的名稱、生出來的螞蟻種族名來思考，感覺應該不只有「步兵」、「工兵」和「騎兵」才對。應該可以在某種條件下，陸續解鎖「砲兵」之類的種族。

「話說回來，唯獨這裡很有戰略遊戲的感覺耶……」

戰略遊戲感覺也挺有意思的，不過首先還是得掌握規則才行。

現在分別有五隻「步兵」和一隻「騎兵」無事可做、正在玩耍。蕾亞決定將牠們編成一個單位，派牠們去巡邏洞窟周邊。她打算將這六名組成的最小單位編成班，之後以這個班為單位加以運用。

從經由這個班的行動所獲得的經驗值和資源，計算出蟻群的運用成本和價值，然後將其作為遊戲的基本規則一步步擬定戰略，應該是不錯的做法。雖然這次因為人員短缺，幾乎就只有步兵，蕾亞打算以後要讓編制單位的各兵種保持平衡。

話雖如此，即使正式展開軍事行動，只要不向六國中的某一國挑釁，敵人基本上只會是個人的集體，而非有組織的軍隊。這麼一來，我方的兵力就算稍弱也不成問題。

「對了，史佳爾，妳不會把經驗值用來提升眷屬蟻群的能力值嗎？」

雖然牠可能無暇一一把經驗值花在目前多達數百隻的蟻群身上，實際情況究竟如何呢？

史佳爾好像從未思考過這一點，看來牠只把蟻群當成消耗品。

如果是這樣，那也無所謂。能夠盡情使喚壓榨的軍隊反而最棒了。而且人力的補充也只要藉由消費史佳爾的LP和MP就能產出，簡直就像從田裡採收軍隊一樣。至於肥料只要供應給身為田地的史佳爾一人就好。蕾亞不禁感到興奮起來。

「雖說是消耗品，死掉的螞蟻要怎麼辦？妳不會因為眷屬死亡而受到死亡懲罰嗎？比方說變得比較虛弱——具體來說就是損失經驗值，或是失去角色本身之類的？」

對於這個問題，史佳爾似乎一樣不是很清楚。

基本上能夠回收的屍體牠都會回收，但是後來確認時屍體就已經消失了。另外關於復活這件事，由於史佳爾未具備那類技能，沒有嘗試過的牠並不清楚。

如果單純只考慮數值上的效率問題，比起讓螞蟻復活，重新生出新的螞蟻應該要快得多。史佳爾感覺之前從沒在意過這件事。

順帶一提，史佳爾也沒能詳細掌握現在的螞蟻總數。蕾亞從沒聽說有人連兵力都掌握不了還能夠運用軍隊，不過這也表示螞蟻的性命就是如此廉價。

可是，凱莉和白魔牠們可不能如此。一方面當然也是因為牠們單體的戰力和螞蟻沒得比，不過主要還是蕾亞不想把難得取了名字的眷屬用完就扔。

為了預防緊急狀況發生，還是先想想有什麼辦法可以讓人復活好了。至少就蕾亞所知，目前應該沒有發現那方面的技能。

◆◆◆

總之，現在的重點是恢復和擴充戰力。起碼得讓史佳爾隨時把自然恢復的LP和MP消費掉以生產士兵，以免造成浪費。

「那麼，既然妳的LP和MP完全恢復了，為避免浪費，不如就來生些什麼吧。我看就先來增加『工兵』好了。因為我有好多事情想請蟻群做，再說『工兵』也不是完全不能作戰。妳有產房嗎？女王之間現在被凱莉她們占據了。」

詢問之下，因為洞窟內都是自己人，所以不管在哪裡都可以生，於是蕾亞就請史佳爾在這個房間生產。

她一邊監視史佳爾的狀態列，一邊觀察生產的情況。「工兵」的成本似乎不是很高，就算生好幾個卵也不會對行動造成妨礙。

「話說，原來生下來的是卵啊？啊，破掉了。」

巢穴裡之所以沒有卵，好像是因為孵化時間非常短的關係。

與其說破掉，應該說卵的表皮裂開，接著深褐色的「工兵蟻」從裡面現身。

出生的工兵蟻共有五隻，甫出世便在蕾亞面前整齊列隊。這大概表示牠們從這時開始就已經擁有自我意識了吧。還是說，是因為自我意識薄弱才會被統御呢？

無論如何，剛出生就能夠行動代表蟲類怪物的生長速度很快，而這一點和其他知名養成遊戲相同。

「如果我說想要『步兵』，妳有辦法馬上生出來嗎？妳需要類似冷卻時間的東西嗎？」

聽了蕾亞的問題，史佳爾回答說如果是「步兵」就能馬上生出來，但是暫時無法生出剛才產下的「工兵」。一次可以生產的數量雖然沒有限制，實際上還是要視LP和MP的最大值而定。以現在的例子來說，縱使可以在「工兵」之後馬上出生「步兵」，必須等「步兵」的冷卻時間結束，「工兵」的冷卻時間才會開始。

這一點和這款遊戲中，魔法再次使用時間的系統相同。

這款遊戲的每個魔法都分別設有再次使用時間，只有最後發動的那一個會倒數讀秒。

比方說，假設「火焰箭」和「冰子彈」的再次使用時間都是五秒，當擊出「火焰箭」後隨即擊發「冰子彈」時，這兩個魔法雖然分別都會產生五秒的再次使用時間，卻會從後面擊發的「冰子彈」開始倒數讀秒，並且要等到「冰子彈」的再次使用時間結束，「火焰箭」的再次使用時間才會開始倒數讀秒。

儘管可以連續擊發不同的魔法，可是這麼一來，最初擊發的魔法不管經過多久都沒辦法開始倒數讀秒。

雖然有點麻煩，這項措施據說是為了避免魔法師類的角色因擁有遠距離高火力而占據太多優勢，同時也能夠應對高速戰鬥的情況。

然後這項措施似乎也被挪用到蟻后的「選擇種族」上。或許是為了避免女王高速生產，實在讓人有點莫名其妙。

◆◆◆

不過話說回來，蕾亞在發現「這和魔法的系統相同耶」之前花了一些時間。因為史佳爾是以眷屬特有，傳遞情感的方式進行說明。

「無法直接對話果然太不方便了。嗯……有沒有什麼好方法呢……像是可以和眷屬在腦內對話之類的……要是距離遙遠也能對話就好了。比方說心電感應，或是遠距離……通話……嗯？」

這麼說來，蕾亞突然想到以凱莉為首的眷屬們，現在全部都會使用背包了。

這都是因為她想起教學解說中「ＮＰＣ和玩家在系統上幾乎沒有分別」這句話，因此有了這樣的結果。

既然如此，那說不定——

「能不能……和眷屬加好友……然後使用聊天功能呢？」

這一點只能驗證看看了。

這麼決定好之後，她立刻拿史佳爾進行實驗。

「史佳爾，妳要不要跟我加好友？」

蕾亞抱著姑且一試的心態直接發問。史佳爾愣住了。看來好像沒什麼效果。

話說回來，究竟要怎麼透過控制腦波，進行加好友這個行為啊？只要成為朋友就可以嗎？可是，朋友在系統上的定義是什麼呢？還有首先第一個問題，是朋友到底要怎麼交啊？至少蕾亞並不懂得如何交朋友。

既然玩家和ＮＰＣ在系統上沒有分別，那麼做法應該和玩家彼此加好友時一模一樣。

可是，蕾亞在封閉測試時也沒有和別人加過好友。因為她覺得反正測試結束後角色資料都會被刪除，而且她因為太想放任好奇心自由地享受遊戲，她的玩法不是一般玩家會喜歡的那種類型。這次開放的β測試，她甚至沒有和其他玩家見面。沒錯，她之所以沒朋友，完全是玩法作風太特殊害的。

蕾亞決定尋求說明欄的幫助。

「我看看喔，加入好友的方法……這樣應該可以吧？」

她試著查詢關鍵字，結果使用手冊裡確實有記載。

加入好友：

申請加入好友時需要使用好友卡。只要將背包內的好友卡取出，好友卡便會製作完成。背包內隨時都有好友卡這個項目，並不會在取出後消失。

將製作完成的好友卡交給想申請加入好友的對象，待該對象將好友卡收進自己的背包之後，即完成加入好友的步驟。

如果想要解除好友身分，只要取出想解除的好友的好友卡並撕破，即可解除。

另外只要再次進行相同動作，就能和一度解除的好友重新加入好友。

「原來如此……」

這段話如果用比較好懂的方式來解釋，意思就是交換名片。不過與其說交換名片，由於只要遞出名片就能加入好友，根本不需要交換。

蕾亞確認自己的背包，找到好友卡的項目。

背包的內容物雖然能夠在系統清單上一覽無遺，如果不想透過系統執行，就必須明確想著想要取出的物品。即使假設有NPC會使用背包，他們也不太可能知道好友卡的存在，因此能夠申請加入好友的基本上只有玩家。

蕾亞將取出的好友卡交給史佳爾，指示牠將好友卡收進背包。

『已和角色【史佳爾】成為好友。』

結果，蕾亞立刻聽見這則系統訊息。看來順利加入好友的樣子。

居然也能和NPC加入好友，這款遊戲究竟是怎麼回事啊？難道是想說，反正會對這種遊戲上癮的人八成沒朋友嗎？

怎麼會有如此貼心的營運方啊？坦白說真是幫了大忙，好喜歡。

「呃……要怎麼跟好友聊天啊……我沒有這麼做過耶。啊，是這個嗎？」

『史佳爾，妳有聽見嗎？』

史佳爾頓時抖了一下。

『我想史佳爾應該也可以對我做同樣的事情才對，妳也來試試看吧。做法大概就是在腦袋裡頭想著我的名字，然後對我說話。』

『——首領首領首領首領……啊，成功了？是這樣嗎？』

『哦哦！成功了耶！這麼一來，就算我們離得很遠也能隨時對話了。而且因為不必出聲，隱密性也絕佳。』

明明凱莉等人到現在都還不會說敬語，史佳爾卻會。話雖如此，因為史佳爾不是實際說出敬

史佳爾

語，這個語氣大概是將史佳爾的想法翻譯出來的結果吧。

既然甚至能和好友聊天，這下可以採取的手段可說是飛躍性地提升。接著，蕾亞從之前和眷屬們進行驗證的結果，做出了另一個假設。

那就是既然NPC和玩家在系統上沒有分別，那麼玩家或許也能夠像NPC一樣被收服。

假使這個論點正確，就可以將其他玩家得到的經驗值全部收集到自己手中，簡直就是官方推薦公主玩法。

由於虛擬化身必須用自己全身的感覺使其行動，和其他VR服務一樣，這款遊戲也很難大幅偽裝性別和體型，卻也並非完全辦不到。

因此，應該會有一定數量的男性玩家以女性虛擬化身在玩這款遊戲，而反之亦然。

然後假如這個推論無誤，不只是金錢和道具，蕾亞甚至能讓那些玩家把經驗值也奉獻給自己。帶練（註：指線上遊戲中高階玩家帶低階玩家練等）什麼的根本不夠看。

在過去的歷史中，所有線上遊戲濃縮至今的黑暗，可以說終於在此時此刻開花結果。

可是既然這是遊戲服務，想必無法無視使用者的意願。假設玩家即將被某人收服，就算抵抗在能力值的差距下遭到封鎖，恐怕還是會出現警告或是錯誤訊息之類的才對。

和收服NPC時的不同之處或許就在這裡。儘管NPC有可能也會收到那樣的警告，假如教學解說的說明正確，由於NPC無法收到系統訊息，自然也就無法回答NO。

蕾亞整個人躍躍欲試，好想趕快進行驗證。

可是當蕾亞那麼做時，對手玩家無論如何都會知曉「使役」存在。

如果是這樣，就必須找值得信任的玩家進行驗證才行。不僅如此，可能也得視情況讓那名玩家明白自己將被蕾亞收服也說不定。

蕾亞不認識那種人。

應該說，她在遊戲裡本來就沒有認識的人。

即使是這樣，那也已經和蕾亞無關了。就算未來出現憑她一人很難應付的攻略，到時凱莉等人也會支援她。既然如此，只要提升凱莉等人的ＩＮＴ，她們很可能就會做出比笨拙玩家更確實有效的行動。

畢竟蕾亞已經找到超棒的系統。做出這種安排的營運方真是讓人感激不盡，好喜歡。

（等凱莉她們醒來後，先讓她們學會使用敬語吧。假如經驗值夠充裕，就順便幫她們也提升一下ＩＮＴ，以成為故事中少見的「聰明能幹四天王」為目標吧。呵呵，我開始興奮起來了。）

總之，目前暫時要做的事情是等待蟻群復原，一邊壓制周邊的森林一邊累積經驗值；等到史佳爾的ＬＰ和ＭＰ恢復後再增加螞蟻的數量，利用累積的經驗值幫蕾亞和史佳爾取得強化眷屬。

首先就以掌控這整座森林為目標！

第四章 開始正式上線

雖然也有人像蕾亞一樣，明明以人類種角色開始遊戲，卻進行給魔物玩家用的初始生成設定，那終究只是極少數。

多數玩家都以人類種創建角色，在人類的城市裡開啟遊戲。

在那樣極其普遍的玩家中，有一個名叫韋恩的男人。

他也是獲選參加封閉β測試的一人，本來抱著一開始就要全力衝刺的想法開始遊戲，卻沒想到一開局就為了籌錢這件事情吃足苦頭。能夠以初始裝備穩定獵到的，大概就只有城市附近草原上的野兔。單獨進行遊戲這一點恐怕也有影響吧。

「——結果我花了整整三天都在獵兔子……」

可是，大概是努力有了回報，韋恩總算能夠擺脫一身的初始裝備了。

在護具方面，可能是他賣了很多兔子屍體的關係，導致兔皮的價錢下滑，讓他得以購入整套兔皮皮革盔甲。

武器的短劍則從初始裝備那種材質不明的劣質品，換成了攻擊力較高的鐵劍。雖然這也是低品質的鑄造品，因為近來鐵價有上揚的趨勢，他只好稍微妥協。

聽說附近的採礦場被魔物領域吞噬，開始有怪物會在那裡出沒。鐵價會上漲恐怕就是因為這個原因。

這可能是不讓開盤的城市生產高品質武具所做的調整吧。由於NPC身上搭載了高階AI，有時只要材料充裕，他們便會不顧營運方的想法，擅自生產、販賣道具。

只要鐵礦不枯竭，他們說不定有一天也能用鐵做出最高品質的裝備，然後過不久，可能連那個最高品質裝備的價格也會開始逐漸下滑。開盤城市裡如果發生這種事，屆時豈止是破壞平衡而已，之後才開始的生產系玩家會做不下去。

因此營運方肯定是為了阻止這種情況發生，才會停止供應礦石。

這麼一來要不了多久，搶回採礦場的委託單說不定就會被張貼出來。另外，如果是那麼大規模的行動，官網上有可能也會發布活動通知，韋恩是這麼推測的。

在平日晚上勉強擠出時間玩遊戲的韋恩登入後，馬上就來到傭兵公會。這款遊戲內的時間流逝速度比現實時間快五成，因此這天晚上在遊戲裡是早上。

依照現實時間的日程安排，遊戲將會在兩天後開始正式上線，官方早已通知隔天預計會進行一整天的維護作業。

因此這是開放β測試，不對，是搶先體驗期間的最後一天。

韋恩在前一天終於成功取得魔法。他學會的魔法是技能樹「火魔法」的「魔法適性：火」和「火焰箭」。因為遊戲一開始有許多特別怕火的怪物，而且「火魔法」的攻擊力也比其他魔法來得高。

既然已經取得魔法，裝備也整頓到了一定的程度，這下應該不會被當地的傭兵們瞧不起吧。

韋恩這天打算向NPC的傭兵攀談。這是為了總有一天可能到來的大規模活動做準備。

這座城市裡除了韋恩外還有其他玩家。

可是基於某種因素，韋恩不太想和陌生玩家扯上關係，所以他沒有和他們接觸過。話雖如此，假使之後發生大規模活動，到時要單獨應對也很困難。

由於NPC紮根生活在這個世界裡，如果是住在城裡的傭兵，應該不會做出犯罪、詐欺之類的行為才對。

既然如此，那就比陌生玩家來得可信多了。

比起同為人類的玩家反而更相信AI，這話聽來真是諷刺。

可是究竟要如何，還有向誰攀談呢？

或許是現在這個時間還有點早的關係，公會裡只有零星幾名傭兵，而正當他看著那些人不知如何是好時，櫃檯的大叔注意到了韋恩。

「啊啊，小伙子，我一直在想哪天見到你就要跟你說話。」

「咦？我嗎？你找我有什麼事？」

在此之前，從來不曾有人主動向韋恩攀談。

即使是像現在這樣傭兵很少的時間段，公會的員工應該也不至於閒得發慌。莫非他有什麼特別的事情嗎？

✦✦✦

「小伙子，我記得你好像是保管庫持有人吧？保管庫持有人通常都會彼此結伴，所以我一直覺得像你這樣單獨行動的人很稀奇，不過，昨天又來了一個保管庫持有人，而且對方也是獨自活動。傭兵畢竟是份危險的工作，比起一個人，兩個人、三個人結伴還是比較安全。雖然我這麼說，你可能覺得我多管閒事……」

既然那個人擁有保管庫——背包，那麼肯定是玩家沒錯。韋恩原以為這座城市裡為數不多的β測試玩家彼此都是好友關係，看來除了他之外，還有其他單獨行動的玩家。

韋恩在封閉測試時，曾經遭到某個PK（Player Killer）攻擊。所謂的PK，是指遊戲中專門攻擊其他玩家的玩家。

那個PK一開始佯裝成NPC，以外表寒酸的少女虛擬化身姿態蹲在小巷裡。

韋恩想要幫助那名看似窮困的NPC，便開口問她怎麼了。結果少女告訴他不方便在這裡說，拉著他的手走在街上。兩人從一條小巷走到另一條小巷，漸漸來到四下無人的地方——接著韋恩突然被殺害，身上的家當也被剝光。

雖然玩家背包裡的物品誰也搶不走，反過來說沒有裝進背包的東西就有可能被剝下。

當然這時只要立刻重生，身上裝備的物品也會和玩家一起從現場消失，可是驚慌失措的韋恩沒能即刻回答系統提出的**『要重生嗎？』**這個問題。大概早就料到這一點，PK從價值昂貴的武器等裝備開始，依序奪走他的東西。

後來等到韋恩好不容易重生了，他身上只剩下內衣等便宜的裝備。

儘管PK搶走的主要是裝備，這時韋恩失去的並非只有金錢財物。還有他對玩家的信任，以及僅有一點點的經驗值。

從那一天起，韋恩就費盡心思想要分辨出玩家和NPC。

也不知是幸抑或不幸，雖然從那之後他就再也沒遇見佯裝NPC的陰險玩家，他總算知道怎麼樣不跟對方交談，也能識破玩家身分了。

那就是背包。

玩家會下意識地使用背包。這是從一開始就能使用的系統之一，所以這麼做很正常。可是NPC絕對不會使用。因為他們無法使用，所以很正常。

因此韋恩從那天起，便把背包當成分辨玩家和NPC的依據。

雖然他從那之後就沒見過像當時一樣的玩家，這項依據至今尚未派上用場。

從櫃檯人員的話中聽來，那名單獨行動的玩家是在遊戲內的昨天出現的。這麼說，對方應該是在現實中的昨天或今天才開始遊戲。明明被選中參加β測試卻直到快要正式上線了才開始遊戲，那個人現實生活裡肯定過得相當忙碌。

韋恩明明已經決定要先對陌生玩家保持戒心，他卻只是因為這樣就對那個人產生莫名的親近感。因為韋恩在現實生活裡，也是在非常忙碌的職場環境中工作。

當然，他會降低戒心的理由不止如此。從會正常地利用傭兵公會這一點來看，對方應該是個正經的玩家吧。如果是PK就不可能會到這種地方來。

雖然PK並沒有被禁止進入傭兵公會，因為盡是做一些虧心事，殺死的角色無論是玩家還是NPC，看在市民眼裡就跟強盜殺人無異，很少會光明正大地利用城裡的設備。

「哦，說曹操曹操到。我說的保管庫持有人就是那位獸人大姊。」

韋恩一回頭，就見到一個人從入口走進來。

那是一名貓獸人女性，頂著一頭將明亮紅褐色頭髮全部往後梳的髮型。雖然不是長得特別漂亮，卻莫名給人一種沒辦法討厭她、惹人喜愛的感覺。這或許是因為韋恩喜歡貓吧。

貓獸人女性筆直地朝櫃檯走來，然後憑空取出兔子屍體擺在櫃檯旁的推車上。她的行動和之前，沒錯，就是剛開始遊戲的韋恩一模一樣。

她身上的裝備也是初始裝備。雖然唯有掛在腰上的劍不是初始裝備，可能是她把賺來的錢先拿去投資武器了吧，非常像遊戲玩家會作出的判斷。換個角度想，也可以說不像是死了就結束的NPC會有的判斷。

她是玩家這一點已毋庸置疑。

櫃檯大叔用眼神詢問韋恩：「你覺得如何？」貓獸人女性似乎也感應到了那股視線，她這時才第一次看向韋恩。

「妳是……玩家嗎？啊，抱歉，我叫韋恩。我是玩家。」

結果女性先是露出略顯訝異的神情，隨即泛起笑容回答：

「是啊，你猜得沒錯，我跟你一樣是玩家。我叫蕾亞，請多指教。」

◆◆◆

『致各位玩家：

誠摯感謝您一直以來對敝公司《Boot hour, shoot curse》的支持。

自今日零時開始的正式上線前維護，已於晚間十一時結束。

經過此次的維護，本客戶服務的版本已升級至一．○一。

本遊戲將從明日上午十時起正式上線。自正式上線那一刻起，本遊戲將會開始收費。

維護後的第一次登入，需要重新進行「軟體使用同意合約」、「定期服務使用同意合約」以及敝公司「隱私權政策」的認證，請務必留意。

另外隨著開始正式上線，本遊戲針對部分內容進行了變更：

．關於初始生成位置的調整

由於原先為部分種族使用者安排的初始生成位置難度不適當，隨機選擇的生成位置已調整成更為適當的難度。初始生成位置過度受鄰近城市的人口影響這一點已進行調整。

．關於部分遊戲內容的不明瞭之處

以下針對使用者反應的難以理解之處進行說明：

關於提問中來自國家「使役」的設定，在系統上受到貴族等部分非玩家角色「使役」之後，可以加入該勢力的「騎士團」之類的組織。

依據該勢力的性質，這時有可能得以解鎖新技能。

依據該勢力的性質，這時有可能得以「轉生」。

※例如「人類角色被吸血鬼類的角色使役↓可轉生成吸血鬼的隨從（隨從殭屍）」等。

·關於「轉生」

滿足特定條件的角色在遊戲內引發特定事件之後，可以變更現在的種族。

另外「轉生」時可能需要另外消費經驗值。

·關於被「使役」角色的設定

處於被「使役」狀態的角色死亡之後，重生時不會受到懲罰。不僅如此，一旦死亡後復活的受理時間結束，無論使用者是否有重生的意願，屆時都將自動重生。

另外，處於「被使役」狀態的角色無法獲得經驗值。

經驗值會由「使役」方的角色概括取得。只有該角色將經驗值讓渡給處於「被使役」狀態的角色時，處於「被使役」狀態的角色方能取得經驗值。

·關於「使役」狀態的解除

請至客服中心的「意見／需求」表單中，「遊戲內規定相關需求」的「關於使役狀態的解除」欄位表達您的需求。

屆時將透過遊戲內的系統訊息為您解答。

今後還請繼續支持《Boot hour, shoot curse》。』

◆◆◆

『致各位玩家：

誠摯感謝您一直以來對敝公司《Boot hour, shoot curse》的支持。
為了記念開始正式上線，敝公司計劃將於遊戲內舉辦大規模活動。
實施日期為開始正式上線的兩星期後，預計將於晚間八時起為期兩小時。
活動過程中將實驗性地加快遊戲內時間，屆時兩小時的體感長度將為四十八小時。
※活動無法中途參加。
※若中途離開活動，將無法再次入場。
※參加活動需要另外簽署同意合約。
※未成年玩家經監護人同意方可參加。
活動詳情將擇日發表於官方網站。

今後還請繼續支持《Boot hour, shoot curse》。』

◆◆◆

【賀！】值得紀念的Boot hour, shoot curse第一個正式討論串【開始正式上線】

001：基諾雷加美許
終於開始正式上線了！
因為β測試時代的討論串好像全部都被扔進檔案庫裡沒辦法留言，所以我又重新建立了一個討論串！

002：amatein
呃，我是很想歡呼啦……
不過尷尬的是，這不是第一個討論串耶。
從時間軸來看，另一個討論串比這裡早超過十秒成立吧。

003：牛仔褲
你是說標題是「粉碎標題為紀念討論串、第一個討論串的討論串的討論串」的那個嗎？
到底要寫幾次討論串啊……

004：orinki

個性好差www

建立那個討論串的人是森埃蒂教授嗎？

005：荒吹雪

居然冷不防就輸了，

這樣不行啦！

我看你八成是因為動作太慢，結果連名字也沒得取吧？

006：無名精靈

雖說進了檔案庫，應該只是無法留言，還是可以閱覽吧？

我在β時代的討論串裡發布過關於再次使用魔法的驗證結果，不嫌棄的話請參考看看（偷打廣告）。

007：抽屜櫃裡的柑橘醋

說到這裡，我本來想寫在舊版面上，結果因為已經關起來沒辦法留言，不過你們知道希爾斯王國裡有座可怕的森林嗎？

✦✦✦

008：NO色色
你是說埃亞法連旁邊的森林吧？
就是會有螞蟻跑出來的那個。

009：鄉村流行樂
螞蟻不是只是數量比較多的沒用怪物嗎？

010：antogi
不，聽說那裡的螞蟻很難纏，
還會攻擊破壞裝備喔～

011：amatein
一開局就破壞裝備也太狠了吧？

012：NO色色
只不過，聽說如果是鋼鐵裝備就不會被融化，
但是兔皮裝備一下就會被融解，強制變成性感的模樣。

013：抽屜櫃裡的柑橘醋
這個嘛，螞蟻固然棘手，可是那裡非常偶爾也會出現超大隻的狼喔！
雖然我只遇過一次。

014：orinki
毛茸茸的？大概有多大啊？

015：抽屜櫃裡的柑橘醋
應該有可容納一百人的組合屋那麼大吧。

016：鄉村流行樂
好大喔！
很強嗎？

017：抽屜櫃裡的柑橘醋
不知道耶。
因為牠只是像使出貓拳一樣輕輕一揮，我就變成肉醬了。

018：NO色色
哦，原來還有那種玩意兒啊？
牠平常是靠吃螞蟻維生嗎？

019：哆啦太郎
怪物會吃怪物嗎？

020：那隻手好溫暖
有人曾經在其他地區見過蜘蛛型怪物捕食老鼠型怪物喔～

021：荒吹雪
如果是這樣，假如過度獵捕螞蟻，那麼狼不就會把我們當成破壞牠用餐地點的對手，攻擊我們了嗎？
話說回來，幹嘛一下子就跑去那種有難纏怪物出沒的森林探索啦。
悠哉一點不是很好嗎？
這可是難得的新遊戲耶～

◆◆◆

開始正式上線的日子終於到來。

這一天韋恩請了特休假。

因為這是開始放假的前一天，而且接下來要放三天連假。

由於他從表面上名為開放β測試，實際上是搶先體驗的階段就開始玩，現在根本不需要卯足全力衝刺，然而如果是正式上線後才開始遊戲的玩家，這三天或是從明天開始的兩天恐怕就會如此吧。

儘管覺得不可能，要是他好不容易在搶先體驗時建立起來的優勢遭人追趕上來，那麼就不好玩了。

「——韋恩，你等很久了嗎？」

「不，我剛來而已，蕾亞。」

另外，他會請特休假一方面也是為了空出時間和新認識的朋友玩。他和兩天前認識的玩家蕾亞約好要在服務開始的今天一起去探索森林。

話雖如此，蕾亞的護具依然是初始裝備。要是不先整頓裝備就進入森林，那可是會很危險。

所幸韋恩已經勉強賺到足以購入柴刀和外套的金額，蕾亞似乎也靠著獵兔子賺得購買護具和外套的錢。這都是託兔皮革價格下滑的福。由於兔肉也能賣錢，就算皮革在市場上多少因供給過剩導致價格下跌，每隻的收購價依然沒有下滑太多，這樣的安排真令新手開心。

雖然武器只有韋恩的一把柴刀，既然是兩人一起進入森林，只要由韋恩帶頭，即使只有一把應該也沒問題。況且韋恩身為前輩，也想在後輩面前好好表現一番。

蕾亞說話的口氣相當粗魯，和她的外表一點都搭不起來。據她表示，因為難得玩遊戲，她想要盡情地角色扮演。

因此，她完全不把兩人當成玩家，不僅想用傭兵的口吻說話，還想將ＮＰＣ當成居民和他們往來。韋恩也贊成她的想法。

蕾亞似乎除了韋恩以外還有別的好友，她偶爾會做出像在和好友聊天的舉動。

問她為什麼不和那名好友一起行動，結果她好像不知道只要雙方是好友，就能在遊戲開始時選擇在相同位置初始生成這條規則。雖然必須事先加入好友，也就是僅限在遊戲外認識的對象，但確實有這樣的功能。從韋恩口中得知這件事之後，蕾亞滿臉詫異地把這件事告訴好友。感覺好青澀。

其實韋恩也想跟蕾亞加好友，可是因為他還沒有把握對方已經信任自己，一直不敢開口。

這個時代就是如此。雖說是在ＶＲ遊戲裡面，透過系統和可信任對象以外的人連結依舊十分危險。

◆◆◆

不僅如此，韋恩也對於自己在創建角色時，刻意將外表塑造成「美貌」這件事感到自卑。蕾亞的長相感覺相當自然。如果要刻意變更自己的長相，想必幾乎所有玩家都會變更成「美貌」，既然她並非如此，就表示她應該是完全按照現實中的模樣來設定虛擬化身。

若要說她改變了哪裡，大概就只有髮色吧。鮮豔的紅褐色頭髮在現實世界中很少見。可是，她看起來也不像會積極把頭髮染成這種顏色的類型。雖然有可能是韋恩自己這麼希望。

儘管韋恩並沒有做壞事，他卻對自己創建出來的角色形象感到有些後悔。

要是我也大方地用真實的虛擬化身開始遊戲就好了。這麼一來，說不定我就能大方地向蕾亞提出好友申請了。

不過算了，加入好友的事情以後再想好了。

現在最重要的是為冒險做準備。皮革工藝店裡有販賣外套和皮革盔甲，韋恩帶著蕾亞來到他購買兔皮盔甲的商店。

「對了，蕾亞，妳知道官方宣布將舉辦大規模活動嗎？」

「啊啊，呃……嗯，這麼說來的確有那樣的通知呢。」

蕾亞感覺想了一下才回答。

或許她其實沒有看通知，而是和好友聊天之後才確認這件事。一瞬間，韋恩對那名好友起了焦躁難耐的嫉妒心，但是又覺得蕾亞假裝自己早就知道的模樣有點可愛，於是嫉妒的情緒一下便煙消雲散。況且那位好友據說是一名女性。

「不曉得那是什麼樣的活動對吧？要讓散布整個大陸的玩家同時參加活動應該相當困難，不知道營運方打算怎麼做。蕾亞妳會參加吧？」

「嗯……我可能要當天才有辦法確定吧。呃，規定不能中途加入，而且中途離場就無法再參加對吧？當天有沒有時間參加……我現在還不知道。」

「這樣啊……那個，妳那天要是方便，要不要跟我一起參加活動呢？當然，如果可以和妳那位在其他城市的好友一起參加，我也希望能夠加入妳們。」

「好啊，如果我可以參加，到時就再麻煩你了。我也會跟我朋友說。」

後來他們在皮革工藝店買了韋恩的外套，以及蕾亞的兔皮盔甲和外套，接著便出了城。

附近的森林是一座足以稱之為大森林的深邃森林，然而只要出了城很快就能看見，不會迷路。韋恩筆直地朝森林走去，提高警覺踏進森林中。

進入森林後，他一邊斬斷藤蔓和樹叢，一邊領著蕾亞前行。

現在雖說是白天，森林裡卻十分昏暗，視野不佳。儘管這裡離被稱為魔物領域的危險地帶應該還有一段距離，韋恩卻不知道具體上哪裡是分界線。

「蕾亞，妳應該沒有來過這裡吧？」

「啊啊，是啊，這是我第一次來。」

可能是森林裡很難行走的關係，蕾亞回答得有些卡頓。

「如果是這座森林，我想應該會比在草原上獵兔子更能有效率地賺取經驗值。而且因為N——城裡的居民們好像很少會進到這座森林裡，在這裡取得的素材說不定可以用高價賣出。」

韋恩還沒有見過蕾亞的戰鬥風格所以不清楚，看樣子她大概是輕戰士類吧。獸人這個種族也很適合成為戰士。

這樣或許應該讓蕾亞擔任前鋒，韋恩則負責用魔法支援。韋恩決定先試著讓她作戰，屆時如果感覺自己也一起加入前鋒會比較好就再那麼辦。

本來像韋恩這樣的魔法戰士通常都會不夠靈活，不過他們也有一樣強項，就是能夠視隊友或對手的狀況改變行動模式。既然這款遊戲不是等級制，那麼只要能夠賺取經驗值，將不靈活的人培育成不會輸給任何人的萬能角色，也並非不可能。

雖然在森林裡很難掌握時間感，自從進入森林到現在應該已經走大約一小時了。

假如行走距離和預期中一樣，想必就快接近魔物領域了。縱使在此之前一路上都沒有遇見魔物，接下來遇到的可能性很高。

「魔物說不定就快出現了，我們提高警覺吧。」

「啊啊，這樣啊，說得也是。我知道了。」

沒多久，他們發現樹叢因自己以外的某人而晃動。

從樹叢中現身的，是一隻深褐色的巨大螞蟻。雖說巨大，也只是和普通螞蟻比起來很大，實際上高度大概比韋恩的膝蓋還低。

不曉得蕾亞在生理上是否能接受巨大的昆蟲？如此心想的他瞬間轉頭瞥向蕾亞，結果見到她神情冷靜地注視著螞蟻。她可能已經在其他遊戲見慣巨大昆蟲了。昆蟲類怪物因為經常大量出現，在許多遊戲中都被當成沒用的小怪物。

「蕾亞，妳有辦法攻擊嗎？如果可以，我就用魔法支援妳！」

「嗯，沒問題喔！」

蕾亞一邊說，一邊拔出短劍砍向螞蟻。她的動作雖然莫名有些僵硬，可能是獸人的能力值發揮作用了，她以相當快的速度朝螞蟻逼近。螞蟻來不及閃避，就這麼失去一條腿。

螞蟻失去平衡。

「很好，『火焰箭』！」

韋恩使出的攻擊魔法命中螞蟻，將螞蟻燒成一團黑炭。

明明說要支援，實際上卻幾乎由韋恩一人將螞蟻打倒，但是既然蕾亞也有使出一擊，她應該多少也能得到經驗值吧。

韋恩確認了一下自己獲得的經驗值，發現得到的數量比單獨獵兔子要多一些。

兩人一起行動還能有這樣的收穫，看來螞蟻是比兔子等級高上許多的魔物。

「剛才那是韋恩的魔法嗎？威力好強啊。」

「嗯，還好啦。不過，因為使用這個魔法就無法取得螞蟻素材，接下來還是儘量用劍打倒敵人好了。」

「知道了。」

後來考慮到回程的時間，兩人一直狩獵螞蟻到最後一刻才打道回府。他們回到城裡時，太陽已經快要下山了。

◆◆◆

「——原來如此，即使是原本能夠獲得經驗值的行動，如果是眷屬攻擊下屬這種自導自演的情況就會得不到啊？」

蕾亞看著凱莉攻擊工兵蟻，一面喃喃自語地說。一旁的史佳爾也好像不把讓自己的眷屬攻擊自己的眷屬當一回事似的，一副恍然大悟地點頭附和。

在對螞蟻的洞窟進行一番大改裝之後，蕾亞在這間新打造完成的「女王之間」裡觀察凱莉作戰的情形。

扣除維護那一天，約莫現實世界的一星期。

蕾亞利用那段時間，將洞窟外那片屬於魔物領域的廣大森林幾乎據為己有。

除了感覺可以作為糧食的魔物群，以及為了當成經驗值牧場而放其一條生路的哥布林聚落等，如今森林裡已經不存在能夠反抗蕾亞等人的勢力。

占領支配整座森林之後，蕾亞將領地移動到大森林的中央附近。

蕾亞雖然已經占領洞窟，似乎無法將其整個化為領地，只有設定在領地中心的女王之間周邊被判定為私人領域。儘管蕾亞最後並沒有嘗試，依照這樣的遊戲設定，就算讓這裡和一開始遇見凱莉她們的洞窟物理性地相連，恐怕也無法擴大領地範圍。

讓巢穴遍布整座森林地底的過程中，她們曾經不小心通到魔物領域附近疑似採礦場的地方。雖然當時意外遇見人類的NPC，蕾亞心想反正那裡離領域很近，再加上她也想得到礦物資源，便直接占領了採礦場。

另外，森林外圍地底的地下水脈沿線有出產泥煤，更往地底的地方還有煤炭，螞蟻們不用露天挖掘就能輕易取得地下資源。由於煤炭還可以精煉出鐵礦石，使得她們手中握有的金屬數量有了飛躍性的提升。

如今蕾亞已讓芮咪取得「鍛冶」類的技能，並且在巢穴一隅建造鍛冶場，正式開始生產金屬裝備。

她使用經驗值，讓很少上場作戰的部分工兵蟻取得「鍛冶」、「皮革工藝」和「裁縫」等生產類技能，在芮咪的監督下逐漸建立起裝備的量產體制。

◆◆◆

掌控大森林之後，蕾亞也將勢力伸向草原。

她延伸位於地底深處的螞蟻用通道，在草原上到處挖掘可以讓螞蟻探出頭來的洞穴。她讓螞蟻利用這些洞穴，刺探草原周邊的人類動向。

她嚴格要求蟻群絕對不能被人類發現，同時在此前提下，允許人類在某種程度上獵捕兔子等獵物。若一個弄不好被人類視為危險的存在，結果草原或大森林遭到人類種國家侵略就不妙了。

偶爾好像還是有部隊會不慎被人類發現，畢竟都被發現了，那也是沒辦法的事，因此她吩咐蟻群那種時候一定要將對方收拾掉。草原周邊似乎很少有人能夠單獨打倒由五隻組成一班行動的螞蟻，獲得的經驗值立刻就落入蕾亞手中。

看樣子比起等級相當的魔物，對手是人類能夠獲得較多的經驗值，這一點和封閉測試時一樣。由於人們多半會以武器和護具提升戰鬥力，那些裝備大概也被算進難度裡面了吧。倘若只考慮取得經驗值的效率，人類確實堪稱是很好的獵物。

真要說的話，其實狩獵能夠一再復活的玩家會更有效率，可是一旦被他們發現，到時就算將對方全數殲滅，情報還是會被散布出去，因此不能像NPC一樣輕易下手。

話雖如此，蕾亞也不覺得能夠永遠隱瞞下去，所以假如玩家數量隨著遊戲正式上線而增加，她打算之後要視情況定期進行狩獵。

另外，蕾亞也明白死亡的螞蟻屍體為何會不知不覺消失了。

好像是經過大約一小時之後，螞蟻就會自動重生的關係。史佳爾之前並不在意螞蟻的總數所以沒發現，但是蕾亞在開始組成部隊、管理戰力之後立刻便察覺這一點。

當時她並不清楚那個自動重生是螞蟻這個種族的特性，還是通用於全體眷屬，不過前幾天的官方公告讓她明白是後者。她原本作好最壞的打算，心想到時用「召喚」保住眷屬就好，現在看來沒有那個必要。

在逐漸掌控這座大森林和草原地底的過程中，多得讓人不敢相信的經驗值流入蕾亞手中。

這些主要是蟻群獲得的經驗值，照理說本來應該要用來讓全體螞蟻成長才對，可是她在和史佳爾討論之後打消了念頭。

蕾亞按照當初的計畫，決定以讓自己和史佳爾取得「強化眷屬」為優先。由於「強化眷屬」參考的是主人的能力值，蕾亞接下來便提升了自己的能力值。

蕾亞先將自己的能力值提升至眷屬們的數值明顯受到強化的程度，接著也提升了史佳爾的能力值。

如今即使是普通的步兵蟻，新手玩家想要一對一討伐也很困難。如果是工兵，因為能力值不適合作戰，只要用魔法攻擊牠們的弱點就能輕鬆打倒。

這個「強化眷屬」的優點，在於消費經驗值的從頭到尾都是主人，眷屬的經驗值完完全全不會減少。

受到強化的眷屬即使對上等級比自己略高的敵人，也能和對方戰得不分上下。然而，那完全是主人很強的緣故，並不是因為眷屬本人消費的總經驗值增加了。換言之，只要是勢均力敵的對戰，在系統上就會被視為和等級較高的敵人作戰。

蕾亞為了掌控大森林和草原而派出去工作的螞蟻部隊，多半是沒有經過強化的步兵。可以說就是這種強化類的增益效果，讓蕾亞取得了龐大的經驗值。

縱使蕾亞沒有插手，史佳爾恐怕也會做出相同的事情。

當然，史佳爾的效率應該會比蕾亞差一些，然而即使如此，牠擁有的經驗值數量依舊多到難以想像。

這個洞窟和大森林想必原本應該要成為那個「女王國」吧。也就是說，史佳爾本來不止即將成為特殊頭目，牠還是未來的副本頭目。

蕾亞也發現到就像要證明那一點的新技能。

史佳爾的技能樹「選擇種族」中有「航空兵」等技能。

這項技能在蕾亞讓史佳爾取得「風魔法」之後解鎖。

史佳爾本來無法取得魔法類的技能。可是牠和蕾亞這些人類種相反，因為取得「強化眷屬：AGI」而使得對應的魔法類技能解鎖，變得可以取得。

蕾亞原本想以取得其他的「強化眷屬」為優先，又因為不想讓史佳爾直接參與戰鬥而將此事擱置一旁，但是既然取得「風魔法」使得「航空兵」解鎖，她再次對史佳爾的技能進行了驗證。

因「風魔法」而解鎖的技能「航空兵」生出了「兵蜂」。

其外表是巨大的胡蜂。由於大森林外層的樹木密度很高，使得牠們只能在上空飛行，但若是在大森林深處，便能展現驚奇的機動性和攻擊力。

雖然相對的生產成本也很高，對於提升各種能力值使得LP和MP也大幅上揚的史佳爾而言，如今已經和生產步兵沒什麼差別。

因「火魔法」而解鎖的技能「突擊兵」生出了「突擊蟻」。

其外表和現實中的火蟻相近。牠們從腹部前端發射出來的不是毒液或酸，而是火焰。射程和攻擊力皆超越現實中的火焰噴射器。因為有像是可燃性液體的物質在燃燒，火在攻擊完對象之後會持續燃燒一陣子。這一招在森林裡運用非常危險，因此蕾亞嚴格要求牠們噴射火焰之前必須徵求長官的同意。

因「雷魔法」而解鎖的技能「狙擊兵」生出了「狙擊蟻」。

和一般的步兵相比，牠們擁有較長的觸角和纖細的身軀，腹部前端的毒針也和一般的針狀不同，像槍身一樣筆直細長。

和工兵以及突擊兵相反，狙擊兵是將腹部往背部彎曲，擺出蠍子般的姿態狙擊對象。蕾亞調查過牠們發射出來的子彈，那好像是用酸將大量岩石融解後在體內凝固而成的物體，質感有如光滑的金屬一般。牠們說不定是利用「雷魔法」，像電磁砲一樣擊發子彈。

牠們是一群狙擊時幾乎無聲的可怕刺客。

因「地魔法」而解鎖的技能「砲兵」生出了「砲兵蟻」。雖然射程比狙擊兵短，攻擊的冷卻時間也長，卻擁有一隻即可進行表面壓制的遠距離攻擊能力。外表看起來就像發胖的狙擊兵。使用的砲彈基本上為高爆彈，不過也可以發射不會炸裂的砲彈，擁有無論是對人戰還是攻城戰都能應對的潛能。但是這兩者蕾亞目前都還不打算付諸實行。

因「冰魔法」而解鎖的技能「偵察兵」生出了「偵察蟻」。牠們好像同時也兼任類似通訊兵的業務，偵察兵彼此間能夠進行雙向通訊。

可是由於每一班擔任領導人的螞蟻都已經和史佳爾加入好友，能夠使用聊天的功能，所以通訊兵的戰略價值略低，但是蕾亞對於牠們原本身為偵察兵的能力和高度隱密性予以肯定，因此在每一班都編入一隻。

因「水魔法」而解鎖的技能「運輸兵」生出了「運輸蟻」，不過牠們恐怕是目前最懷才不遇的一群。由於現在就連步兵蟻都已經透過「強化眷屬」獲得必要的ＩＮＴ，所有螞蟻都能夠使用背包，因此這座大森林的螞蟻們並不存在所謂後勤的概念。當初蕾亞為了進行驗證，讓史佳爾生出少數幾隻運輸蟻，結果牠們現在全都留在巢穴內看家。

假使這些螞蟻隨著史佳爾的成長大量出生，屆時人類種國家恐怕三兩下就會被消滅吧。倘若這便是營運方安排的副本頭目，真的是必須動員相當多玩家才有辦法討伐的可怕對手。而如今，那樣的勢力正在蕾亞手下逐漸壯大。

想著蟻群的成長，此時在蕾亞的視野中，凱莉依舊盡可能手下留情地用鈍器毆打工兵蟻。沒錯，蕾亞現在正與凱莉共享視野。

◆◆◆

為了「強化眷屬」而取得所有魔法技能，並且提升必要的能力值之後，蕾亞開始思考要把多到不知如何處理的經驗值用在什麼地方。能力值確實會帶給角色顯而易見的強大實力，些許的能力值差距卻很容易就會被技能推翻。

話雖如此，蕾亞現在並不想要提升武器技能。因為她目前並不打算親自作戰，再說其他玩家應該也都會各自取得一般的武器技能。

所以之後如果有看似有用的技能即將解鎖，社群平臺或攻略網站上應該會掀起一片熱議，到時蕾亞只要看過討論再考慮要不要取得就好，完全不需要浪費經驗值去驗證。

不過，她也不太想要取得生產類的技能，因為她已經命令工兵蟻們建造工廠了。

最後蕾亞取得的，是她還沒有得到的魔法技能「空間魔法」。

這個魔法在初始狀態下不會被解鎖，必須等到取得「授予魔法」、「風魔法」和「地魔法」之後才會解鎖。這則情報早在封閉測試階段就已經公開，所以應該也有許多玩家都取得了吧。

這個魔法不是單獨就能發揮效果的類型，而是要取得技能樹中的技能，之後才能發揮輔助運用其他魔法的效果。類似於「魂縛」和「召喚」的關係。

具體而言，取得這個技能樹「空間魔法」中的「辨識座標」後，即可任意設定其他魔法技能的發動位置。倘若使用得當，也能從正在對峙的敵人身後擊發「火焰箭」，攻擊對方的背部。

因為可以用來突襲或虛張聲勢，所以非常有用，然而明明不是直接提升攻擊力，取得的條件卻很嚴苛。

許多玩家認為如果有那麼多經驗值，還不如直接用來提升戰鬥力比較好，因此這項技能獲得的評價並不高。

另外，「辨識座標」也只限定自己能夠辨識的點，所以基本上只能在視野內進行指定。這項技能雖然在對人戰才能發揮效用，如果是高階對人戰，就會有遭人從視線猜測出目標的可能性。

蕾亞一開始想驗證一下，看看是否也能在使用「召喚」召喚眷屬時指定座標。她早已取得所有前提技能，必須花費的成本只有「空間魔法」。

取得之後，蕾亞發現確實能夠如她當初所期望的「在『召喚』時指定召喚位置的座標」，不過這項技能果然還是很依賴視野。

由於蕾亞的視力很差，即使是魔法技能，她還是享受不到依賴視野的「辨識座標」的好處。

她本來心想這下浪費了，但是說不定有其他技能會因為「空間魔法」而滿足取得條件，於是她也確認了一下其他技能樹。

結果，「調教」裡面增加了「辨識眷屬」這項技能。

其效果是可以辨識自己的眷屬此時所在的座標，而且從內容和名稱來看，「辨識座標」肯定是取得的條件沒錯。既然如此就應該取得，然後也確認一下其他技能。

這個模式讓蕾亞感到很熟悉。開放β測試第一天的興奮感又回來了。

接著她確認技能樹「召喚」，當中被解鎖的技能是「召喚視覺」。

其效果是僅召喚透過「辨識眷屬」辨識到的眷屬視覺，只要閉上自己的雙眼即可占有該眷屬的視野。

這項技能的好處不言而喻。只要收服鳥類魔物，指揮官就能親自進行空中偵察。

更棒的是，占有的完全是眷屬的視野，和主人的視力好壞沒有關係。蕾亞之前在取得先天特性的弱視時，就想過有一天必須利用某種手段來彌補這一點，沒想到真的意外獲得具有那種效果的技能了。

蕾亞讓凱莉取得「強化視覺」和「強化聽覺」，派她以傭兵的身分前往傭兵公會，直接取得附近城市的情報。

只要讓自己的視野和凱莉的視野同步，需要即刻作出判斷時便能立即下達指示。蕾亞會讓凱莉也取得「強化聽覺」，是因為她也很快就取得同系統的「召喚聽覺」。

她派凱莉前往距離大森林不遠的城市，讓她姑且自稱「蕾亞」。

目的是為了掩飾凱莉會使用背包這件事。

ＮＰＣ能夠使用背包等系統功能的這個事實，現階段只有蕾亞一人知道。她在官方開設的社群平臺和能夠找到的非官方社群平臺搜尋之後，發現完全沒有相關的討論，才作出這樣的判斷。

即使之後有其他玩家發現「使役」等強大技能，唯獨這個事實她想要極力隱瞞。

如果想要隱瞞ＮＰＣ能夠使用背包這個事實，不讓ＮＰＣ使用會是最好的辦法，然而這是一項難得的便利功能。尤其派ＮＰＣ到遠方活動時，實在不該讓行李的運輸受到無聊的限制。

因此，蕾亞認為當背包不幸遭人發現時，最好的做法就是偽裝成玩家。

她不曉得有沒有玩家的名字叫做凱莉，但是在這款名字無法重複的遊戲裡，要是有其他人名字也叫做凱莉就麻煩了。因為別人會發現這起碼不是正規的玩家名稱，進而受到不必要的懷疑。

可是如果讓凱莉自稱「蕾亞」，因為蕾亞本人目前並不打算拋頭露面，完全不會有問題。不僅不會撞名，也不會有其他玩家以正規手段自稱「蕾亞」。「蕾亞」這個名字毫無疑問是最安全的「化名」。

在送凱莉前往人類城市之前，為了避免他人懷疑她的玩家身分，蕾亞大概向凱莉等人解釋了一下什麼是「玩家」。

玩家所在的世界和這個世界相連，他們在這裡睡覺的時候，實際上在另一個世界裡生活，因此玩家們無論身處這個世界的何處或距離多麼遙遠，都會彼此共享情報。

關於營運方和官方這些名詞，蕾亞也告訴她們那對玩家們而言是神一般的存在，雖然確定真實存在卻沒有人對其心懷敬意。蕾亞認為自己解釋得非常好，為此感到心滿意足。

由於凱莉身上那套一副盜賊相的老舊皮革盔甲以這個時期的玩家穿著來說很不自然，蕾亞便把自己的初始裝備脫下來給凱莉。

至於脫掉初始裝備的蕾亞，則隨便將從森林取得的毛皮裁下來圍在身上，再用繩子固定住而已。如果要比喻，大概類似古希臘的披裹式服裝吧。只不過蕾亞身上的是毛皮而非羊毛，所以感覺十分粗糙。

蕾亞要凱莉以在城裡收集情報為優先，然後隨便交代一些簡單的工作讓她完成，另外還吩咐她假使遇到玩家，要在身分曝光之前反過來主動和對方接觸。就算凱莉說的話有點奇怪，只要先表明自己在角色扮演，應該就能蒙混過去吧。

蕾亞以前也曾經假扮過ＮＰＣ。可是即使有玩家和她一樣那麼做，應該也不可能有ＮＰＣ會去假扮玩家，想必不會被發現才對。

另外又取得技能樹「死靈」中解鎖的新技能，還有視覺和聽覺以外的感覺類召喚技能及其延伸技能之後，蕾亞決定暫時停止取得技能。

因為她覺得目前需要的技能大致都已經取得，而且之後還得讓史佳爾解鎖「召喚」類的技能才行。

蕾亞當前的目標，是獲得能夠長時間飛行的眷屬。假如是初始狀態下就已經擁有「夜視」這類特性或技能的種族就更好了。

雖然目前已經有兵蜂作為飛行戰力，牠們畢竟是史佳爾的眷屬，蕾亞無法召喚牠們的視野。

在森林外也能長時間活動，可以的話最好有「夜視」能力，並且不引人注意、戰鬥力又高。若是有剛好符合這些條件的魔物該有多好。

另外派遣凱莉到城裡探查的期間，蕾亞也會不時要萊莉在大森林裡四處巡視。

雖然這座森林裡應該已經沒有蕾亞等人不知道的魔物了，蕾亞還是吩咐她去找找看貓頭鷹型的魔物，將同種者中感覺特別強大的個體毫髮無傷地帶回來。

沒有必要觀看凱莉的視野時，蕾亞就會和萊莉共享視野，觀察森林的情況。

那樣的蕾亞在「女王之間」裡所坐的當然是寶座。

她先叫工兵們將岩石加工成椅子的形狀，再把好幾張獵來的巨大魔物毛皮疊放上去，調整成坐上去屁股不會痛的軟硬度。不僅椅面帶有弧度、椅背略為傾斜，還特地增加接觸面積讓體重分散至整張椅子，如此用心的設計讓人即使長時間久坐也不會感到辛苦。

其舒服的程度，讓蕾亞最近經常坐在這張椅子上睡覺，登出遊戲。

『首領，我回來了。』

當蕾亞占有萊莉的視覺和聽覺，享受模擬探索森林的樂趣時，她收到凱莉傳來的聊天訊息。

她一恢復視覺和聽覺，就見到凱莉已經回到女王之間。凱莉好像是自己走回來的，她全身穿戴著看似廉價的兔皮盔甲。

「呵呵，妳那是什麼打扮啊？啊，我不是說妳的打扮很奇怪喔，只是看起來真的就像新手傭兵一樣。」

「對不起，我把資金花在這種低階裝備上……」

「話雖然這麼說，妳花的也是妳憑藉偽裝賺來的錢，不是嗎？既然如此就沒關係，況且我們本來就不太需要金錢。」

蕾亞等人已經占領了礦山，也就是這座城市周邊的唯一金屬來源。另外作為燃料和資材的煤炭和木材可以說也一樣被她們所掌控。能夠取得上等皮革的魔物和會製造絲線的毛毛蟲類魔物等，也都只存在於大森林中。

✦◆✦

「對了，首領，如您先前所聞，關於那個名為大規模活動的事情……」

「啊啊，對喔……不曉得那究竟是怎麼回事呢。」

對於凱莉和那個名叫韋恩的玩家在交談過程中提到的大規模活動，蕾亞也感到十分好奇。基於這款遊戲的性質，要將許多人聚集在一個地方舉辦活動，是非常困難的一件事。到時究竟會在哪裡，又會如何舉行呢？

首先得查明活動的詳情，才能決定可否參加。蕾亞並不打算親自前往某處參加活動。畢竟機會難得，她很想如那個韋恩所說的讓凱莉去參加，可是她不曉得NPC能否參加。

「不管怎麼樣，既然官方沒有發表後續消息──」

『首領，森林感覺不太對勁。』

蕾亞說到一半停了下來。正在探索的萊莉傳來聊天訊息。

「感覺不太對勁」這樣的報告實在曖昧不明，但是萊莉應該不會無緣無故作出這樣的報告。

『妳說不對勁，具體而言是怎麼不對勁？』

『我偶爾會發現我們豢養的哥布林屍體。以用來進行螞蟻的新兵訓練來說，屍體的數量感覺有點多。而且，我還隱約感應到一股我們不熟悉的氣息……』

萊莉自己好像也不太確定是怎麼回事。真要說起來，報告的內容也可以算在誤差範圍之內。

蕾亞望向隔壁的史佳爾。由於蕾亞曾經交代過，麾下領土的相關報告也要同時提交給史佳爾，和萊莉同行的螞蟻應該正在將同樣的內容回報給牠。

可是史佳爾一頭霧水地偏著頭，似乎並沒有收到特別詭異的報告。

如此一來，就代表有異物毫無預警地突然出現了。但是在這座幾乎可以說完全受蕾亞掌控的森林裡，實在很難想像有人能夠入侵萊莉等人所在、接近中央地帶的地點，卻完全沒有觸動螞蟻的警戒網。陸上、空中和地底都有蟻群。

正當蕾亞思忖究竟發生什麼事時，萊莉隨即又傳來報告：

『首領！正在巡邏的別班回報！骸骨軍隊好像突然現身了！地點在W-18附近！』

『骸骨？妳是說骷髏嗎？突然現身是怎麼回事？損害情況如何？』

『我軍沒有受害。因為地點就在哥布林牧場旁邊，好像有幾隻出來偵察的哥布林遇害了。』

實在令人費解。從整座森林來看，W-18幾乎在中央位置偏東的地點上。一如史佳爾所言，那附近確實有哥布林牧場，難道還有其他東西嗎？

不，與其思考，還是派人去偵察比較快。恰巧萊莉等人就在附近。

『萊莉，不好意思，麻煩妳立刻領班去偵察那支骸骨軍隊。』

『收到。』

『還有，既然那一帶也有哥布林的屍體，那麼敵人有可能已經在那一帶展開部署了。骸骨的隱密性不明，妳們千萬要小心。』

『是。』

「史佳爾，哥布林牧場附近有感覺和骸骨軍隊有關的東西嗎？」

『那些哥布林好像偶爾會在附近的某個地方蒐集武器，只是不知道和骸骨有無關聯……』

「武器？啊啊，我記得牠們拿著生銹的劍……因為很符合遊戲的氣氛，再加上憑哥布林的肌力，應該無法用生銹的劍砍傷螞蟻的外殼，所以我之前一直沒有放在心上，不過說話回來，牠們到底是從哪裡弄來那種東西的啊？」

『我們之前也不是很在意，所以不太清楚……但是聽說牧場旁邊有個地方埋有大量腐朽的武器和盔甲……』

由於蟻群經常在牧場附近活動，會讓哥布林們心生警戒導致繁殖速度變慢，因此蕾亞一直不讓牠們靠近，不過現在看來好像應該多多探索才對。

既然在製作也延伸至牧場地底的地下通道時並未發現那些武器，可見埋得應該不是很深，大概就在地表附近而已。

既然史佳爾沒有提及這件事，就表示即使去挖那些武器和盔甲，等級也比蕾亞等人現在所能製作的裝備來得低，不適合再行利用。確實就算曾經收到關於此事的報告，除非發生像這樣的異常狀況，否則蕾亞應該也不會放在心上。

「算了，既然那裡埋有大量腐朽的武裝，那些武裝原本的主人會被埋在同個地方也很合理。雖然不知道對方是誰，總算掌握事情的源頭了。等萊莉回報、確定狀況後，我也去現場看看吧。既然對方是活屍，那麼我應該是最能好好款待牠們的人。」

這也是試用「死靈」新技能的好機會。

根據萊莉之後傳來的調查報告，骸骨軍隊果然從哥布林牧場附近一個堆滿腐朽武具的地方湧出的樣子。

為了方便，蕾亞決定之後稱之為墓地。

「那我走了。史佳爾，妳留在這裡。凱莉，妳可以跟我來嗎？」

「好的，首領。」

蕾亞帶著凱莉走在洞窟內。

這座由螞蟻打造出來、延伸至大森林和草原各處的地下道，以可供蕾亞和凱莉這些一般人種站著通行的高度所打造。

她一下和萊莉聯絡，一下又命令史佳爾派遣步兵將骸骨群封鎖在墓地周邊，在地下道內走了一會兒。

大森林固然廣大，由於女王之間和墓地都靠近中央地帶，距離現場並不遠。沒多久，蕾亞二人抵達墓地的地底附近，在地上的萊莉的引導下，前往最近的出口。

來到地上後，只見那裡果真有一大群數不盡的骸骨。乍看根本無法判別是不是骷髏。

那些離開墓地的骸骨已遭到蟻群牽制和包圍，而留在這座墓地裡的骸骨也已經被周圍的螞蟻封鎖去路，不讓敵軍繼續擴散。

「……既然你們都在這裡，那正好替我省麻煩。我就趕緊來試試吧。」

蕾亞發動技能樹「死靈」中新取得的技能。

「『死靈結界』。」

下一刻蕾亞的前方，也就是她剛才指定發動「死靈結界」的範圍，整個被閃閃發光的黑色魔法陣所覆蓋。魔法陣為立體的半球狀，完整覆蓋整座墓地。

被囚禁在這個魔法陣裡的骷髏們同時停止動作，朝著發動者蕾亞的方向僵立在原地。

「死靈結界」的效果是「將指定範圍內的屍體全部化為活屍納入掌控。若範圍內有敵對的活屍存在，可無視發動條件，對其全體發揮『支配』的效果，抵抗判定則會個別進行。結界發動的期間MP會持續減少，直到解除或MP枯竭，結界才會瓦解，同時利用該效果支配的活屍會從支配中獲得解放」。

這項技能在取得「空間魔法」的「掌控空間」後解鎖。

「掌控空間」的取得條件現在先姑且不提，至於「死靈結界」的效果，簡單來說就是將「死靈」、「魂縛」以及活屍限定的「支配」大範圍化。儘管限定了對象，因為效果強大，發動成本相當高，MP會接連不斷地減少。但是蕾亞的目的是要阻止對方展開波段式攻擊，並且鑑別出弱小的活屍。

只要利用這項技能將範圍內的屍體全部變成活屍，之後應該就不會再有活屍零星出現，而且假使真有憑這項技能無法支配的活屍，也能藉此令其現身。

蕾亞讓受到自己掌控的活屍整齊列隊，將牠們帶離墓地。同時她對史佳爾下達指示，要螞蟻砲兵用高爆彈將那些受到控制的活屍全數粉碎。

由於只有在技能發動的時候能夠以「死靈結界」加以支配，而且考慮到MP的消耗速度，結界也沒辦法維持太久，最好趁活屍受到控制、無力抵抗時將其殲滅。

用突擊兵噴射的火焰將牠們全數燒成灰燼應該是最快的方法，但是在森林裡面不能那麼做。

收拾掉受到掌控的骸骨群之後，留在墓地裡的是身穿原本應該很豪華的破爛盔甲，體型格外巨大的骷髏。

看來即使蕾亞擁有這麼高的ＭＮＤ，依舊無法支配那具骷髏。

為了避免浪費ＭＰ，蕾亞確定小嘍囉全部都被粉碎之後便解除「死靈結界」。

「……唔唔喔喔喔……喔喔喔……喔喔唔……」

只剩下一人的骷髏發出呻吟聲。

雖然牠說的好像不是人話，不知是「死靈」還是某種技能的效果，又或者是因為受到系統的輔助，總之蕾亞大概可以理解牠在說什麼。

牠似乎在說，無法原諒將自己一行人送進這座森林，害牠們全軍覆滅的國家高層。

據骷髏所言，牠們原本是這個國家的騎士團。

蕾亞完全不知道牠口中的「這個國家」是哪個國家，不過大概是鄰近那座城市所屬的國家吧。若真如此，應該就是那位名叫韋恩的玩家提過的希爾斯王國了。

可是，這樣感覺又好像有點不太對。

這個骷髏給人一種時間感混亂不清，不知道在講述多久以前的事情的感覺。

說不定牠口中的國家早就已經滅亡了。

而且骷髏好像還說，當時大陸上只有一個國家。如果是這樣，那麼這群骷髏便是亡國的騎士團，不知道因為什麼緣故集體死在這座森林裡。

蕾亞在官方網站上看過關於六國的簡單敘述，可是內容並未提及已經滅亡的統一國家。

假使這個骷髏所言屬實，就表示這片大陸過去有一段官方並未公開的歷史。

這一點實在令人興味盎然。

「那麼你們的，應該說你的目的究竟是什麼？啊啊，抱歉，我剛才把你的部下全都粉碎了。雖然我既不是你的仇人，也不打算繼續和你敵對，你大概對我有許多怨言吧？

對於粉碎你的部下們這件事，我感到很過意不去，所以我願意替你實現願望。你就先把你的願望說來聽聽吧。」

「……喔喔……唔唔喔喔喔……唔唔喔……」

之後，骷髏用讓人很難聽懂的腔調說了好長一段話。

看樣子牠好像想為部下們報仇。

只不過，牠不是要找剛才粉碎部下的蕾亞報仇。

對牠而言，包括牠自身在內，在這座墓地沉睡的騎士團早就已經死去了。儘管後來牠們不知為何又再次起身活動，保有自我意識的只有牠一人，牠反而希望其他部下能夠靜靜長眠的樣子。

因此牠的復仇對象，是謀殺牠們這支保護國家的騎士團、弒逆國王與分裂國家，一派理所當然地支配大陸的無恥之徒們。

如果那些支配者建立起了國家，那恐怕就是現在的六國吧。

蕾亞覺得那些支配者本人應該很久以前就死了，然而牠似乎無法理解這一點，還把那些人的子孫視為仇人。

「原來如此。如你所見——雖然不知道你看了明不明白，我沒有隸屬於任何國家，嗯，應該說是法外之徒。

如果說得具體一點嘛，我現在既是盜賊團的頭子，也是螞蟻王國的支配者，總之就是掌管好幾個組織，類似董事的身分。」

骷髏似乎也不打算再與蕾亞敵對，只是靜靜地聽她說話。

「你現在能夠選擇的選項，我想想看喔……第一是在這裡被我打倒，第二是成為我的眷屬，最後是離開森林去你喜歡的地方，大概就是這三者擇一吧。」

蕾亞對後續的故事很感興趣，不過那並不是非得從牠身上打聽的內容。這片大陸幅員廣大，別處應該也有其他人握有情報。要不然向精靈等長壽種族的老人打聽也可以。

再說，假如讓牠成為自己人，屆時必然會和人類種國家演變成敵對關係。呃，老實說現在雙方的關係也已經稱不上友好，其實並不會有什麼差別。畢竟蕾亞都把採礦場搶走了。

「我看這樣吧，假如你成為我的眷屬，我就賜予你力量吧。反正協助你向人類種國家復仇好像也很有趣。只不過相對的，平常你得聽命於我才行。」

雖然強制「使役」也可以，偶爾像這樣擺出邪惡首領的架式也不賴。機會難得，當然要盡情享受遊戲了。

『成功討伐冠名級敵人【怨恨的迪亞斯】。』

✦◆✦

就這樣，在系統的廣播聲中，迪亞斯成了蕾亞的眷屬。

其種族為「恐怖騎士」，能力值和技能都非常充實。雖然不到副本頭目的等級，卻也算是相當強大的特殊頭目。若再加上牠已經被殲滅的骷髏下屬們，真不曉得實力有多驚人。儘管恐怕打不過蟻群，應該輕易就能擊潰和蕾亞相遇之前的凱莉她們吧。

就連現在的蕾亞已經成功「使役」了，能取得的經驗值也很少量。光是從這一點，也能看出牠的強大程度。

與蕾亞直接參與過的其他戰鬥相比，從她剛才粉碎的骷髏大軍身上取得的經驗值幾乎為零來思考，便可見牠的強度簡直破表。

之前和骷髏對戰時，假使蕾亞完全不出手，而是讓蟻群進行攻擊，說不定可以獲得相當豐厚的經驗值。可是因為那場戰鬥的主要目的是測試「死靈結界」的性能，這也是沒辦法的事。

能夠透過實戰測試這種小眾技能的機會並不多，這次真的可以說運氣很好。

蕾亞將迪亞斯納為眷屬之後，決定把收拾墓地的工作交給在場的蟻群，自己則先行返回女王之間。

動作要是不快一點，天就要亮了。

她詢問迪亞斯要怎麼處理墓地裡的骨頭殘骸和腐朽武具，結果牠表示反正部下們的靈魂都已經不存在了，供養了也沒有意義。雖然不太理解牠的宗教觀，既然牠本人都這麼說了，那就放著吧。反正之後哥布林們應該也會拿來做有效的運用。

✦◆✦

可是假如迪亞斯所言不假，為什麼只有迪亞斯能夠保有自我和靈魂呢？

還有，靈魂照理說已經煙消雲散的騎士團，又是為什麼會現在突然變成活屍爬起來呢？

無論如何，這些事情現在就算想了也不會明白。

蕾亞指示萊莉繼續搜索貓頭鷹型的魔物，帶著凱莉和迪亞斯回到地底。

◆◆◆

『確認規定數量的使用者同時連接上服務。』

『已滿足進行大規模活動的條件。』

『活動負責AI請依照指定步驟讓腳本進行。』

『傳送活動程式執行碼。』

『……錯誤。無法確認程式的執行。』

『傳送活動程式執行碼。』

『……錯誤。無法確認程式的執行。』

『警告。部分活動角色未處於閒置狀態。』

『停止傳送執行碼。』

『各部門負責人請協商對應措施。』

◆◆◆

『致各位玩家：

誠摯感謝您一直以來對敝公司《Boot hour, shoot curse》的支持。

敝公司為記念遊戲開始上線規劃了大規模活動，但目前已知遊戲內的部分地區，發生難以進行當初規劃之活動的情形。

敝公司決定變更計畫，於同樣時間招待所有玩家至特別區域舉辦大逃殺形式的PvP活動。

當初原先預定在活動過程中，限制各位不參加活動的玩家登入，然而隨著這項變更的實施，如今不參加活動的各位也能照常登入，並且可以自由前往活動特區觀賞活動。

大逃殺的報名參加時間，至活動前一天的上午十時截止。

另外，除了報名參加的各位玩家，其餘玩家在前往活動特區時將全數移動至觀戰專用特區。

※活動特區內無論對戰場地或觀眾席，時間皆會以平常的六倍速度流逝，還請各位留意。

※為保安全，非必要請儘量不要進出特區。

※基於腦部功能與精神保護法，進入特區前必須閱讀並同意「腦內處理加速的相關提醒與警告」文件。

⬩◆⬩

其他活動詳情將擇日發表於官方網站。

今後還請繼續支持《Boot hour, shoot curse》。』

◆◆◆

『常見問題：

以下收錄顧客提出的「常見問題」與「麻煩的解決方法」。

因為有可能可以解決您的疑問和問題，還請在諮詢之前先確認一次。

另外，像是和遊戲內容相關的問題和部分規則相關的問題等，有些問題恕敝公司無法回答，這一點還請見諒。

Q：假設入住旅館之類的地點覆蓋重生點之後，因該旅館倒塌等因素導致重生點消失，這時該怎麼辦？

A：會在前一個重生點重生。另外，如果那是初始重生點，則會依照一開始玩家選擇的條件再次進行抽選，於隨機地點重生。

Q：沒有組隊功能或戰隊之類的功能嗎？

A：關於組隊功能

《Boot hour, shoot curse》沒有組隊功能。請自由和其他玩家或NPC們通力合作，挑戰困難。在經驗值的分配方面，有對戰鬥產生某種影響的所有角色都有權利獲得，並且會根據對戰鬥的貢獻程度進行分配。至於貢獻程度則不會被公開。

另外關於掉落道具的分配，這部分需要各位當事者角色們自行充分討論，建議各位可以事先進行協商。

A：關於戰隊

雖然沒有明確的戰隊系統，可以多個角色一起行動，購買或是租借一件物品。另外亦可以此為據點自稱某個集團，還請各位自由利用。

Q：有寵物之類的系統嗎？

A：該問題無法回答。

Q：如果在手邊的經驗值全部用光的狀態下死亡，接受死亡懲罰時要如何扣除經驗值？

A：重生時，請從您持有的技能或能力值中，選擇覺得不需要的進行返還。經過返還的經驗值在扣除掉懲罰的部分之後，剩餘的會直接加入未使用的經驗值中。倘若您無法選擇，則會從最新取得的技能或最近上升的能力值中被自動返還，用以支付。

※將技能和能力值返還成經驗值時，可於僅限重生時使用的專屬畫面上進行操作。
※倘若要返還作為技能取得條件的必要技能，失去前提條件的技能也會被自動返還。
如閱覽過本頁面後仍無法解決您的問題，請透過以下諮詢表單投稿。』

◆

第五章　大逃殺

蕾亞為了取得「強化眷屬」和「空間魔法」等技能而在自己身上投入大量的經驗值，如今無論和大森林周邊的哪個敵人作戰，都無法再獲得經驗值了。

可是，假如是沒有經過強化的螞蟻班或小隊去狩獵哥布林集團，蕾亞還是可以間接地獲取經驗值。儘管數量不是很多，只要像現在這樣經營牧場，以及定期且有計畫地進行狩獵，以一天的收入來說，這樣的收穫還算不錯。

蕾亞看著自己如此思索的同時，依舊在眷屬們的辛勤工作下不斷自動增加的經驗值，決定正式開發她從以前就很好奇的技能。

那項技能就是「煉金」。

這是通往所謂煉金術的技能樹，可是蕾亞看了社群平臺上的發文，玩家們似乎都只有找到源自初始技能「煉成」和「調藥」的「煉精」。當然可能也有玩家像蕾亞隱匿「使役」一樣故意隱而不報，但就算如此，其中恐怕還是有什麼原因讓人無法以正常手段找到那項技能。

蕾亞之所以想要得到「煉金」，是因為創建角色時可以選擇的種族中有「人造人」。

說起人造人，眾所周知那是透過煉金術製造出來的人工生命體，因此自然會聯想到兩者之間的關聯。

在之前的封閉測試中，人造人的外表就像體型較小的人類，除此之外在資料上的差異，大概就是人造人的ＩＮＴ被設定得比人類來得高。因為如此，人造人的綜合能力優於人類，卻不會追加消費經驗值。

基於這個理由，人造人在人類種國家被分類為魔物。平時在人類種國家的城市裡生活不成問題，卻有一旦身為人造人的事情曝光，就會被城裡的ＮＰＣ當成魔物對待，遭到討伐或獵捕的嚴重缺點。

從這一點來看，人造人是「人工生命體」的這個想法並沒有錯。因為牠們是失去理智的煉金術師利用禁術製造出來的魔物。

蕾亞一直在思考能否藉由解鎖「煉金」技能，製造出人造人。

不管怎麼樣，她決定先從取得「煉成」開始。

假使取得之後沒有技能可以解鎖，那麼也就只能取得「調藥」了。反正她現在經驗值多得是，可以儘管取得成本便宜的非攻擊類魔法技能。雖然「風魔法」的「乾燥」和「火魔法」的「加熱」等魔法在戰鬥時派不上什麼用場，卻是「煉金」和進行其他生產類行動時，不可或缺的魔法。

蕾亞消費蟻群賺來的經驗值，接連取得魔法和技能。

從「調藥」開始，直到蕾亞將「煉精」、「乾燥」、「加熱」、「水魔法」的「洗淨」、

「雷魔法」的「通電」、「冰魔法」的「冷卻」，以及「地魔法」的「粉碎」統統都取得，「煉金」才終於在技能樹「煉金」中解鎖。

這是和技能樹同名的技能。然而居然需要滿足這麼多種條件才能取得，解鎖條件實在有些過於嚴苛。

感覺會培育技能樹「煉金」的生產職一般不會取得魔法，即使要取得，恐怕也僅限取得某個屬性吧。莫非營運方不想讓生產職「煉金」嗎？

取得這個「煉金」之後，名為「哲學家之蛋」和「煉金爐」的技能隨即跟著解鎖。

與其說是因為「煉金」開放了才出現，恐怕是因為蕾亞已經滿足某種條件了吧。雖然事到如今，她根本不知道哪個技能是前提條件。

不過——

「……這是……器具的名稱？」

從說明欄的內容來看，這兩項技能都是「發動『偉大創作』時必備。向上補正『煉金』技能的判定」。即使是有前提條件的技能，這未免太隨便了。

「算了，我要是太用力吐槽這一點，之後八成會有麻煩的團體冒出來……」

她重新轉換心情，取得「哲學家之蛋」和「煉金爐」。

雖然這兩者以普通的前提條件來說，取得成本非常高，不過下個技能果真出現了。

「這是之前名字曾經出現的……『偉大創作』啊。」

◆◆◆

所謂的「偉大創作」，一般是指堪稱煉金術之極致的工程。姑且不論煉金術是否一般，假如能夠巧妙運用「偉大創作」，照理說應該也能製造出煉金術的奧祕，也就是賢者之石。

儘管不確定能否做到那個程度，而且這項技能的所需經驗值還是驚人的一百點，既然事已至此，除了取得之外沒有其他選項。

「……至於效果是……原來如此。必須準備的就只有材料，還有能夠連續使用『哲學家之蛋』、『煉金爐』和『偉大創作』的龐大ＭＰ啊？不過這對現在的我來說是小意思。」

蕾亞原先還擔心要是必備材料中有人造人本來的材料該怎麼辦，結果材料是由充滿遊戲風格的魔物素材和魔法金屬等構成。只不過，其中還是有幾樣材料並未公開。

材料公開與否的關鍵，恐怕在於蕾亞是否曾在遊戲內親眼見過吧。目前人造人已明確公開的材料，就只有「魔物的心臟」和「靈魂」。

蕾亞並未見過「靈魂」之類的道具，不過這也許是指透過「魂縛」奪走的死者靈魂吧。

「如果真的是這樣，那麼人工生命看來也無法真的從零開始無中生有呢。」

蕾亞心中燃起一股衝動，好想試用看看難得取得的這項技能。

在難度和人造人相當的道具之中，目前材料全部公開的就只有一個配方。只不過和人造人不同的是，這個配方就只有名稱部分沒有清楚寫明。假如「材料公開的關鍵在於蕾亞曾經親眼見過」的猜測正確，這或許是因為蕾亞已經見過材料，卻沒有見過完成品吧。

「這到底是什麼的配方呢？既然和人造人被分在同個類別，那麼也許是人工生命類這種帶有褻瀆意味的東西吧。可是材料都是金屬耶……其中感覺特別奇怪的是騎士的怨念……這究竟是什麼啊？既然看得見名稱，應該就表示我曾經見過這個材料。」

說起和騎士或怨念有關的事物，蕾亞唯一想得到的就是前幾天的騎士團墓地。

「……是掉在墓地裡的某樣東西嗎？真傷腦筋，那裡確實有各種物品，可是我只有看到腐朽的盔甲、盾牌、劍和骸骨，那裡真的有特殊道具嗎？」

『要不要姑且撿一些回來看看呢？那個材料說不定就在其中，即使都不是，至少也能知道那個材料指的不是普通的盔甲或骸骨。』

史佳爾傳來聊天訊息，回應蕾亞的自言自語。都是因為眷屬不時會像這樣作出反應，使得蕾亞最近變得經常自言自語。

「說得也是呢。那就這麼辦吧。不好意思，可以麻煩妳請正在巡邏的蟻群幫忙嗎？」

『請交給我。』

「再來就是金屬吧。因為這上面只有寫經過精煉的金屬塊，我不知道該用哪種金屬才好……總而言之，就先從我們的礦床挖到的金屬中，品質最好的試試看吧。史佳爾，這個也請妳交代某人帶回來。」

『是，首領。』

這座大森林的礦床原本是城裡的ＮＰＣ們在挖掘，現在已經被蕾亞等人占領，據為己有。

工兵蟻的酸能夠融解岩石和礦物，卻融解不掉等級比自己高的物體。由於蕾亞等人利用這項性質挖掘擴大坑道時，坑道內到處散落著未被融解的鐵礦、銀礦，以及不知名的神奇金屬等，使得採礦作業的效率超高。

✦✦✦

如今在芮咪的監督下，螞蟻們正在大森林的中央地帶使用這些酸，還有從煤炭製作出來的焦炭進行金屬的精煉作業。

「對了，這麼說來，我也得讓芮咪學會非戰鬥魔法才行。除了『煉金』之外，『鍛冶』、『裁縫』和『皮革工藝』等技能說不定也已經解鎖了。」

之後過了一陣子，步兵蟻們把指定的物品帶了回來。

「謝謝你們。好了，材料收集完畢了。」

大量的腐朽武具、騎士骸骨，以及散發光澤的金屬塊，在蕾亞面前堆積如山。

這裡面應該有某樣是素材才對。

「既然不需要靈魂，就表示最後製造出來的東西沒有靈魂吧。這麼看來，完成品可能是道具之類的吧……」

可是，這樣東西和人造人的配方擺在同一列。如果是單純的道具，應該會擺在不同列。

事實上，在因「偉大創作」而開放的配方群中，和人造人不同列的配方數量也很多。雖然目前每個配方幾乎都處於材料不明的狀態。

「算了，總之先試試看吧。那麼，展開『哲學家之蛋』。」

結果，在相當程度的ＭＰ消失的同時，一個宛如巨大水晶蛋的物體出現在蕾亞面前。

根據說明，這個應該是燒瓶，可是乍看實在看不出裡面是不是空心的。

蕾亞依照「偉大創作」的配方中記載的步驟，將金屬塊靠近那顆蛋。

「因為要是失敗就浪費了，一開始先用五公斤左右的試試看吧。」

她將金屬塊接近到幾乎要碰到蛋時，蛋的一部分忽然變形產生一個洞，將金屬塊吞了進去。

「……原來如此，我才在想要怎麼放進去，原來是用這麼魔幻的方式啊。」

說起來，其實光是水晶蛋浮在半空中這一點就很魔幻了。

「問題是騎士的怨念吧。假如用人造人配方中的靈魂來替代，所謂的怨念會不會是墮落騎士的靈魂呢？這樣的話……」

蕾亞拿起腐朽騎士的劍，讓蛋吞進去。說起最像是騎士靈魂的東西，那應該就是劍了。

「反正我本來就是抱著姑且一試的心態，那就這樣吧。好了，發動『煉金爐』！」

剛說完，浮在半空中的蛋的正下方就出現黃金燈，開始加熱蛋。

「既然叫做煉金爐，那應該就是爐子吧。可是這個與其說是爐子，還比較像是酒精燈。是不是跟乙醇（註：煉金爐的原文是athanor，乙醇則是ethanol，兩者發音相近）搞錯了啊？」

話雖如此，其實蕾亞也沒有見過真的酒精燈。她只有在VR的學校課堂上，在假想空間中使用過而已。就某方面而言，那和現在她正在做的事情沒什麼差別。

不久，蛋的內部融解成七彩的顏色，開始不停地轉動、產生漩渦。

「這樣應該可以吧？『偉大創作』！」

蕾亞消費對現在的她而言也不算少的ＭＰ之後，蛋隨即散發出耀眼的金色光芒。

「不曉得這能不能當成洞窟內的照明使用耶？」

就在她這麼心想的同時光芒消失，沒一會兒蛋裡面就只剩下一把劍。

◆◆◆

「奇怪?金屬塊消失了?不會失敗了吧?」

『首領,您仔細瞧瞧,那不是剛才放進去的騎士之劍。』

「啊,真的耶。雖然設計沒什麼變,整體卻變漂亮了。而且還在蛋裡面飄浮……」

不久後「哲學家之蛋」自行裂開,裡面的劍緩緩降落在蕾亞面前。

「哲學家之蛋消耗的MP這麼多,結果只能使用一次啊……」

劍依舊在蕾亞面前飄浮,動也不動。

「這個……不管怎麼看,都不是普通的武器呢……莫非這是魔物?唔嗯,明明不像處於使役狀態,可是……」

蕾亞隱約感覺到眼前的劍和自己之間,帶有類似主僕關係的聯繫感。

「算了,既然是魔物,應該可以『使役』吧。『使役』。」

劍依然沒有產生變化,蕾亞卻明確感覺到劍毫無抵抗地成為自己的眷屬。她查看了一下狀態列,發現劍的種族名是「活體武器」。

「原來如此!是活體武器啊!這麼說起來,你的確很有那種感覺呢。可是要怎麼說,我幾乎感覺不到意志之類的東西耶……不管了……」

蕾亞從背包裡拿出不記得是何時獵捕到,也不知是什麼肉的肉塊。

「你可以砍一下這個嗎?」

結果劍立刻以迅雷不及掩耳的速度,自己在空中大大地畫出一個半圓,無聲地把肉切斷。

「唔哇,好厲害!感覺只要做出很多把這樣的劍,就可以玩各種假想遊戲了!」

這次由於只打算做個實驗，只撿了一把劍回來。

「史佳爾。」

『我已經派運輸兵過去了。不使用的部分就讓運輸兵拿著，在這個房間裡待命吧。』

「史佳爾，妳果然好優秀。」

大部分的步兵和工兵都需要輪班工作。雖然螞蟻不用睡覺，斷斷續續地一直工作也沒關係，一天下來還是需要合計幾個小時的休息時間，輪班制度便是為此設立。

運輸兵則因為數量很少，沒有編入班中。再加上也沒有工作可以分派給牠們，因此蕾亞平時讓牠們在自己身邊幫忙打雜。

「好像還可以再來一次，這次就拿盔甲試試看吧。因為是盔甲，還是多放一點金屬好了……大概五十公斤吧。」

蕾亞再次發動「哲學家之蛋」、投入材料，然後用「煉金爐」加熱。蛋裡面很快就像上次一樣變成七彩斑斕的大理石紋。

「『偉大創作』。」

然後，當金色光芒消失，只見蛋裡面佇立一副全套盔甲。這次盔甲的腳踩在蛋的底部，沒有浮在半空中。

「不過居然還是可以自行站立呢。」

其外觀也和剛才的劍不同，起了很大的變化。

可能因為是蕾亞製造出來的關係吧，盔甲的尺寸正好符合蕾亞的身材。設計上也和原本像水桶的頭盔不同，整體感覺十分俐落，同時附有尖銳的面罩。
護胸、護肩、護手套和脛甲的變化格外顯著，雖然不到裝飾的程度，上面仍施有堪稱藝術品等級的雕刻花紋，厚度似乎也增加不少。
盔甲的關節部位和縫隙也配有鎖子甲，不讓弱點暴露在外。然後最重要的是，整套盔甲都是黑色的。大概是受到騎士的怨念影響吧。
沒一會兒蛋裂開之後，盔甲重重地降落在地面上，跪在蕾亞面前。
「假設和鐵的重量差不多，那麼符合我身材的全套盔甲大概有三十～四十公斤吧？該不會是因為我放了五十公斤的材料，才幫我額外加上這麼多裝飾吧……」
蕾亞拿著金屬塊讓蛋吞進去時，重量大概是五十公斤左右。這樣的重量本來蕾亞就算用雙手也捧不起來，但是憑她現在的能力值，即使是單手也能輕易舉起。
「你站起來吧。」
盔甲發出「鋃鐺」的金屬碰撞聲站起身。
「舉起那邊的金屬塊。」
盔甲輕輕鬆鬆便舉起金屬塊。
「看來可以做到一般人能夠做到的行動呢。對了，『使役』。」
蕾亞使盔甲成為眷屬後，重新確認牠的能力值。
「能力值……偏向ＳＴＲ和ＶＩＴ啊……ＤＥＸ和ＡＧＩ和人類相當。哦，ＩＮＴ和ＭＮＤ超低的！這下看來應該無法抵抗『精神魔法』……可是『精神魔法』對盔甲有效嗎？」

「精神魔法」本來對人造人和活屍無效。根據「魂縛」的說明，只要有靈魂庫存就能成功，應該就表示因為牠們沒有靈魂，「精神魔法」才起不了作用吧。

可是製造人造人時明明會用到「靈魂」，完成品卻沒有靈魂嗎？

需要使用靈魂的人造人，和不使用靈魂的這個——這叫什麼啊？

「我忘記確認了。雖然我大概想像得到啦。你的名字是——」

和這個「活體盔甲」的差別是什麼呢？

「差別在於積極性嗎……？還是自我？」

活體盔甲和活體武器的自我感覺都很薄弱。雖然牠們似乎會忠實地聽從命令。

「原來如此……人造人就等找到其他素材之後再嘗試，總之目前看來活體盔甲和活體武器都能利用。

大逃殺活動就快到了……真令人期待耶。」

蕾亞將最後製造出的五把活體武器分別取名為「劍崎一郎」到「劍崎五郎」，將全身盔甲取名為「鎧坂先生」，滿心期待地等待大逃殺之日到來。

◆◆◆

大規模活動當天——

蕾亞已在前一天的截止時間之前完成報名。

她原本還猜想或許眷屬也能報名，結果因為必須以回答系統訊息的形式進行報名，只有玩家才能夠報名參加。要把眷屬帶進活動會場恐怕也很困難。

蕾亞依照官方網站上的公告，前往通往活動會場的接駁地點。

被指名作為接駁地點的是各城市等地的安全區域，而大森林裡的安全區域共有五處，正好位於從中央到外圍的中間一帶。

這次蕾亞前往的安全區域，在一片圍繞著寧靜湧泉盛開的天然花田之中。然而如此美麗的地方，如今卻很不搭調地佇立著螞蟻和活屍騎士。迪亞斯平常都靜靜地待在女王之間的角落待命，不過每當蕾亞離開女王之間時，他一定都會像這樣隨伺在側，真是一名忠心耿耿的騎士。

在那個安全區域一隅，有一個散發淡淡光芒，像是魔法陣的東西。大概是只對玩家有反應吧，偶爾螞蟻不經意地從上面走過時，並沒有產生任何變化。

『公主，您真的打算獨自前往嗎？』

迪亞斯這麼勸諫蕾亞。他明明稱呼史佳爾為女王，卻稱呼地位在上的蕾亞為公主，這究竟是怎麼回事？難道他生前侍奉的是公主，又或者他以前很想侍奉公主？

「是啊，因為這次應該只有我能去。我雖然也想嘗試攜伴，我想八成行不通。再說，我也不是單獨前往喔。」

蕾亞用前幾天以「偉大創作」製造出來的黑色盔甲覆蓋全身，接著又在盔甲外披上附兜帽的斗篷。

蕾亞能夠在大白天來到陽光如此充沛的地方就是這個原因。

斗篷底下，她在背上和腰際一共佩掛了五把劍。那些也全都是活體武器。

假如是這樣的狀態，就算是活體類魔物應該也會被視為「裝備狀態」，能夠和蕾亞一起進入活動會場。

「好了，時間差不多了，那我走嘍。迪亞斯，你回去女王之間護衛史佳爾。我應該兩小時左右就會回來。」

『……遵命。』

「再見啦。」

語畢，蕾亞站上安全區域一隅的魔法陣。一如官方所公告的，蕾亞眼前出現警告和提醒的文字，不過她只隨便瀏覽一下便表示同意。

下一刻，蕾亞的視野切換，她的身影就這樣消失在湧泉旁。

◆◆◆

蕾亞透過類似轉移作業來到的地點，是一個宛如羅馬競技場的地方。考慮到參加人數，這個地方的空間照理說應該不夠大，奇妙的是人並沒有從競技場裡滿出來。

儘管人數明顯比場內可容納的數量還要多，卻沒有人潮侷促地擠在一起的感覺。

也許這個空間實際上遠比外觀看起來要寬敞許多。不知道這是專門為這次活動打造的特區？還是透過遊戲內系統正常製造出來的物體？

剛才的轉移也一樣。

這也是活動限定嗎？還是遊戲內的某處確實存在那種設備呢？

另外，在遠處可見的觀眾席上也有許多人影。那些應該是來觀戰的玩家們吧。

根據營運方表示，參加大逃殺的玩家一旦輸了，也會立刻被傳送至那個觀眾席的樣子。當然，玩家如果想要離開，隨時都可以離開觀眾席。

過了一陣子，大概是活動開始的時間到了，蕾亞耳邊傳來像是系統訊息的聲音。雖然有種總算開始了的感覺，現在這個區域的時間流逝速度應該是平常的六倍。假設是五分鐘前進入會場，那麼體感上就會感覺已經等了三十分鐘。

這裡似乎只是進行活動的開幕、閉幕，以及觀戰用的區域，之後玩家會立刻被傳送至對戰場地。那個對戰場地相當廣大，一共被分為三十二區，玩家也經由抽籤被分成三十二組，之後會被送往各自的場地。

依照比賽規則，最後會由存活下來的三十二人進行最終決戰。

蕾亞被分配到第十六區，場地內幾乎都是森林。對平常就借用眷屬的眼睛到處探索大森林的蕾亞來說，這樣的場地可以說十分有利。

參賽玩家們被分配到各區之後，隨即開始進行傳送。

蕾亞一抵達目的地，立刻就開始探索森林。偶爾發現其他玩家時，她會命令活體武器即刻斬殺對方。遊戲服務上線至今大約兩星期，即使有玩家身穿金屬盔甲，那種金屬的等級似乎也不是很高，在蕾亞的劍面前就跟布料做的衣服一樣脆弱。

（說到這裡，我到現在還是不知道這幾個孩子是用什麼金屬打造的耶。）

蕾亞以前學過薙刀術，可是她對西洋直劍的用法並不熟悉。

她心想：「既然如此，就還是交給天生就是劍的活體武器們比較好。」於是蕾亞把斬擊的工作交給牠們。蕾亞雖然用被盔甲包覆的手握著劍柄，實際上卻是劍在自動斬殺對象。

蕾亞猜想只要將路上遇見的玩家一一解決，應該就能稱霸這一區，因此她決定暫時什麼都不想，漫無目的地遊蕩。

走了一會兒，繫在背後的劍崎（應該是三郎）突然出鞘，砍落朝這邊飛來的箭。

（原來如此，就算我不開口指示，只要有危險逼近，你們就會自動迎擊啊？）

活體武器的實用性又更上一層樓了。

儘管箭接連不斷地飛來，只要知道是從哪個方向飛來，不要說閃躲了，即使徒手抓箭也並非難事。

「——啥！」

遠處傳來一聲壓抑的驚呼。為了應付這種情況，蕾亞早已讓鎧坂先生取得各種感覺強化類的技能，而她現在則澈底占有鎧坂先生的五感。

因此，若是單論經驗值的消費量，如今鎧坂先生擁有繼蕾亞和史佳爾之後排名第三的實力。

（這個箭頭是鐵製的嗎？用手指就能輕易折彎耶……而且手上沒有半點傷！鎧坂先生到底是

用什麼做成的啊？如果是這種程度的攻擊，說不定連閃躲都沒有必要。）

無論如何，既然箭的攻擊無效，那麼也沒必要警戒了。蕾亞無視朝自己飛來的箭，開始悠然地朝箭飛來的方向走去。

（感覺事情稍微變得有趣起來了。呵呵呵！沒用的！沒用的啦！你們這些臭蟲子！）

對方直到蕾亞相當接近為止，好像都還不停作出無謂的抵抗，但最後大概是明白自己沒有勝算，疑似躲藏在樹上的玩家搖晃著樹叢轉身逃逸。

（白費力氣！你是逃不出鎧坂先生的手掌心的！）

不僅AGI有所增長，同時也取得「敏捷」技能的鎧坂先生，腳程比一般玩家快上許多。牠的外表看似遲緩，其實盔甲只有五十公斤，就算加上劍也不到八十公斤，比在競技場上奔馳的橄欖球選手要輕許多。不僅如此，肌力──雖然沒有肌肉──更是人類所無法比擬。

蕾亞一邊將和大森林深處的樹林相比，脆弱得有如麩菓子的樹木削成盔甲的形狀，一邊筆直地朝獵物奔去。可能是聽見了腳步聲，獵物轉頭大叫：

「──那是什麼啊！怎麼會有那種玩意兒！」

可是，那名弓箭手似乎很清楚自己應該逃往哪個方向，簡直不像是第一次來這座森林。若真如此，那麼前方或許──

穿越樹林來到一個稍微開闊的場所後，無數支箭隨即從四面八方飛來。

（果然是陷阱！）

恐怕是好幾名擁有弓類技能的玩家暫時團結起來，把這裡當成殺戮區來誘捕敵人了吧。也就是說在蕾亞隨意散步的時候，玩家們彼此之間已經組成這樣的同盟了。

根據這次的規則，假使限定時間將至時有好幾名玩家倖存，屆時所有人都會被強制轉移到競技場，在那裡一決勝負。也就是進行所謂的驟死賽。

只要像這樣集結一群弓箭手打倒其他所有玩家，到時被轉移到競技場上的就都會是弓箭手。雖然這時出現專精近戰的戰士會對弓箭手不利，如果彼此都是弓箭手，那麼獲勝機率便高達五成，這樣的做法實在聰明。

（一開始提議這麼做的傢伙肯定擁有近戰技能吧。不過嘛……）

那傢伙八成是因為自己手中握有其他人沒有的王牌，才會這麼提議。至少如果是蕾亞，就會這麼做。

雖然有無數支箭飛來，卻沒有一支傷得了鎧坂先生。

因此蕾亞完全不在意那些箭，絲毫沒有放慢速度地往前進逼，從背後揪住那名身為誘餌的玩家後頸。

可是因為長時間全力奔跑，再加上感覺跟平常不太一樣的關係，使得她不小心用錯力道將脖子捏碎，玩家因此當場斃命。

（啊啊，糟糕。唉，算了。）

「什麼？牛仔褲！」

「居、居然光憑握力就打倒玩家了嗎！」

「不要慌！他八成把能力值都點在ＳＴＲ上！只要沒被抓到就不會被殺死！」

（我要是只把能力值點在ＳＴＲ上，怎麼有辦法追上來抓住對手呢？）

先前因為有太多箭飛來，讓蕾亞搞不清楚箭是從何處擊發，但是她經過強化的聽覺已從剛才的對話大致推測出位置。

（話說回來，枉費這些人擁有弓箭這樣的遠距離攻擊手段，居然全都聚集在可以交談的近距離位置……）

從他們沒有使用好友的聊天功能這一點，也能看出他們是為了這次活動臨時組成的團隊。

蕾亞從腰際拔出劍崎一郎，順勢擲向聲音傳來的那一帶。

被擲出的劍崎一郎旋轉著砍倒樹木，將躲在樹木後方的玩家也一併斬斷。

「能力值未免點太滿了吧！這到底是什麼跟什麼啊！」

「糟糕，快逃！不然會沒命的！」

可是他們已經逃不出劍崎的手掌心了。

被擲出的劍崎一郎憑著自己的力量繼續飛行，聽從蕾亞的命令一邊將樹砍倒，一邊逼近其他玩家。多數玩家都沒料到被擲出的劍會在空中劃出弧線砍向自己。因此，他們幾乎連自己是怎麼死的都不曉得，就這麼退出比賽。

蕾亞不知道這裡原本有多少人，不過就鎧坂先生聽來，這附近已經沒有試圖逃跑的聲響。

看來事情暫且解決了。劍崎一郎回報自己一共砍了十一人，再加上最初捏碎的就是十二人。

如果把散步期間砍殺的人數也算進去，那就是殺了十四人。

（好了，為了早點結束，現在馬上就去尋找下個目標吧。）

可以的話，蕾亞希望能夠比限定時間提早結束掉這一區的比賽，到觀眾席觀看其他賽事。

因為她想確認其他區有資格晉級的玩家程度在哪裡。

蕾亞開始奔跑，一面依賴耳朵和鼻子尋找玩家。不是，她很快就發現自己發出的聲音大到會掩蓋周圍的聲音，便停止奔跑。在發現獵物之前，或許還是不要跑步比較好。

後來，蕾亞同樣每次找到玩家，便會命令劍崎殺死對方。

（話說回來，鎧坂先生的「劍」技能完全無用武之地耶！）

這是因為擅自活動、擅自砍殺的劍崎太方便好用了。

可是這樣會浪費特地用在鎧坂先生身上的經驗值，因此蕾亞決定親手斬殺下個找到的玩家。

只要穿戴上身為活體盔甲的鎧坂先生，裡面的蕾亞就能將一切活動交給鎧坂先生，自己完全不需要動。由於這時動的是鎧坂先生，自然無法使用蕾亞取得的武術類技能。儘管蕾亞本來就沒有取得那方面的技能。

正因為如此，蕾亞才會讓鎧坂先生取得「劍」和「敏捷」等技能。

對於不是自己身體的盔甲，帶動自己在盔甲裡的身體一起動是什麼感覺，蕾亞原本還覺得有些不安，實際上卻沒有怪異到讓她感到害怕。其他利用肉體類技能的玩家們，說不定隨時都有這種感覺。

蕾亞將全副精神集中在耳朵上，靜靜地走在森林裡，不久後她隱約聽見金屬聲傳來。
那是不規則響起的金屬聲，以及混雜其中的細微腳步聲。看樣子可能是有人在作戰吧。
蕾亞一邊留意四周，不讓自己太專注於那個聲音，一邊謹慎地朝聲音走近。

在聲音的源頭，兩名玩家正手持利劍彼此交鋒。
大概是把相當多的經驗值都集中投入在近身戰技能上吧。再加上與生俱來的玩家技能似乎也相當強大，那兩人的武藝皆十分精湛。
沒錯，正好可以用來測試鎧坂先生的技能。
蕾亞故意發出聲響出現在兩人面前。
「——什麼！居然有別的玩家！」
「嘖！你別來搗亂，等我收拾完這傢伙再來對付你！」
兩人雖然注意到蕾亞，卻沒有打算停止戰鬥。
蕾亞逕自靠近兩人，朝他們揮劍。
「你做什麼？」
「你這傢伙有意思！既然如此，我就從你開始解決……」
（作戰時居然還這麼多嘴，看來這人相當有餘裕呢。）
蕾亞發動鎧坂先生的技能「劈砍」，將劍崎橫向一掃。「劈砍」是施展斬擊的技能，會隨著發動那瞬間刀刃的方向，產生直劈或橫砍的變化。
沒有特別瞄準誰，蕾亞單純只是因為用右手揮劍，斬擊就襲向了位於右手邊的多嘴男。那人好像原本想用自己的劍阻擋，然而姑且不論反應速度如何，他的劍品質實在太差了，蕾亞輕易便將他的身體連同劍一起砍斷。鎧坂先生和劍崎這對搭檔果然不是蓋的。
「太扯了吧！」
由於被砍的玩家當場死亡，這麼大叫的是還活著的另一人。那人滿懷戒心地往後跳開，舉著劍和蕾亞保持距離。
可是在鎧坂先生和劍崎面前，那點距離根本形同無物。
蕾亞發動技能樹「敏捷」中很早就能取得的「縮地」瞬間拉近距離，接著用直劈的「劈砍」將其砍成兩半。
（這兩人明明感覺還挺厲害的，結果只是看起來很強吧……）
蕾亞覺得有些掃興。
雖然不曉得還剩下幾人，看來要在限定時間內打倒所有玩家果然不簡單。假如有玩家打算躲起來蒙混過去，要把對方找出來相當困難。
有了這次的教訓，之後或許應該稍微尋找探查和探知類的技能才對。
（不對，等一下喔。）
她無意間望向劍崎牠們。牠們能夠單獨飛行。
『劍崎二郎、劍崎三郎、劍崎四郎、劍崎五郎，你們可以飛到森林上空，幫我尋找玩家嗎？

如果找到了，就跟我回報……啊，算了，還是直接斬殺好了。』

蕾亞透過好友的聊天功能如此下達命令。鎧坂先生的性能測試就到此為止吧，反正光是能夠做到這樣就足夠強大了。

目送四把劍崎凌空離去，蕾亞自己也開始尋找玩家。

可是後來蕾亞都沒有遇到玩家，沒多久她就收到通知說她那一區的預賽結束了。

蕾亞被轉移回到觀眾席後見到那裡有許多玩家，似乎沒有人留意到她出現在可以站著觀賽的最外圍。為了不引人注目，她特地披上外套遮掩鎧坂先生的氣派盔甲。

朝競技場內望去，只見那裡有好幾個螢幕飄浮在半空中，無論從哪個座位都能看見每一區的戰況。只不過並非每場戰鬥都能看見，雖然不曉得攝影機安裝在哪裡，似乎只能看見攝影機正在聚焦拍攝的戰鬥。

而且看起來真的只會播出作戰情況，沒有任何螢幕正在播映像那群弓箭手玩家們組成同盟那樣的黑箱作業。

周圍玩家的話題，始終圍繞在唯一一個變黑的螢幕上。那大概是蕾亞之前所在的那一區吧。

「……那個黑色盔甲的騎士究竟是什麼人啊？」

「……不管怎麼說，那人也太強了。難道是營運方為了活動專門安排的頭目嗎？」

「……我想應該不至於。如果真的是那樣，被分配到第十六區的玩家應該會抗議吧？」

「……畢竟那樣等於是興沖沖地報名參加活動，結果卻淪為用來陪襯頭目的角色呀。不可能會有那種事情啦。」

「……那麼，那傢伙是玩家嘍……？到底要怎麼做，才有辦法兩星期就買到全套盔甲啊？」

「……他會不會是去攻擊某個商會啊？既然都毫不猶豫地把玩家劈成兩半了，他說不定就是那種心狠手辣的玩家喔。」

「……話說回來，那一點也很奇怪耶。居然能夠連劍一起劈成兩半，這到底要有多少ＳＴＲ才能辦到啊？」

看來果然還是引人注目了。

從目前為止取得的經驗值來看，蕾亞的強大程度無疑是頂級的，可是她一直認為或許還是有玩家能夠在某些情況下，和鎧坂先生好好大戰一場。

假如遇到那種玩家，她原本要在鎧坂先生被打倒之後從盔甲中華麗現身，大玩二次變身成最終頭目的遊戲，看來沒辦法如願了。

螢幕中，各種玩家正在各種地方上演大戰。其中也有利用陷阱將對手逼上絕路的玩家，讓蕾亞紮實地學到一課。

◆◆◆

Yoich很喜歡護理師。

體弱多病的Yoich小時候經常受到VR診所的照顧。

那裡有總是親切和藹的護理師姊姊，會安撫看診前緊張不安的Yoich。

雖然那大概只是專用的AI，現實中並沒有那樣的護理師，應該說，事實上現今已經沒有護理師這份職業了，不過Yoich還是好喜歡護理師。

Yoich太喜歡護理師了，在玩可以自由選擇裝扮的遊戲時甚至大都會選擇護理師服。儘管那樣的服裝如今已經只會出現在文獻中，正因為如此，護理師服在遊戲和各種創作之中都非常受到歡迎。

可是不喜歡偽裝自己的Yoich，並不打算在玩遊戲時連自己的性別、名字和外貌都改變。

因此他總是以男性虛擬化身，還有本名「Yoich」出現在遊戲中。

現實中的Yoich身體孱弱，可是如果在VR世界裡就不會受到身體的限制。

況且既然穿上了心愛的護理師服，當然就不能出現醜態。

Yoich在各種遊戲中進行非比尋常的鍛鍊，結果在不知不覺間，他的動作已經昇華到任何人都無法弄髒他那套護理師服的地步。

為了對那樣的Yoich表示敬意，人們是這麼稱呼他的：

「護理師Yoich」。

Yoich自己也非常喜歡這個稱呼，並且為了不辱這個名字，他在遊戲裡特別偏好使用弓相關的技能。無論弓這項武器在那款遊戲裡有多難用，他照樣能夠打出名列前茅的好成績。

他在現實中也有學習弓道，過去體弱多病的孩童時代如今已不復見。

弓在最近剛上線的這款遊戲裡，並沒有被視為特別難用的武器。

既然如此，Yoich在這場活動中應該很有機會能夠奪冠。

Yoich從開始遊戲到現在，始終堅忍克己地只提升弓這項技能。

假如把那項技能的熟練度、相關能力值的多寡，以及真實技能也包含進去，那麼除了弓之外，就算廣泛地把「武器」技能也納入範圍內，也沒有多少人的等級能和Yoich並駕齊驅。

那樣的Yoich會通過預賽也是理所當然。

而且距離驟死賽還有相當長的時間。

可是Yoich被傳送到觀眾席之後見到的，卻是三十臺播映預賽的螢幕，以及兩臺已經關閉的螢幕。

既然關閉了，就表示那臺螢幕應該播映的預賽已經結束。

關閉的螢幕有兩臺。

（居然有人比我早通過預賽……！）

Yoich十分驚訝。為了將弓的可能性發揮至極限，不只是「強化視覺」和「強化聽覺」，他甚至連「強化嗅覺」都取得了。

他澈底運用那些技能，比誰都早一步發現敵人，並且加以射殺。

✦✦✦

假如遇到正在作戰的敵人，他會察知聲響，從遠距離將兩人都殺死。
假如遇到隱藏不動的敵人，他會嗅出對方的味道，讓箭穿過細縫使其斃命。
假如遇到朝自己而來的敵人，他會大方現身，正面殺敵。
因此，Yoich所在的第十四區裡累積最多殺敵分數的人是他。
因為Yoich持續以最有效率的方式屠殺玩家，他一直以為自己理所當然是最早過關的人。
（那究竟是什麼樣的玩家……）
有玩家能和自己匹敵。
這無疑證明了有玩家對某樣事物的熱愛程度，足以和自己媲美。
Yoich非常期待決賽的到來。

不久後所有預賽結束，只有晉級決賽的人再次被傳送至中央的競技場。
這之中的某個人，是稱霸那個第十六區的猛將。
雖然每位玩家看起來都實力堅強，其中有好幾人對Yoich投以畏懼的目光。可是Yoich早已習慣那樣的目光，對那些人視若無睹。
沒多久，在系統宣布決賽開始的廣播聲中，競技場上的三十二人再次被傳送。
傳送的目的地是草原。這個場地對專精弓的Yoich來說相當不利，但是在不遠處可以見到像是樹林的地方，只要去到那裡應該就有許多地方可以藏身。大大方方地正面交手雖然也很好，如果要澈底發揮弓這項武器的潛能，從敵人看不見的地方狙擊是最有效率的做法。

Yoich朝著樹林走去。

往樹林走了一會兒之後，Yoich經過強化的聽力捕捉到腳步聲。

Yoich望向該處，見到一名帶著兩把短劍、存在感莫名薄弱的青年正朝這邊靠近。

「——我明明發動了技能，結果距離這麼遠還是被你發現了，你果真名不虛傳。」

Yoich不敢大意，舉著弓觀察對手。

那是一名全身套上黑絲襪的玩家。從他兩手的武器來看，他大概是重視速度的近戰戰士吧，不對，假使他莫名薄弱的存在感是出自技能的效果，那麼他有可能採取的是忍者或盜賊之類的作戰方式。

「你說我名不虛傳？可是我明明在這款遊戲裡，還沒有做出什麼值得被口耳相傳的成績。」

Yoich謹慎地窺探對方的行動。他不知道對方是在哪款遊戲聽說過關於自己的事情，然而只有對方握有我方情報這一點無疑相當危險。

由於Yoich在各種遊戲都是採取類似的玩法作風，要是對方在別款遊戲得知自己這個人，應該很輕易就能想像得出來Yoich的作戰方式。

「其實我對你不是很了解啦，我只是聽說你擁有相當強大的玩家技能罷了。不過嘛，現在看來傳言似乎是事實。」

面對邊說邊稍微逼近的黑絲襪，Yoich舉起弓加以牽制。

「話雖如此，畢竟我一直堅忍克己地只提升弓這項技能，可不能如此輕易地讓你這樣的輕戰士靠近。」

結果黑絲襪在露出錯愕的表情之後，隨即激動地大喊：

「……堅忍克己？你說堅忍克己！開什麼玩笑啊！你給我翻開字典，查查堅忍克己（禁慾的）是什麼意思！你也不想想自己穿成什麼樣子！」

事情也許就發生在那瞬間吧，總之當Yoich注意到時，他人已經在觀眾席上了。

換句話說，他已經死了。

（是那個黑絲襪玩家做了什麼嗎……？）

然而他很快就發現自己誤會了。

仔細一瞧，正在自己身旁發呆的人就是那個黑絲襪。他也死了。恐怕是在那瞬間死去的。

「──你……也死了……嗎？什麼時候……？是什麼時候發生的事……」

黑絲襪同樣一臉茫然。他大概和Yoich有著相同的心情吧。

有玩家在決賽開始後沒多久，就將彼此謹慎對峙、實力足以晉級決賽的玩家同時殺死。

兩人不約而同地同時望向螢幕。可是Yoich二人先前所在的草原上空無一人，只有花草在風兒的輕撫下搖曳。

◆◆◆

和預賽時一樣，蕾亞在被鎧坂先生包覆的狀態下被傳送至決賽場地，盔甲外依舊披著外套。

由於沒有其他玩家像她一樣用外套把自己從頭包住，從預賽開始觀賽的觀眾可能會知道在外套底下的是鎧坂先生，但參賽者們就不是這麼回事了。因為蕾亞是最快通過預賽的人，沒有參賽者目擊到蕾亞——應該說鎧坂先生的作戰情況。

傳送的目的地是湧泉，背後是樹林。湧泉另一頭則可以看見草原在風的吹拂下如海浪起伏。

蕾亞在這個狀態下發動「召喚視覺」、「召喚聽覺」和「召喚嗅覺」。由於各種感覺都與鎧坂先生同步，她也能清楚掌握草原的情況。

環顧四周，她隱約見到樹林裡有東西在動。於是她當場蹲下，豎耳傾聽。

有東西在動的聲音。大概是玩家吧。

她半蹲著緩緩靠近。

包括技能「縮地」在內，對方已進入到鎧坂先生的射程範圍。鎧坂先生隨即發動「縮地」。

「上鉤了！『火——』」

身為獵物的玩家似乎早就發現蕾亞盯上自己，準備好要施展魔法。

然而不知他是不曉得「縮地」這項技能，還是沒想到蕾亞會穿戴全套盔甲，總之蕾亞比他本人預期的還要早抵達，在他說完魔法的發動關鍵字之前就將他的身體一分為二。

憑著懸殊的實力差距單方面殺害對手之後，蕾亞忽然發現自己忘了一件事，那就是還沒有測試鎧坂先生的耐久性。不僅如此，劍崎們和蕾亞自己也一樣。

以現在的能力值和裝備，會因為何種程度的攻擊受到多少傷害呢？

可以的話，蕾亞想要順便在這裡進行驗證。儘管蕾亞並不打算拋頭露面，應該說，既然已經獲得鎧坂先生這項裝備，她應該不會再直接受到攻擊，所以她本身的耐久性不是很重要，但是鎧坂先生就經常得首當其衝遭受攻擊。

所幸鐵箭頭並不會讓牠受到任何傷害，不過像是劍、斧頭和釘頭錘等，就有必要驗證魔法對於這些打擊武器的防禦力了。另外，儘管通稱為物理攻擊，在系統上刺突、斬擊和打擊所造成的傷害會分開計算。

剛才好像應該要接受魔法的攻擊才對。

即使受了傷害，背包裡面也有藥水。蕾亞在取得「煉金」之後開始能夠自製藥水，所以只要她有意願，她甚至可以打造出源源不絕的藥水池。

蕾亞也在大森林的一角種植作為原料的藥草類和菇類。低品質的藥水一般由取得「煉金」的工兵蟻們輪班採收原料、進行調製，然後自動裝進運輸蟻的背包裡。

當初被認為派不上用場的運輸兵們如今因為沒有工作，被賦予女僕兼倉庫的職責。

◆◆◆

蕾亞這次以接受攻擊為目的開始尋找獵物。既然如此，醒目的地點當然比藏身處多的地方來得好。於是她決定離開樹林，前往草原。

剛來到草原，她立刻就看見遠處有玩家。她雖然不想看，鎧坂先生的視力還是讓她看見了。那是一派得意地讓腿毛從護理師服裙底下露出來的變態，以及正在和那個變態交談、全身套著黑絲襪的變態。

儘管憑藉經過強化的聽力還是聽不見他們在說什麼，一看就知道那是應該儘早從這世上消失的存在。

可以的話，蕾亞想要避免遭受那種變態攻擊。尤其是那個護理師服，那傢伙手裡拿著弓，根本沒有必要驗證。

她讓劍崎三郎和四郎飛到上空，從空中一直線貫穿兩人。

這麼一來玩家就剩下二十八人，有這些人當樣本應該足夠了。蕾亞希望能夠在其他玩家互相殘殺之前，遭受他們的攻擊。

她開始沿著樹林走在草原上。倘若是這裡，應該無論從樹林還是草原都會被清楚看見吧。

◆◆◆

一如蕾亞所料，魔法和箭一再地從樹林裡朝著醒目的鎧坂先生飛來。

可能是想攻擊金屬鎧甲的弱點吧，那些魔法多半是「雷電」，可是沒有一個能夠突破鎧坂先生的魔法防禦觸碰到蕾亞。至於箭就更不用說了。

鎧坂先生的ＬＰ也完全沒有減少。不知是減少了，但還在可以自然復原的程度，又或者是牠根本沒有受到半點傷害。總之可以確定的是，這種程度的攻擊無法給予鎧坂先生有效的打擊，這也算是一項收穫。

發動攻擊的玩家則由三郎和四郎自動負責砍殺。貫穿變態之後，蕾亞沒有將牠們召回，而是讓牠們繼續在上空窺探敵情。等到發現的玩家攻擊蕾亞並且知曉不會帶來任何效果後，牠們便會立刻將玩家收拾掉。

蕾亞在遭受約五人的攻擊之後，開始覺得繼續驗證下去並沒有意義。就現階段來看，玩家中恐怕沒有人是她的敵人。如果是這樣，活動結束後她應該可以暫時閉關，慢慢地進行各種驗證。

雖然好不容易才建立起關係，看樣子活動結束後，已經不需要韋恩這個人了。反正他的等級連在這場活動中晉級決賽的玩家都不如，根本沒有任何參考價值。

既然好像不會受到傷害，那也不需要以此為目的，什麼也不做地走來走去了吧。

眼前這片妨礙視野的樹林，八成是為了活動特地準備的區域。既然今天結束後應該就沒有用處了，那麼就算全部燒光也無所謂。

「『地獄火焰』。」

這是「火魔法」的範圍魔法，而且還是相當高階的魔法。雖然取得條件應該是某個魔法技能，由於蕾亞將所有魔法的能力值都提升了，完全搞不清楚哪個才是取得的關鍵。

蕾亞的超高ＩＮＴ，加上「魔法適性：火」和「屬性支配：火」的被動效果，進一步強化了原本就強大的魔法。

儘管鎧坂先生沒有取得魔法所以無法使用，現在蕾亞將鎧坂先生穿在身上，因此不僅可以把身體交給鎧坂先生來動，盔甲裡面的蕾亞也能盡情使用魔法。就好比在騎馬狀態下，馬和騎士能夠同時進行攻擊一般。若從單騎戰力來看，這樣的形態堪稱是最強的。

蕾亞製造出來的魔法火焰熊熊燃燒，將整座樹林化為一片火海。被烈火吞噬的樹木瞬間蒸發，連炭都沒有留下。

威力大得超乎想像。蕾亞也是第一次使用這個魔法，所以她也嚇了一跳。畢竟在大森林和洞窟內不可能使用這種魔法。

嫌樹林礙事確實也是一個原因，但主要還是因為她很想嘗試用這個魔法焚燒樹木。她對大自然的綠意並沒有恨意，只是絕對不可以做的事情有著不可思議的魅力，而人必定有某個瞬間會受到很想那麼做的衝動驅使。

對蕾亞而言，剛才正是那個瞬間。

森林的樹木是帶給蕾亞等人恩賜的重要環境資源，將樹木燒光是萬萬不可的行為。

然而如果不是自己的森林，就可以無所顧忌地燒燬。

蕾亞感到十分心滿意足。

就這樣，樹林一如字面上地消失了。

這裡是僅為三十二人準備的場地，面積沒有預賽會場那麼廣大。

原本有樹林，現在則成為一片燒焦空地的空間裡，沒有半個玩家的身影。

蕾亞轉身望向草原，思索著接下來該如何把玩家逼出來。

可是冷靜下來想想，剛才她對樹林的攻擊並沒有逼出任何人，就只是全部燒光而已。以把人逼出來而言，這樣的火力太強了。

既然如此，草原還是用水攻好了。只要用水沖刷整片草原，玩家應該就會出來了。

「那麼『海——』，哦？」

就在她準備施展魔法時，突然看見好幾個人影從草原往這邊靠近。

看來毀滅樹林的舉動，反而成功將草原的玩家逼出來了。

「看到你戴著兜帽，我本來還以為你是魔法師，結果居然穿著那麼氣派的盔甲。不過嘛，行動本身倒很像魔法師就是了。盔甲是用來嚇唬人的嗎？」

「看來似乎是專精火焰的魔法師呢……不過威力也太強了。既然如此，幾個人一起上行得通……大概吧。」

「我不曉得你在急什麼，不過你會不會太早把底牌亮出來啊？做事要是太高調，小心會引來大批玩家對你展開攻擊喔。就像現在這樣！」

他們好像在看了剛才的魔法後判定蕾亞是高危險性的玩家，於是臨時組成同盟前來對付蕾亞。其實他們大可在說話的時候動手攻擊，不過他們可能有自己的一套方針吧。

這幾個玩家似乎沒有看到蕾亞在發動「地獄火焰」之前是怎麼殺死其他玩家，因此一心以為蕾亞是專精魔法的玩家。

機會難得，蕾亞打算試著接受他們的攻擊。畢竟之後可能還得和其他成群結隊的玩家對戰，現在就當作事前演練。

「『雷電』！」

「『雷電』！」

「喝啊！」

其中好像專精魔法的兩人擊出「雷電」負責牽制，另一名舉著劍的玩家則沉下身子衝過來。跟在他後面的是手持釘頭錘和盾牌的戰士；另外還有一人手舉長槍，躲在那名戰士身後。

似乎用來牽制的「雷電」看起來和之前的攻擊一樣，對鎧坂先生完全起不了作用，因此蕾亞決定視而不見，直接和持劍的玩家正面對峙、接受攻擊。

那名玩家並沒有犯下用刀刃敲擊全套盔甲的愚蠢行為，而是瞄準了關節進攻，但實際上無論瞄準哪裡都沒有多大差別。刀刃發出「嘰哩哩」的刺耳聲響滑落，沒有造成任何傷害。看樣子果然不是對手。蕾亞等待下一名手持釘頭錘的戰士上前。

「不會吧！魔法居然無效！那不是金屬盔甲嗎？還是說他用了某種技能？」

「劍也傷不了他！這大概是盔甲的效果！不是技能！」

「交給我吧！唔喔喔喔喔喔！」

戰士發出吼叫，揮舞釘頭錘。

沒錯，這一點很重要。尤其像他這樣的重戰士，基本上在發動攻擊之前就已經被對手發現。既然如此，與其安靜地攻擊，還不如藉著出聲吼叫來稍微提升瞬間火力比較好。

一般來說藉由發出聲音，不僅可以啟動隨意肌，還能同時啟動不隨意肌，讓人產生接近肌力生理極限的力量。

雖然不曉得這款遊戲是否有採用這方面的設定，也不能斷定沒有採用。既然如此，出聲還是比不出聲來得好。在這一行人之中，身為重戰士的他是蕾亞認為最合理的玩家。

只不過令人哀傷的是，即使使出全力也未必會帶來好結果。

重戰士的攻擊輕易就被盔甲反彈回去，而他握著釘頭鎚的那隻手則在反彈的衝擊力下，不慎讓釘頭鎚掉落。這是相當致命的失誤。

「好硬！這是什麼玩意兒啊！」

蕾亞望向掉在地上的釘頭鎚，只見釘頭鎚變得凹凸不平、潰不成形，感覺就像只是完成精煉的金屬棒而已。

就連實力位居上位的玩家們也只有這點程度，看來即使把更多相當於其他遊戲裡副本頭目的人數帶來，結果還是不會改變。

既然如此，再繼續接受攻擊並沒有意義。他們的回合已經結束了。

鎧坂先生撿起掉落的釘頭鎚投擲出去。

以高速旋轉飛行的釘頭鎚擊落魔法師的腦袋，就這麼消失在某處。鎧坂先生的「投擲」技能也很強，遠距離攻擊同樣無懈可擊。

「呀——」

蕾亞已不想再多言。趁對方開口的時候取其性命，才是有效率的做法。她一手捏碎原本想開口的劍士腦袋。

接著她拔出腰際的一郎，砍殺把釘頭鎚掉在地上的重戰士。一瞬間，她有些猶豫要不要等對方舉起盾牌，可是如果盾牌的材質和那個釘頭鎚同等級，那就有沒有都一樣了。

◆◆◆

事到如今手持長槍的玩家依舊冷靜地發動攻擊，對此蕾亞深感佩服。他似乎瞄準了鎧坂先生的面罩縫隙，而在蕾亞看來，確實也覺得那是他獲勝的唯一機會。

只不過鎧坂先生是否允許他那麼做，那就是另一個問題了。蕾亞用空著的那隻手極其自然地摘下槍頭一把捏爛。接著鎧坂先生發動「劈砍」，長槍使的首級隨之落地。

接下來就只剩下一名蹲在不遠處的魔法師。那人已經澈底失去戰意。

蕾亞思考還有沒有其他應該試驗的事情。防禦力的測試已經完成，攻擊性能也已經充分試驗過，另外平常無法施展的魔法也使用了。總之這次就到此為止吧，剩下的驗證在大森林應該也能進行。

最後蕾亞使出「海嘯」，將草原連同魔法師一起沖走。

看樣子，晉級決賽的所有玩家皆已死亡。系統訊息傳來恭賀勝利的祝賀詞。

接著，系統還邀請蕾亞參加之後舉行的示範賽。

今天原本並沒有那樣的行程，只不過比賽確實結束得比預定時間早很多。而這一點恐怕大部分都是蕾亞造成的，就算現在恢復原本的時間流速，大概也只過了一個多小時吧。

示範賽的內容似乎是由事前沒有報名，但是希望現場參賽的玩家們進行大逃殺。

『這對我有什麼好處？』

蕾亞已經幾乎完成自己、鎧坂先生和劍崎們的性能測試。就算參加了，大概也只能獲得瘋狂

◆◆◆

虐殺廢物玩家們直到心滿意足的快感而已。

這場PvP活動雖然沒有死亡懲罰，優勝者的名字很可能會被大肆公告出來——蕾亞在報名參加活動時確認過這一點——所以之後PK說不定會把「蕾亞」這個名字當成線索，陸續來到大森林。儘管她已經把這個名字當成化名，告訴了韋恩。

不過話說回來，即使玩家們蜂擁而至，蕾亞也不認為他們有辦法突破潛藏在大森林裡的螞蟻軍隊。畢竟那可是能夠在自家院子裡打游擊戰，擁有重武器且訓練有素的軍隊。不僅如此，牠們還會突然從地面下現身。

說得委婉一點，玩家只會成為經驗值提款機。而且還是不管殺死幾次都會重新站起來的抖M回收資源。

好奇怪，蕾亞開始覺得參加只有好處了。

縱然這個時候蕾亞已經開始傾向於參加也好，可是交涉時的好處不應該由自己找出來，而是由對方提出，因此她靜心等待營運方的回應。

『以下是營運方的提議。「在示範賽中，玩家名稱【蕾亞】可於殺死玩家時取得經驗值」，您覺得如何？』

這個提議還不賴。因為這場活動雖然沒有死亡懲罰，卻也無法取得經驗值。

話雖如此，如果好處只有經驗值，那麼在大森林等待玩家前來也是一樣。

既然這樣，還是應該想辦法撈出其他只能從營運方身上得到，而且目前憑藉自己無計可施的特殊好康。

◆◆◆

『我不需要經驗值，只要你們告訴我一則攻略情報。』

『討論中……將視條件內容而定。』

『我所在的大森林……以國名來說是希爾斯王國嗎？我想要那周邊的地圖。』

那片土地的面積十分廣大。假如是蕾亞，她確實有可能派遣大批螞蟻花時間製作出精密的地圖也說不定。然而，如果可以省去麻煩當然最好。

就現況看來，能夠在那座大森林取得的素材應該已經到極限了。

倘若想要繼續增加素材的種類，就只能改變採集場所。

『討論中……請稍候……以下是營運方的提議。「我方接受這項條件。活動結束後的維護之後，會將地圖和優勝獎品一併送至玩家【蕾亞】的背包中。另外先前提到的經驗值一事，也會附加在條件之中。」』

『太好了。既然如此，那我就答應參加示範賽吧。難得可以獲得報酬，我會盡可能在示範賽中殺死玩家——』

◆◆◆

韋恩實在不明白。

自從一起進入森林那天起，他就再也沒見過蕾亞了。

儘管猜想她可能在現實中有事情要處理，又或者單純只是兩人的上線時間對不上，由於韋恩沒有和她加入好友，也沒辦法主動聯繫她。

就這麼失聯一陣子後，大規模活動的日子來臨了。韋恩心想如果她也打算參加，那麼或許可以在現場見到她。

結果韋恩在活動會場也沒有見到疑似她的人物，而且也遺憾地在第二區預賽中遭到淘汰，因此只能獨自一人在觀眾席上觀賞決賽。

和預賽相比，決賽以十分驚人的速度分出勝負。穿著黑色全套盔甲的神祕玩家，輕而易舉就殺光其他玩家。

令韋恩腦筋一片混亂的事情則發生在那之後。

『各位辛苦了。第一屆官方活動：大逃殺的優勝者是玩家【蕾亞】。恭喜您。』

『由於活動比預定時間提早許多結束，敝公司想要在優勝者【蕾亞】的協助下，舉辦自由參加的示範賽。』

『規則同樣是大逃殺，而打倒優勝者【蕾亞】的各位玩家將獲得特別獎。』

『欲參加者請至中央的競技場內——』

（蕾亞？剛才系統是說蕾亞嗎……）

在這款遊戲裡，玩家的名字無法重複。因此名叫「蕾亞」的玩家，應該只有韋恩所知道的那個蕾亞。

那麼螢幕裡面的黑色盔甲是那個蕾亞嗎？

她在沒有和韋恩見面的這兩個星期發生了什麼事？

兩人初次見面時，她應該只是一個穿著初始裝備的新手，還曾說自己是第一次見到魔法。那樣的她怎麼會……

無論如何，都必須去見本人才行。非得親眼確認不可。

韋恩為了參加示範賽，來到競技場上。

通知示範賽報名截止的廣播聲響起，之後過沒多久，參賽者們便被傳送至場地。

韋恩來到的地方是草原。總之必須找到蕾亞才行。

根據系統的廣播，只要打倒優勝者蕾亞即可獲得特別獎。既然如此，應該幾乎所有參賽者們的目的都是蕾亞吧。

從「打倒的各位玩家」這句話來看，即使是好幾個人一起打倒，也應該全員都能獲得獎賞。換句話說，和一般戰鬥中分配給隊友的經驗值相同。

如果是這樣，那就姑且不用考慮得和其他參賽者競爭了。

韋恩一邊留意不讓他人對自己產生戒心，一邊接近聚集在樹林附近的玩家們。

「嗨，你的目的是優勝者嗎？」

接近到能夠交談的距離後，那群人主動向韋恩搭話。

「是啊，沒有錯。你們也是嗎？」

「當然。雖說是大逃殺，照那個情況來看，如果採取普通的做法，最後贏的一樣會是那個優勝者，所以一般玩家若想取勝，只能聯手打倒最終頭目了。」

「最終頭目啊……」

「這個稱號很貼切吧？就算最後贏不了，我至少也想看看頭盔底下的人長什麼模樣。」

只有韋恩知道那副頭盔底下，是一張貓獸人少女的土氣臉龐。

「就是說啊……」

韋恩決定和他們同行。即使是胡亂尋找，人多應該也比較容易找到。

一路上也能零星見到其他玩家正朝著樹林深處而去。

「那些玩家的目的也和我們一樣嗎？」

「可能是好友發現了頭目，於是聯絡他們前往吧。」

「很好，我們也跟過去看看吧。」

穿越樹林後，只見那裡聚集了許多玩家。

蕾亞恐怕就在他們的視線前方。好想見她。

「太好了！這麼多人應該打得贏！上吧！要開始打團體戰了！」

在某人的領頭吆喝之下，戰爭開打了。

韋恩雖然兼具近距離和遠距離作戰的能力，因為他的目的是蕾亞，他立刻向前跑去。他本來以為人這麼多會很難行動，可是戰鬥開始之後，大家就自然而然地散開以確保自己的位置和射線，變得很好活動。

就這樣，當他抵達最前線時，見到幾名手持盾牌、以金屬護胸等裝備加強防禦的玩家們，將黑色全套盔甲團團包圍。

手持箭或長槍的玩家一面巧妙閃避從遠處飛來的魔法和箭，同時從肉盾的腋下對黑色盔甲發動攻擊。

韋恩也上前加入其中。

然後他一邊發動攻擊，一邊對著黑色盔甲大喊：

「蕾亞！」

蕾亞轉頭望向韋恩。此時此刻她所遭受的攻擊似乎全都對她起不了作用，即使她為了韋恩分神，也沒能對她造成致命傷害。

「蕾亞！這是怎麼回事？妳為什麼會變成這樣？」

「你這傢伙怎麼回事啊！你該不會認識冠軍吧！」

「待會兒你可得告訴我們，這個人究竟做了什麼可以變得這麼強！就算只是線索也好！」

雖然有些玩家見狀後立刻向韋恩搭話，現在不是理會其他玩家的時候。

「蕾亞！」

可是蕾亞並未回應韋恩和其他玩家的話，只是緩緩舉起一隻手，喃喃地不知嘟囔些什麼。

剎那間，數量驚人的雷擊從蕾亞手中竄出，交錯的雷電肆虐周遭，將周邊的玩家全數擊倒。

◆◆◆

戰鬥到此為止。

韋恩在瞬間被傳送回來的觀眾席上發呆。

「——你剛才和冠軍說話了對吧？你們是好友嗎？」

和那樣的韋恩攀談的，是剛才在戰場最前線手舉盾牌的玩家。

「……不，我們只是一起去打獵過幾次而已。」

「什麼啊，原來是這樣。不過既然現在誰都不認識那個玩家，你就是唯一的情報來源了。你有辦法和他連絡上嗎？」

「……如果我能見到她，我會問她關於今天的事情。因為就我所知，她應該不是那麼強的玩家才對。」

「唉呀，原來冠軍是女性嗎？唔嗯，這麼看來，說不定有方法能夠在短時間內一口氣變強喔，真是越來越令人好奇了。不嫌棄的話，你要不要和我成為好友？你要是知道些什麼，就跟我聯絡吧。」

那個人這麼說著，將好友卡遞給韋恩。韋恩慢吞吞地接過卡片，收進背包裡。

『已和角色【基諾雷加美許】成為好友。』

「你就叫我基爾吧。其實我比較喜歡基爾加美許，只可惜沒辦法取這個名字。」

如果這是他的本名，那就無法簡稱為「基爾」了。然而如果不是像這樣真的成為好友，也不會知道他的本名是什麼。就算叫他基爾，想必也不會有人覺得困擾——

「……名字……」

一瞬間，韋恩感到有些不對勁。可是現在的他一時無法釐清思緒。

和基爾道別之後，韋恩決定今天就先回去，登出遊戲。

◆◆◆

『致各位玩家：

誠摯感謝您一直以來對敝公司《Boot hour, shoot curse》的支持。

託各位的福，第一屆官方大規模活動「大逃殺」在盛況中圓滿落幕了，實在非常感謝各位的參與。

今後敝公司也將陸續規劃各種令玩家們滿意的精采活動。

請各位下次務必也踴躍參加。

今後還請繼續支持《Boot hour, shoot curse》。』

◆◆◆

『維護通知

誠摯感謝您一直以來對敝公司《Boot hour, shoot curse》的支持。
敝公司將於以下日期進行大規模活動結束後的系統維護。
另外，此次維護將回應部分玩家的強烈要求，針對設定進行以下變更。

・魔法與主動技能等「必須說出發動關鍵字的行動」的技能名稱品味好差。

感謝您坦率的意見。經過公司內部的深入討論，我們決定更改成可以由角色方自由設定魔法或技能的發動關鍵字。
另外若不特別設定變更，則可以原本品味很差的發動關鍵字進行發動。

今後還請繼續支持《Boot hour, shoot curse》。

維護日期

某月某日　上午十時～晚間七時（※有可能延長）。』

◆◆◆

『常見問題

以下收錄顧客提出的「常見問題」與「麻煩的解決方法」。因為有可能可以解決您的疑問和問題，還請在諮詢之前先確認一次。

另外，像是和遊戲內容相關的問題和部分規則相關的問題等，有些問題恕敝公司無法回答，這一點還請見諒。

Q：關於那個強到非比尋常的玩家，她有可能是營運方安排的玩家，或是從事某種不正當的行為嗎？

A：目前並未發現這類情事。

另外，由於攻略情報在本遊戲服務中會帶來非常大的優勢，因此敝公司相關人員皆無權玩這款遊戲。

如各位所知，從結構上來看，客戶方並無法在第五代以後的VR系統中從事不正當行為。另外，由於系統AI內建了修正漏洞的功能，實際上也無法藉由程式漏洞等對系統進行不當利用。

敝公司知曉玩家之間在遊戲進度方面具有很大的差距，不過此乃遊戲規則下的正常現象。

今後還請繼續支持《Boot hour, shoot curse》。》

◆◆◆

『玩家名稱【蕾亞】

誠摯感謝您一直以來對敝公司《Boot hour, shoot curse》的支持。

託您的福，第一屆官方大規模活動「大逃殺」的氣氛熱烈程度超越營運方的預期，眾多玩家都玩得十分盡興，在此所有開發者一同向您致上感謝之意。

由於敝公司想在一般公開用的廣告影像中加入玩家【蕾亞】在活動時的戰鬥場景，特此來信希望徵得您的許可。

預定使用的場景是——』

第六章　里伯大森林正式開幕

維護結束後，蕾亞一登入就發現自己收到了好幾則通知。其中也有關於維護本身的通知，不過那光看標題就知道是維護之前寄來的，可以忽略不管。

「──戰鬥場景的影像啊？好吧，反正也沒有露臉，就算答應了，也應該不會有問題。啊，對了……」

她忽然靈光一閃，將那個點子當成提案補充在回信中。假如順利，事情會變得非常有趣也說不定。

「好了，接下來就是處理那個名叫韋恩的玩家了。」

「韋恩發生什麼事了嗎？」

隨侍在側的凱莉這麼詢問。

凱莉自從和韋恩在森林裡散步那天之後，就幾乎都一直待在女王之間。看樣子，故意裝弱還有攻擊工兵蟻同伴的行動，對她造成了相當大的壓力。除非蕾亞下達指示，否則她似乎不打算和韋恩扯上關係。

「前幾天的活動，就是我外出大約兩小時去參加的那個，我和他在那裡發生了一點事情。」

『倘若那個人會成為公主的絆腳石，要不要在下去將他收拾掉？』

「不，事情沒有那麼嚴重……嗯，好吧，我看就讓凱莉到城裡去，然後我用『召喚施術者：精神』附身在凱莉身上，接著以那個狀態和韋恩接觸——將他引誘到大森林裡殺了他，賺取經驗值好了。」

◆◆◆

「召喚施術者」是在取得「空間魔法」和各種技能之後，在技能樹「召喚」中解鎖的技能。

由於蕾亞已經取得形形色色的技能，根本無從驗證取得條件究竟是什麼，不過這項技能的效果是「將自己召喚至眷屬所在之處」。

儘管召喚對象限定「自己」，發動之後會和一般的「召喚」一樣顯示出可召喚清單。清單內會個別列出屬於「自己」的物品，其中也包含目前穿戴的武具等。雖然僅限可穿戴上身的物品，對於寄送物資很有幫助。

這個清單中也有名為「精神」的項目，作用是召喚施術者的精神，使其附在眷屬的肉體上。流程或許可以說和召喚眷屬的視覺，使其附在自己視覺上的技能完全相反。

當利用其效果讓精神附在眷屬身上時，除了「強化眷屬」等技能外，被附身的眷屬還能額外獲得施術者所有能力值的一成。

另外能夠附身的時間視施術者的MND而定，以蕾亞現在的MND來看，她可以連續附身好幾天不成問題。

只不過由於活動的人是眷屬，無法使用施術者有但眷屬沒有的技能。

蕾亞第一次嘗試發動這個「召喚施術者：精神」時，她透過凱莉的視野看見自己在寶座上睡著的虛擬化身，那種感覺就好比在ＶＲ遊戲中玩ＶＲ遊戲一樣詭異。

可是她曾經在圖書館看過很久以前的ＭＭＯ也非常流行在遊戲裡玩麻將遊戲的新聞。看來無論今昔，人做的事情都沒有多大改變。

得知凱莉已經抵達鄰近城市之後，蕾亞隨即發動「召喚施術者：精神」附在凱莉身上。

蕾亞只有之前驗證技能時借用過一次凱莉的身體，所以總覺得怪怪的，有種果然不是自己身體的感覺。不過因為事實的確如此，會有這種感覺好像也是理所當然。

如果附身的對象是鎧坂先生，感覺完全就像是坐在主從模式的機器人身上，而且會因為體型差距太大，反而不會感到奇怪。

「……可是如果角色原本的自我就很強烈，也就是行為舉止很有本人的特色，說不定就會覺得怪異了。」

以現實中的人來說，每一個人在行動上都有可以用來進行步態辨識的習慣特色。儘管蕾亞不認為遊戲會連這一點也重現，卻覺得即使這款遊戲這麼做也不讓人意外。

「高度發展的科學和魔法沒有分別，大概就是這個意思吧。」

蕾亞一邊嘀咕，一邊前往傭兵公會。近來，她自言自語的次數增加了。在女王之間時自言自

◆◆◆

語還無所謂，但是這種時候就得小心一點才行。

傭兵公會裡沒什麼傭兵——她原本這麼以為，豈料人數竟比平時來得多。仔細觀察一下，她發現那些人似乎是玩家。

蕾亞從那些人身上感受不到在這座城市紮根生活的人們特有的打拚精神，說得難聽一點，他們反而給人一種就像附近老人的孫子趁著假日來鄉下遊玩、打發時間的氛圍。

蕾亞在現實中幾乎是在鄉下長大，所以對於那種氛圍很敏感。

即使隨著VR的進步，人們外出的機會減少了，不對，正因為VR發達，鄉下和都市的隔閡才會日益加深。雖然鄉下特有的封閉感減少了，人們想要讓他人了解當地的積極性也逐漸薄弱。

「好了，韋恩在——找到了。」

韋恩坐在公會大廳一隅的椅子上看著地板。他散發出來的那股低落氣氛，讓蕾亞一瞬間搞不清楚這裡究竟是遊戲裡，還是VR職業介紹所。雖然她沒有去過職業介紹所就是了。

「嗨，韋恩。你等很久了嗎？」

「唔！蕾亞……啊啊，那個……妳是來見我的嗎？」

「是啊。因為你好像有很多問題想問我，而且我們從森林回來之後，就沒有再見過面了。」

蕾亞邊說邊在心中咂舌。韋恩剛才的反應，惹得大廳裡好幾個像是玩家的人看向這邊。

韋恩就是因為做事不夠細心才會沒朋友。不過話說回來，韋恩大概也覺得沒朋友的蕾亞沒資格批評他吧。

「我不是不想跟你說話……只是那樣有點太引人注目了。再說我想找個安靜的地方聊，不如我們到那座森林去吧。如果是森林的外圍，應該就幾乎不會遇到魔物和人了。」

韋恩站起身，神情緊張地點頭回應，之後蕾亞便偕同韋恩一起離開傭兵公會。看來沒有玩家尾隨在後的樣子。雖然就算有也無所謂。

走往森林的途中，蕾亞一直儘量努力讓自己走起路來不會感到怪異。一旦這副身體不會讓蕾亞感覺怪異，就表示她成功適應凱莉的習慣了。

雖然不確定韋恩有多仔細觀察凱莉的行動，在蕾亞看來，自己就像在執行改變裝束和原本不認識的人物會談的任務一樣。一想到這裡，她就不禁雀躍起來。既然機會難得，她打算澈底隱藏身分直到最後。

抵達森林後，蕾亞決定再往裡面走約二十分鐘。只要走上二十分鐘，就完全不會被人從森林外察覺動靜了。

森林裡面原本就是凱莉的地盤，所以這次的行動對蕾亞來說反而是很好的訓練。只要避開行動時的怪異感，走起路來就會非常輕鬆。

就連平時請萊莉等人執行的定期巡邏行動，蕾亞或許偶爾也可以附身在某人身上參與巡邏。

「好了，這裡應該沒問題了。那麼韋恩，你想問什麼？」

「……妳……真的是蕾亞嗎？」

「那當然啦。我是蕾亞，這一點千真萬確。」

由於蕾亞現在附身在凱莉身上，正在說話的人無疑是蕾亞。真要說起來，之前的反而才不是蕾亞。

「我感覺……我所認識的蕾亞……不是妳。」

聽到韋恩這句話，蕾亞不禁愕然屏息。

不知道是哪裡出了問題，居然這麼快就被識破了。這個名叫韋恩的玩家，直覺力似乎比蕾亞預期中還要強，又或者說相當敏銳。

「——就算你這麼說，可是登入遊戲時需要進行腦波辨識，根本不可能由他人頂替。但如果是很久以前的指紋辨識或虹膜辨識，要蒙混過去恐怕就不是不可能的事了。」

而且這副虛擬化身確實是上次韋恩見過的凱莉。

韋恩現在見到的是韋恩所認識的蕾亞——也就是凱莉的身體——同時玩家名稱也是貨真價實的【蕾亞】。

堪稱是韋恩至今見過最高純度的蕾亞才對。

「所以，這就是你想問的問題？那你應該沒別的事了吧？」

「等一下，我剛才的問題還沒問完！」

明明已經回答問題了，他卻還打算繼續？難道他無法接受那個答案嗎？

可是麻煩歸麻煩，既然韋恩覺得不對勁，聽聽他怎麼說以作為今後的參考也不是件壞事。

「我明白了，那我就聽你說吧。為什麼你會覺得我不是蕾亞？」

◆◆◆

「首先……是妳的說話方式。蕾亞很重視角色扮演，要怎麼說呢，她之前說話的口氣感覺很像女傭兵。」

這麼說來，凱莉在學會敬語之前，話說的口氣有些粗野，她和韋恩見面時好像也是用那種口氣說話。這一點的確是蕾亞的疏忽。

「這個嘛，我只是覺得現在沒必要再那麼做而已，這一點你就原諒我吧。這樣可以吧？」

蕾亞不自覺地把口氣改成凱莉之前的樣子。只不過因為最近凱莉也一直都使用敬語，害她怎麼也想不起來細節。

「再來是妳走在森林裡的模樣。之前來的時候，妳明明就跟在我身後……一副提心吊膽的樣子，妳今天卻飛快地走在我前面。雖然從那之後確實已經過了大約兩星期，就算是遊戲，也不可能短短兩星期就能那麼自在地走在森林裡。」

他說的一點都沒錯。剛才蕾亞確實是模仿凱莉原本的走路方式走在森林裡。

上一次的凱莉卻是慢吞吞地跟在韋恩身後。令凱莉產生壓力的裝弱恐怕不只是戰鬥而已，走路方式應該也是原因之一吧。這也是蕾亞的疏忽。

「還有一點，就是剛才提到關於登入辨識的事情。我之前和蕾亞交談時，她給我的感覺是她對於硬體和軟體都不太熟悉。給人那種印象的蕾亞居然會特地提起很久以前的生物辨識，這實在太不自然了。」

這是當然的。身為這個世界的居民——身為NPC的凱莉不可能熟悉VR設備的相關系統。

韋恩大概是從凱莉說話的方式，判斷凱莉是個對機器一竅不通的玩家吧。只是不小心多說一句話，結果就害到自己，這也是蕾亞的疏忽。

這是怎麼一回事？蕾亞居然才是那個愚蠢的人。

「妳……是當時蕾亞不時會用聊天功能交談的那個好友吧？然後我所認識的蕾亞，其實不是玩家名稱【蕾亞】。我因為沒有和蕾亞加入好友，只要當時遇見的她自稱蕾亞，我根本沒辦法確定那是不是她的本名。」

蕾亞的確很笨，不過韋恩似乎也確實相當敏銳。蕾亞萬萬沒想到他居然能憑藉一條線索，推理到這種程度。

太棒了。居然能夠在這款遊戲裡，體會到懸疑作品中犯人被逼入絕境的心情。

「原來如此……也就是說，你的結論是有兩名外表長得一模一樣的玩家，其中一人是我，另一個是你遇見的蕾亞，是這樣嗎？」

蕾亞若無其事地強調兩人都是玩家，並且擁有相同的外貌。

在蕾亞看來，只要蕾亞本人的外貌其實完全不同、NPC能夠使用背包，以及和好友聊天等功能的事實沒有曝光就沒問題。

蕾亞的外貌不同一事若是曝光，韋恩必定會聯想到她使用了某種方法操控凱莉的身體，屆時蕾亞想要隱匿的技能恐將為人所知。

「果然是這樣啊……」

韋恩好像把蕾亞剛才的話當成自白，只見他沮喪地垂下頭。看來好像如願成功誘導他了。他這人直覺敏銳卻很好騙。

◆◆◆

「至於我為什麼要這麼做，其實也沒有什麼特殊的理由……」

理由是因為蕾亞不想進城，而這一點主要和受到白化症、弱視這些行動限制有關。可是如果把這件事說出來，就會讓人聯想到蕾亞的真實面貌，因此不能說。

「不過應該說美人計嗎？總之就是我想要狩獵疏忽大意的玩家啦。NPC只要狩獵過一次就結束了，但如果是玩家就可以一再地狩獵，所以我就用這個方法來判別身分。別看我這樣，我以前是封閉測試員，當時我也曾經假扮NPC，殺死上鉤的愚蠢玩家——」

「……妳說什麼？妳在封閉測試的時候……曾經假扮NPC當過PK……？妳剛才是這麼說的嗎？」

「是啊，那可真是傑作呢。雖然我下手過好幾次，老是在同一座城市下手會行跡敗露，所以我會馬上到別的——」

「——那個時候！」

韋恩突然提高音量，害蕾亞嚇了一跳。

「被狩獵的愚蠢玩家就是我！」

原來如此，蕾亞恍然大悟。

「是這樣啊！真是命中注定般的相遇耶！當時我還笑著心想怎麼會有那麼蠢的玩家，結果你現在居然識破我的陰謀、對我窮追不捨，看來你也成長了不少嘛！我真是替你感到高興。」

「唔唔……妳這傢伙……！」

韋恩瞪著蕾亞，把手伸向腰際的劍柄。

「啊，你要拔劍嗎？沒關係喔，反正我也有那個打算。」

「……妳剛才說這是美人計對吧……！那妳為什麼不親自出馬！既然長得一樣，妳為什麼要把蕾亞……把她牽扯進來！」

其實長相並不一樣，而且美人計這個詞也是蕾亞隨口胡謅的。

「跟我交談過的你應該感覺得出來，我很不擅長那種事情，但我想如果是個性直率的她或許就有辦法做到。而實際上你也確實沒有學乖，又再次上鉤了不是嗎？不過這件事好像帶給她不小的壓力，所以我也不打算再讓她做了。」

「她的壓力來源分明就是妳！」

（不，真要說起來應該是韋恩才對。）

可是這句話就算說了也無濟於事。還是做完最後的宣傳，然後讓韋恩暫時退場好了。

「我現在已經把這座森林當成據點了。詳細手段之後會再慢慢想，總之我打算接下來也要繼續當ＰＫ，而你就是我第一個下手的目標。」

「怎麼這樣！妳別以為我會讓妳得逞——」

「不然你想怎麼做？你要和其他人聯手來殺我嗎？這也是個方法啦，畢竟只要多被殺死幾次，總有一天我應該也會弱化到完全贏不了其他玩家的程度。」

死亡懲罰扣除的經驗值為一成，縱使蕾亞的持有經驗值再龐大，只要被殺死多達三十次，還是會弱化到不足現狀的五％。

雖然蕾亞覺得憑藉出席那場示範賽的玩家們的程度，一次都不可能打倒自己。

◆◆◆

蕾亞一邊說一邊將手舉向天空，接著事先在上空待命的劍崎一郎旋即降落在她手裡。

「那把劍是那場活動的……」

「那麼我們就暫時告別吧。我會等你們前來挑戰。」

蕾亞以韋恩反應不及的速度用「縮地」逼近，使出「劈砍」斬下他的首級。

◆◆◆

看樣子，營運方願意全面接受蕾亞的提議。

蕾亞的提議內容如下——

某位玩家偶然發現急劇變強的方法，之後為了炫耀這一點而參加了官方活動。該手段在營運方看來並未超出預期範圍，因此編輯並公開影片，打算藉此進行宣傳。可是該玩家無意教任何人那個方法，只是待在大森林裡足不出戶。

在影片下方的留言區，加上這番感覺能引人胡亂臆測的文字敘述如何？

可能營運方也覺得這樣的內容沒問題吧，後來公開的廣告影像確實如蕾亞提議的一般呈現。

硬要說的話，蕾亞參加活動其實是為了確認其他玩家的程度，不過這一點只有蕾亞自己一人知道。

韋恩

不僅如此，那個韋恩也在社群平臺上散布自己對蕾亞的了解，像是影片中那位穿著黑色全套盔甲的玩家，正在里伯大森林裡反覆從事ＰＫ行為之類的。另外針對凱莉的事情，他也向眾人解釋有一位外表相同的無辜玩家聽命於黑色盔甲，但是因為他提供的情報完全錯誤，反而讓蕾亞覺得沒問題，便任由他去了。

話說回來就算想要訂正錯誤，倘若蕾亞直接在社群平臺上發聲，到時搞不好會讓韋恩的努力全部白費。幕後黑手還是保持沉默就好。太多嘴只會遭人追問，最後落得一切都被公諸於世的下場。沒錯，就像前幾天的蕾亞一樣。

就這樣，雖然蕾亞幾乎什麼也沒做，總之在這樣勤勤懇懇地展開宣傳活動短短一星期後——現在，這座里伯大森林——最近才知道這座森林的名字——已有玩家們陸續前來。

鄰近城市埃亞法連——這也是最近才知道——如今則是空前大好，可以說都是大森林帶動了景氣上揚。

這是因為各位玩家誤以為蕾亞會這麼強，都是因為她在這座地下城化的森林裡大賺一筆的關係。多虧了營運方的廣告和韋恩的祕密行銷，結果非常成功。

◆◆◆

在這樣的狀況下，蕾亞現在以其他遊戲中所謂地下城一般的營運方式經營這座大森林。

她讓工兵們使用產自礦脈的低等級金屬製作武器和護具，將那些散布在大森林的外層各處。

假如有玩家找到後帶走，蕾亞隔一陣子就會在相同地點放置同等級的物品。

不只是武器和護具，像是同樣低等級的藥水，以及在大森林中層一帶可以採伐到的木材、樹木果實和魔物毛皮等有用素材，她也會隨便到處散布。如今能夠在中層取得的素材實在太多，特地讓處在女王之間的運輸兵蟻保管很麻煩，因此就讓負責回收的步兵直接帶在身上。

蕾亞吩咐偵察蟻隨時監視四散的道具情況與玩家的動向。由於玩家的人數很多，她緊急增產大量偵察蟻，成立專門監視的偵察部隊。

她讓入侵大森林的各位玩家痛快地打倒怪物（幾乎是螞蟻），當他們因為獲得武器和道具等成果感到心滿意足時，之後再派出騎兵蟻或狙擊兵蟻等殺意濃厚的螞蟻將玩家殺死。

因為蕾亞發現一件事。

讓螞蟻打倒螞蟻不會得到任何經驗值，但只要等玩家打倒螞蟻、取得經驗值後再派螞蟻將其打倒，能夠獲得的經驗值便會增加。

可是即使能夠取得道具，一旦玩家們發現死亡懲罰會讓自己失去經驗值，總有一天所有人都會不願再來大森林。

為了避免產生這樣的惡評，蕾亞會等到玩家入侵時和死亡後的持有經驗值大致相同，或是稍有成長之後再加以殺害。

這一點必須從測試玩家強度的階段就進行縝密計算才辦得到，因此蕾亞讓史佳爾的ＩＮＴ大幅提升，然後將這項工作交派給牠。結果在「強化眷屬」的影響下，所有蟻群的ＩＮＴ也都稍微上升，彼此之間又變得更加合作無間了。

不僅如此，工兵蟻產生的酸的威力也連帶跟著提升。具體而言，就是變得甚至能夠融解金屬類的青銅。如果對手玩家是穿戴弱小的魔物骨頭裝備或青銅裝備，那麼只要派出最弱的工兵蟻便足以應付。

另外，里伯大森林的金屬礦脈原本遭到蕾亞等人占據而停止供應，如今也因為被玩家們間接地帶進城裡，使得鐵在城裡的市價下滑。

只不過，由於玩家帶回去的是經過精煉——非但如此，還是已經成形的武具，打鐵店的生意依舊沒有恢復，所以離開的工匠不會回來；至於留下來的工匠大概也得繼續過上一段不得志的日子。不過話說回來，畢竟金屬製品需要保養，因此打鐵店也不是完全沒有需求。

說到蕾亞是從誰的口中聽說這些情報，那個人就是芮咪。

如今大森林裡的生產體制已經確立，芮咪也就不需要時常進行監督。因此蕾亞解除她的總監職務，派她以流浪煉金術師的身分，在城裡販售低等級的藥水和道具。

玩家們雖說能夠在大森林裡獲得藥水，畢竟沒有哪個笨蛋會一開始什麼也沒帶就出門，而且也有玩家會想把獲得的多餘藥水賣掉。

這座城市的藥師和煉金術師雖然也有販賣藥水，他們並不會向玩家收購。藥水是消耗品，供應來源又是商店，所以他們理所當然不會那麼做，然而現在情況就不同了。因為來歷不明卻切實有效的藥水，不管要多少都能在森林裡取得。

芮咪的店便是靠著是否收購商品這一點，和原有的藥水店巧妙地作出區隔，生意相當興隆的樣子。

◆◆◆

地下城遊樂設施「里伯大森林」開始運作之後，蕾亞獲得的經驗值數量就不斷直線攀升。甚至還因為效率太好，讓她疏於在哥布林牧場和魔物牧場定期狩獵，結果使得數量大為增加。

眼見時機正好，因此蕾亞也派蟻群去驅趕哥布林和魔物，讓牠們和玩家碰頭交戰，進行類似ＭＰＫ（Monster Player Killer）的行為。如果遇到的怪物都是蟻群，玩家們可能會感到厭倦，因此這麼做也有預防制式化造成客戶流失的用意在。

哥布林只不過是和工兵蟻程度相當的小角色，但是牧場裡飼養的獸型魔物相當強大。雖然平時牠們都被蟻群以多數暴力單方面地獵捕，其實牠們擁有能夠憑藉蠻力將幾名玩家組成的團隊擊敗的實力。蕾亞希望各位玩家能夠將牠們當成中頭目，好好地享受一番。

託大幅提升ＩＮＴ的福，遊樂設施的經營工作即使交給史佳爾一人負責也沒問題。由於蕾亞也派了運輸兵蟻幫忙支援，之後就算遇到一些意外情況想必也有辦法應對。假如需要突出的戰鬥力，到時再派迪亞斯出馬就好。

蕾亞也會讓凱莉穿上鎧坂先生的妹妹，偶爾派牠代替自己去ＰＫ進到森林裡的玩家。遊樂設施大受歡迎是件好事沒錯，但蕾亞也不能總是親自應付那些人。

當初開啟遊戲時──

蕾亞會在這座里伯大森林初期生成純屬偶然，而且因為當時還是開放β的版本，尚未調整難度，因此若非幸運一再降臨，她根本不可能會有現在的成就。

可是她辦到了。

對蕾亞而言，大森林堪稱她在這個遊戲世界的故鄉。

為周邊棲息的眾多動物、魔物，以及城裡人們帶來恩惠的這座森林，如今已成為把恩惠當成誘餌，從接近的人身上搾取經驗值的魔境。

這正是蕾亞在這個世界的終極目標——雖然並沒有這回事，既然最後結果變成這樣，那也只能豁出去走這條路線了。

況且她都已經對玩家們做出壞蛋會做的事情，替自己大大宣傳了一番。

◆◆◆

「——來，給妳。這是不知是貴族還是大富豪千金的舊衣服，還有侍奉領主的騎士制服。記得好像叫做騎士服吧。」

「辛苦妳了，芮咪。錢還夠用嗎？」

「夠用。因為我的店收入還算不錯，有足夠的錢可以買這些衣服。」

「這樣啊。那妳待會兒記得去找運輸兵蟻領買衣服的錢，還有今後的活動資金。」

「知道了。」

凱莉從芮咪手中接過包袱，然後交給附近的工兵蟻。

最近為了收集情報和操作情報而在城裡開店的芮咪回到大森林了。她這次回來是為了補充資金、物資、定期聯絡，以及參加例行會議。凱莉事前還請她順便在城裡買幾套款式不錯的舊衣服回來。雖然款式的選擇完全交由芮咪的品味去判斷，芮咪在去城裡之前曾在大森林擔任生產相關的領導人，品味應該比其他人都來得好才對。

其實凱莉本來希望由身為首領的蕾亞來決定，結果被她本人拒絕了。蕾亞給的理由，是她完全沒有美術方面的品味。儘管凱莉覺得無所不能的首領不可能沒有品味，既然她堅決不肯，那也只好放棄了。

『哦，這就是新衣服啊？雖說是新的，上面卻沾染了其他人類的氣味……』

優點只有塊頭大的狗——白魔立刻就抱怨了。這隻狗似乎對凱莉這些貓獸人們存有競爭意識，老是為了一些小事情抱怨連連。

這個例行會議一開始只有前盜賊團的凱莉四人參加，後來不知不覺間，對此感興趣的白魔等犬組、螞后史佳爾，以及死靈騎士迪亞斯也都加入了。會議的目的是儘量在不麻煩首領的情況下經營大森林，因此牠們也在當然最好，可是這隻狗每次出現都很吵。

順帶一提，現在首領正在睡覺。

「有什麼辦法呢？誰教衣服這種東西做起來既費工又花錢。就算有錢，如果要請人幫忙做還得有一定的身分和門路。就憑我們，光是能夠買到舊衣服就已經很好了。妳說對吧，芮咪？」

「凱莉說的一點也沒錯。再說，這個衣服也不是要直接拿給首領穿。這些只是設計的樣本，我們會以此作為參考，請蟻群使用大森林的魔物素材做出更好的服裝啦。」
『是喔，沒有毛皮的傢伙還真是辛苦耶。』
「唉呀，這句話實在讓人聽不下去耶。這傢伙是不是在瞧不起首領啊？」
『啊，我不是那個意思！剛才的確是我失言了……就算沒有毛皮，首領一樣是無可挑剔的完美生物。雖然有四隻腳會更好。』
凱莉責備嗤之以鼻的白魔。
一如芮咪所言，這次買回來的貴族千金舊禮服，是為了替首領製衣而準備的樣本。她們打算參考舊衣的設計，搭配傭兵用的靴子和小配件，全部以大森林的素材重新製作。
首領因為不打算拋頭露面，平常都只用繩子把現有的毛皮拼湊成衣服，裝扮十分簡樸。枉費她難得生得如此美麗，卻對打扮不感興趣的樣子。就連之前參加活動時也是如此。當時她說要是鎧坂先生被打倒了，她就要從盔甲裡面現身，莫非她打算以那副模樣出現在人前嗎？
心想萬萬不可讓那種事情發生，因此凱莉等人非常體貼地決定替她準備一套和大森林統治者身分相符的裝備。
另外，因為覺得凱莉等人應該也要有統一的裝備比較好，她們也請芮咪把侍奉君主的騎士服裝順便買回來當作參考。
儘管聽說騎士似乎多半是男性，舊衣店裡只有男性的服裝，可是只要巧妙搭配上女性傭兵的下身，感覺應該就會相當不錯。
「——不管怎麼樣，總之拜託你們了，工兵蟻們。請你們務必用這些製作出適合首領和我們

◆◆◆

穿著的裝備。」

蟻群雖然沒有人類工匠那般的技術，牠們全員能夠以相同的水準進行作業，又能全員同時共享作業內容，而且還不像人類需要休息那麼長的時間。製衣聽說是非常耗時的作業，不過交給蟻群的話，只需要短短幾小時便能完成。

後來，就在她們一邊發表報告一邊等待成品完成時，首領蕾亞醒來了。

「……早安。啊啊，芮咪，妳回來了啊。歡迎回來。」

「早安，首領。芮咪，快點準備餐點……」

「——啊！」

芮咪露出一副「糟了！」的表情僵在原地。

「芮咪，妳該不會……」

「……對不起，我滿腦子都只想著舊衣的事情……」

「沒關係啦，妳不用放在心上，反正我也不是非城裡的料理不吃。既然沒有已經烹調好的食物，那麼現在開始煮就好。能在森林裡取得的食材不是很多嗎？」

明明是難辭其咎的失誤，首領卻爽快地原諒了。

「是啊，那當然。假使您可以接受我和蟻群平時所吃的食物……」

「什麼啊，原來妳們平常吃的東西和我不一樣啊？不過也是啦，因為我的生活節奏不規律嘛。好，我就趁這個機會嘗嘗看妳們平時吃的餐點吧。」

◆◆◆

於是，最後便決定由手最巧且最習慣下廚的芮咪，在正好有空的螞蟻協助下為首領做飯。

可是畢竟難得為首領下廚，儘管菜色和凱莉等人平常吃的一樣，她們還是決定讓芮咪活用她在城裡學到的技術，在上菜方式和服務方面下點工夫。

在服務方面，她們請了據說從前曾經服侍過上流人士的迪亞斯幫忙。由於機會難得，凱莉決定也在一旁學習如何服侍高貴的首領。

『公主，首先這道是開胃菜。』

迪亞斯頂著一張骸骨臉、穿著管家般的衣服，將前菜盤擺在首領的桌上。才心想管家服是哪裡來的，原來是螞蟻們趁芮咪下廚的期間，參考騎士服臨時做出來的。聽說這件衣服沒有防禦力和特殊效果，所以很快就能做好。

「好厲害，感覺好正式喔。這個，呃……是什麼菜啊？」

『據主廚表示……這是毒爬蟲和紫萁的醃漬菜。』

「毒……什麼來著？」

『是毒爬蟲，公主。那是棲息在大森林裡的有毒大型毛毛蟲。』

「毛毛蟲！不對，重點不是那個，有毒才是問題所在。這個真的能吃嗎……」

首領蹙眉看著盤子。紫萁的綠色和爬蟲的紫色交織出鮮豔色彩，看在平常吃慣了的凱莉眼裡十分美味，可是首領非但沒有被外表誘惑，反而懷疑有毒，看來首領果真精明睿智。

『只要去除毒腺就沒問題。這個在城裡也是流通數量極少的高級食材，只不過需要專業執照才能烹調就是了。』

「……這麼說來跟河豚差不多嘍……？可是毛毛蟲啊……嗯……啊，你剛才說需要執照，主廚芮咪有執照嗎？」

『……恐怕沒有……不過應該沒問題吧。畢竟我們平常吃也都沒事。』

雖然平常的料理手法更粗糙，至少凱莉從來都沒有吃壞肚子。

「不行、不行，這種外行人的判斷最危險了喲。菇類不也是這樣嗎？我並不是在質疑芮咪的廚藝，只不過我想這次還是先不要，等之後她正式取得執照我再吃好了。」

原來如此，首領說的確實有道理。

危險的毒腺只要去除掉就好，這不過是凱莉等人的經驗法則。況且世上或許真有獸人吃了沒事，但是精靈會吃壞身體的弱毒。

『……這個嘛，在下以前還是人的時候並沒有食用這種東西的文化，所以也不是不能理解公主的心情……既然如此那也沒辦法了。凱莉啊，不好意思，這道料理就給妳們吃吧。』

「知道了，我待會兒再吃。」

◆◆◆

『下一道是湯品。』

「哇啊……這是什麼？有樹皮漂在上面耶。」

『據主廚表示，這是山牛蒡冷湯。』

「牛蒡？這分明不是人吃的食物！根本就是樹根！而且還有土味！」

『公主！您說得太過分了！』

「唔……對、對不起……可是我沒辦法接受牛蒡！我不想就連在遊戲裡，都還要被迫吃那種東西！」

儘管氣勢一度弱了下來，首領最終仍然堅決不吃，還用雙手比出大大的叉，澈底表現出拒絕的態度。

見到首領那副模樣，凱莉一方面對於端出她討厭的料理感到抱歉，同時也學習到如果想看見首領如此可愛的模樣，只要拿出牛蒡就好。心想下次要再拜託芮咪的凱莉望向廚房，結果正巧和芮咪視線相交。見到凱莉悄悄豎起大拇指，芮咪也豎起大拇指回應她。這就是所謂的團隊默契。

◆◆◆

『接著是魚料理。這道是粉煎櫻花鉤吻鮭。』

「哦哦，終於出現正常的料理了！……好大！櫻花鉤吻鮭有這麼巨大嗎？」

『在這座森林捕到的櫻花鉤吻鮭大概都是這個尺寸喔。裡面有像人類手指的寄生蟲。』

「……唔，寄生蟲啊……算了，既然已經煮過，那麼應該沒問題……」

首領使用刀叉仔細地將魚切開，那副舉動實在優美。凱莉雖然沒見過，她相信首領的舉止一定比城裡的貴族要來得高貴優雅。

「——唔哇啊！手指！裡面有手指！是誰的手指？難道是芮咪的？」

『啊，那個就是寄生蟲。』

「寄生——啊，你說像人類手指的意思，該不會指的不是大小而是長相吧？這座森林到底是怎麼回事啦！」

『公主，接下來還有兩種肉類料理和甜點，以及餐後的飲料，請問您要繼續用餐嗎？』

「……那個，不好意思，我今天有點沒食慾……我要休息一下，這些料理給你們吃吧……」

首領回到寶座上休息，其他人則趁那段時間享用芮咪所做的料理。果然比螞蟻做的要美味多了。雖然她可能是為了首領才特別賣力。

凱莉等人也邀請迪亞斯一同用餐，卻被他以「唉呀，只可惜我是活屍沒辦法吃，真是太遺憾了」為由，委婉地拒絕了。

◆◆◆

雖然發生許多事，蕾亞這下總算有一段完整的時間可以獨處。由於也有充足的經驗值可以進行嘗試，蕾亞決定一邊等正在出差的瑪莉詠回報，一邊利用這段時間研究煉金術。

首先是以金屬和騎士的怨念，製造某種新的活體。

因為已經打造出很多盔甲和劍了，這次就換成骸骨。儘管這是一項非常褻瀆的作業，技術的發展經常都會伴隨著犧牲。蕾亞不是會畏懼那種批判的人。

「那就開始吧。『哲學家之蛋』。」

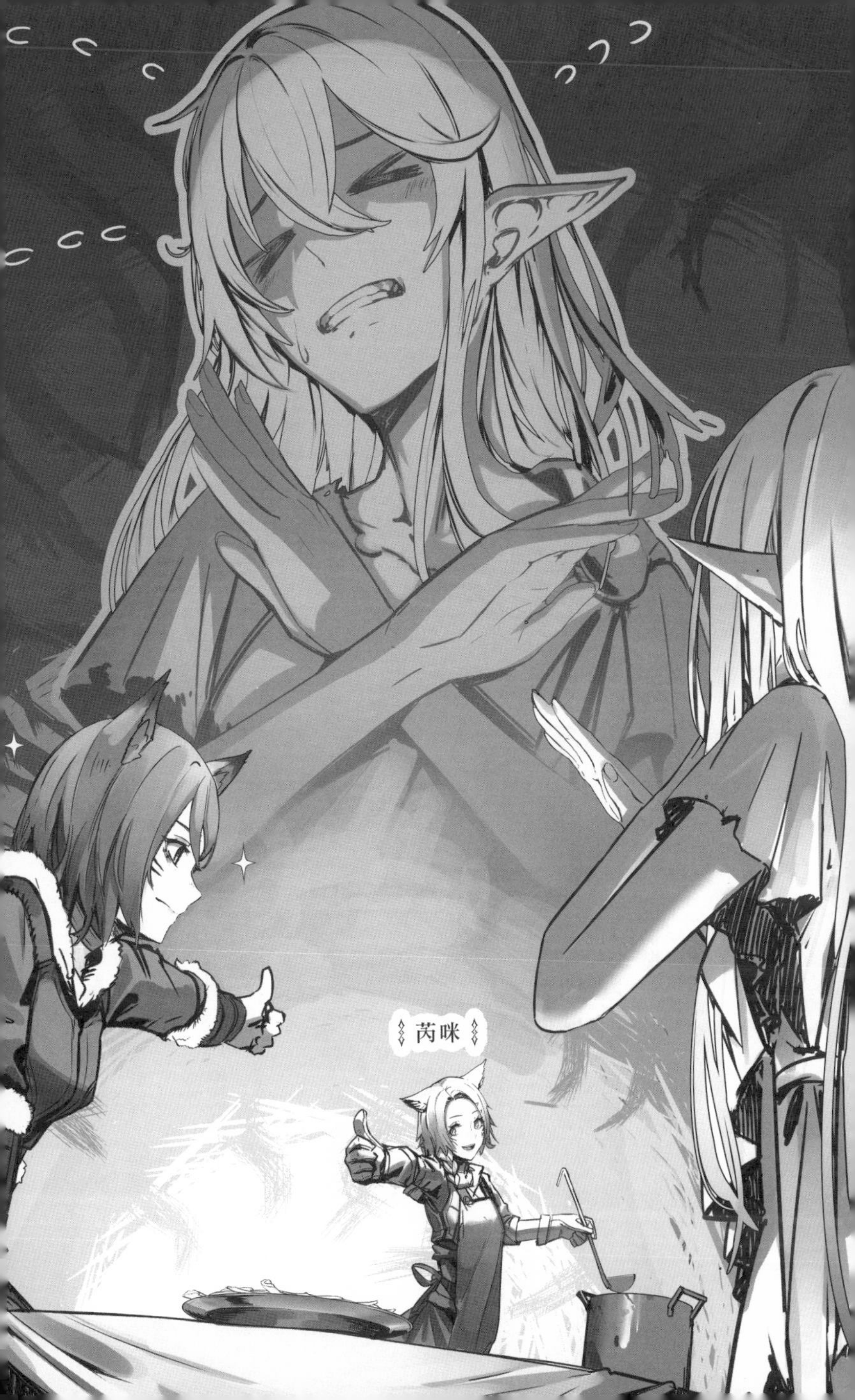
芮咪

蕾亞拿起金屬塊和騎士遺骨，讓水晶蛋吞進去。這一次，她投入了格外大量的金屬塊。她在量產劍崎的時候發現，投入的素材如果過多，多餘的數量會剩下來，不會被消耗掉。看來並不是只要放進去就會被全部使用完。

順帶一提，數量不足則會失敗。這時素材雖然會保留下來，蛋會破裂，白白浪費掉ＭＰ。

由於蕾亞想不到其他方法可以再取得遺骨，為了儘量減少消耗，她只使用了一根像是肋骨的骨頭。

接著她發動「煉金爐」，蛋裡面隨即順利變成七彩的大理石紋。也就是說，某種魔物即將要誕生。

「很好，發動『偉大創作』。」

這麼說來，在官方的公告裡好像提到過可以改變發動關鍵字的技能名稱之類的。我是不是也應該嘗試改個帥氣的名字呢？

縱使蕾亞並不覺得有必要改變生產類技能的名稱，變更戰鬥時發動的魔法名稱卻有很高的戰術價值。即使敵人和自己的距離非常近，也能防止敵人從我方的發動關鍵字推測出技能內容。

比方說，假如把「火焰箭」的發動關鍵字換成「劈砍」，就能假裝是近距物理攻擊卻發射出火焰箭。不過，能否取既有名稱這一點還需要調查一下。

就在蕾亞這麼心想的時候，蛋的光芒消失了。

◆◆◆

蛋裡面站著一具身穿黑色盔甲，顏色和盔甲相同的骸骨。

「是骷髏騎士……之類的嗎？」

而且好黑。說起骨頭，印象中都是白色的，因此這具骸骨讓人有種難以言喻的微妙怪異感。

骸骨打破蛋從裡面出來之後，蕾亞立刻對牠發動「使役」。已經習慣這項作業的蕾亞，知道自己製造出來的魔物本來就不會抵抗「使役」。史佳爾生出螞蟻後立刻就能對其下令，可能有一部分就是這個原因吧。

「種族名是……精金……騎士？」

沒想到這個種族名，竟讓人意外得知構成鎧坂先生它們的金屬名稱，是魔法金屬代表之一的精金。雖然好像有人稱之為精金，也有人稱之為亞德曼合金，總之這種金屬在大部分的遊戲裡都以堅硬聞名。鎧坂先生和劍崎牠們確實都相當堅硬。

由於沒有剩餘的素材，看來投入的金屬素材全都用完了，可是從頭到尾都只有使用一根遺骨。既然如此，就表示這個精金騎士可以量產。

要再取得帶有騎士怨念的遺骨很困難，不過光憑現在擁有的數量，應該就能製造出比先前被剷除的騎士團規模更龐大的精金騎士團吧。一名騎士的骨頭可以生成好幾名精金騎士。

這可是非常強大的戰力。

不僅構成的金屬和鎧坂先生相同，狀態列也幾乎相當。雖然ＳＴＲ和ＶＩＴ比鎧坂先生略低，ＩＮＴ卻高到令人興奮。

蕾亞從運輸兵蟻手中接過ＭＰ藥水，決定一邊猛灌藥水一邊不停地生產精金騎士。

✦◆✦

反覆生產到騎士們的遺骨都快用完之後，蕾亞得知一件事。

如果使用肋骨等軀幹部位的骨頭，會生出精金騎士。

如果使用大腿骨等腿部的骨頭，會生出精金偵察兵。

如果使用上臂骨等手臂部位的骨頭，會生出精金法師。

然後如果使用頭骨，則會生出精金領導人。

至於手指骨等小骨頭好像因為不足以作為素材，技能會失敗。這種時候需要放入多根骨頭，可是這時如果混入腿和手臂等部位，即使沒有使用軀幹的骨頭，也會不知為何生出精金騎士。

於是，最後是精金騎士的數量最多。由於蕾亞努力將骨頭分類，也生出了一定數量的精金偵察兵和精金法師，可是唯獨用來生成精金領導人的頭骨實在無計可施，因此數量相當少。

然而稀少的精金領導人的強大程度，和前陣子成為下屬的迪亞斯相當。

假如把戰鬥經驗也算進去，即使精金領導人的實力和迪亞斯相當還是贏不了他，但如果對手是玩家，就同樣能夠不費吹灰之力將其擊倒。

隨著作業來到尾聲，當只剩下讓人分不出是什麼骨頭的部分時，之前努力囤積下來的精金塊也變得所剩無幾。

為此，蕾亞改為使用數量最多的金屬。

◆◆◆

結果生出了「碳騎士」。一瞬間，蕾亞不明白這是什麼意思，不過再仔細一想，這個名字大概是取自碳化物——也就是碳化合物吧。感覺一點都不神奇，而且只有碳這個字根本不曉得是什麼意思。

只不過經過各種驗證之後，蕾亞發現這個碳在硬度上，具有足以和精金騎士匹敵的性能。這似乎並非普通的碳，而是像碳化鎢一樣的超硬合金。

可是VIT的數值很低，所以質地雖然堅硬，防禦力和耐久性卻很差。考慮到這是金屬，不免讓人覺得這或許表示它有容易產生欠損的特性。換句話說就是儘管堅硬，實際卻很脆弱。由於碳騎士和鎧坂先生、精金騎士兩者同樣擁有「物理耐性」的技能，或許可以解釋成這種材質在有效狀態下非常堅硬，然而一旦超過耐受力就會瞬間破碎四散。

另外STR和精金騎士程度相當，所以可能也是重量的關係吧，攻擊力非常高。至於AGI則稍微偏低。

蕾亞是用把剩餘遺骨全部用完的氣勢在創造碳騎士，因此數量相當多，甚至多到超過精金騎士的程度。雖然質地脆弱、容易產生欠損，這也是和精金騎士比較的結果，如果用鐵劍去砍不但手會發麻，還會被彈開，劍刃更是會整個變形。只不過，假使用釘頭錘之類的重量級武器攻擊，某些部位還是會受到相當程度的傷害，因此算是不耐打擊。

大概是因為超硬吧，碳騎士似乎非常耐熱，半吊子的「火魔法」對牠無效。「水魔法」雖然也起不了作用，假如說交互使用「火魔法」和「冰魔法」，碳騎士就會脆弱到失去「物理耐性」。另外碳騎士對「雷魔法」好像也不特別具耐受力，同樣會受到傷害。

碳騎士和骷髏一樣不耐打擊，因此算是不適合和擅長打擊的戰士交手，然而這也只是契合度的問題。蕾亞不認為會有多少玩家的實力水準，能夠讓契合度變得重要起來。

可是畢竟不試試看誰也不知道，需要和活動當時一樣進行性能測試。精金系列因為是鎧坂先生的廉價版，可以省略性能測試，但是有必要觀察一下碳騎士的作戰情況。

因此，蕾亞決定讓一名碳騎士去挑釁玩家集團。

也就是說，她其實只是想拿新玩具來玩玩看而已。

蕾亞一心期待有實力夠強、正好能當碳騎士的對手玩家上門，結果卻事與願違。

她借用請萊莉捕獲後收服的貓頭鷹型魔物，名叫歐米納斯的森林貓頭鷹的眼睛，不停尋找作為獵物的玩家。

大森林裡，有實力足以在活動中晉級決賽的一群人。

可以的話，蕾亞其實想找更強的玩家來進行各種測試，既然好像沒有，那也就沒辦法。

雖然會對他們造成些許負擔，畢竟是請他們幫忙測試，不如就懷著感謝的心，把一些好裝備當成福利讓他們帶回去好了。

蕾亞命令螞蟻在他們的行進路線上隨意散布測試鍛造品時做好的劍和盔甲。其性能應該比一般鑄造品和城裡賣的量產品來得好。

他們一發現裝備，立刻喜孜孜地穿戴上身，然後為了獲得更多成果不斷往森林深處而去。一方面也是為了誘導，蕾亞最近也在森林裡打造出平整好走的人工獸道。
就在一般玩家應該會覺得差不多該回頭的時候，早已就緒的蕾亞派出碳騎士。
見到之前從未見過的魔物突然現身，那群人十分驚慌。
「出現不妙的玩意兒了！」
「是這一帶的頭目嗎？」
「等一下，在這之前明明只有出現螞蟻和哥布林，現在卻突然出現活屍頭目，這也太不自然了吧！」
「管他自然不自然，既然看起來逃不了，那也只好作戰了！有了剛才得到的裝備，就算對手稍微強一點應該也有辦法應付！」
對方這麼快就下定決心是件好事，而且蕾亞確實也不打算讓他們逃走，因此這可說是相當聰明的判斷。可是就憑會把那種程度的裝備當成好東西的實力，無論作何判斷，一樣都不是碳騎士的對手。
那些當成福利送給玩家們的劍，恐怕在和碳騎士開打後沒多久就會毀了。雖然蕾亞覺得自己送的應該是他們會想要的道具，看來今後可能需要再多斟酌臨時福利的內容。
今後的課題先放一邊，先完成眼前的測試才是重點。
有了先前的教訓，蕾亞決定先讓碳騎士接受對手的攻擊。若能承受得了這個程度玩家們的攻擊，或許可以算是擁有充分的戰力。畢竟碳騎士的數量相當多。

其中一名玩家舉起剛才撿到的劍，朝什麼也沒做且只是站著的碳騎士砍來。

「喝啊！『看招』！」

那個人好像使用了技能，卻讓人不明白那是何種技能。

他大概把平時攻擊時自己會發出的吆喝聲，當成發動關鍵字了吧。這個做法相當出色。只不過發動那瞬間的確不知道他發動了什麼，可是只要看了之後的動作，應該就能猜出是「劈砍」。

倘若今後這樣的玩家越來越多，假如蕾亞沒有事先親眼見過玩家可能使用的各種技能並記起來，到時可能會跟不上高階的PvP吧。

幸好精金系列有多種類型。只要讓各類型取得不同系統的技能，就算蕾亞本身沒有取得應該也能預習技能。

可是冷靜下來想想，精金系列的規模宛如軍隊，因此需要龐大的經驗值。這麼一來，就非得讓各位玩家接連光臨本店不可了。

當蕾亞在思考這些事情的同時，在歐米納斯眼前上演的戰鬥依舊持續著。恐怕是「劈砍」的技能最後沒有對碳騎士造成任何傷害，發動技能的玩家反倒像不知哪位重戰士一樣鬆開了手中的武器。

那群人之中好像沒有魔法師，其他成員也都是以武器展開攻擊。蕾亞特別仔細觀察使用釘頭錘發動的攻擊，結果碳騎士似乎並未產生任何欠損。

✦◆✦

觀戰一陣子之後，蕾亞感覺好像已經沒辦法再從那群人身上得到任何收穫。

就像蕾亞在活動時做過的一樣，她讓碳騎士一把捏碎玩家的腦袋。ＳＴＲ似乎發揮了一如數值的性能，真是太好了。

其他企圖逃跑的玩家也同樣追上去殺死。縱然碳騎士的ＡＧＩ確實很低，不過還是能夠抓到沒有優先提升ＡＧＩ的玩家。希望有了這次的教訓，玩家們下次可以提升團隊整體的應對能力再來挑戰。

打倒玩家們能夠獲得的經驗值雖然不多，即使實力差距如此懸殊還是可以獲得經驗值，這一點真是太棒了。玩家果然是很好的收入來源。

就獲得充足戰力這層意義看來，這次的測試結果可以說相當理想，但是從作為大森林的新型態怪物的角度而言，碳騎士算是失格。

要是在大森林裡徘徊的都是這種怪物，根本不會有人想來挑戰。看來有必要準備更弱一點的怪物，又或者是提升造訪的玩家實力水準。

應該要命令蟻群暫時負責接待，促使玩家們成長嗎？

蕾亞吩咐精金系列們可以不必經過蕾亞的許可就聽從史佳爾的命令出動，之後就把牠們交給史佳爾管理了。

有了蟻群的全體力量再加上精金系列的戰力，即使玩家稍微有所成長也無法突破大森林。應該說，恐怕就連現在的蕾亞也很難憑一己之力突破大森林。

◆◆◆

可是忽然間，蕾亞想到這也可能是個問題。

儘管這份戰力不太可能與自己為敵，既然蕾亞辦得到，那麼其他ＮＰＣ或怪物也有可能正在做相同的事情。說不定，那六國就是因此產生出來的結果。

蕾亞等人目前的狀況算是小康，表面上雖然沒有被他人視為敵手，至少和人類種國家之間並沒有能夠和睦相處的因素。既然如此，就應該預設總有一天會與他們為敵，持續增強戰力才對。

另外，還有一件事情也必須先確認清楚才行。

主人死去後，眷屬們會有何下場這一點尚未確定。

如果遊戲規定會一起死去，那麼蕾亞被打倒一事就相當致命。

由於玩家不會真的死去，情況可能會和主人是ＮＰＣ時不同。然而無論如何，還是應該預設最壞的情況，把蕾亞死亡期間眷屬也會呈現死亡狀態的可能性也考慮進去。

如果是這樣，就有必要將蕾亞本身強化到不會輕易死去的程度。

由於蕾亞的能力值提升，會透過「強化眷屬」連帶提升整體戰力，她固定會將獲得經驗值中的幾成用來提升自己的能力值。可是，現在或許應該考慮利用其他手段來促進成長了。像是更加出人意表的技能之類的，她想要有其他祕密王牌。

想到這裡，蕾亞的腦中忽然浮現「轉生」系統。

根據官方的公告，好像只要受到吸血鬼支配就能轉生成為「吸血鬼的隨從（隨從殭屍）」。

✦◆✦

這純粹只是一個舉例，官方公告的內文說：「滿足特定條件的角色引發特定事件之後，始能變更種族。」既然如此，應該還有其他方法才對。

蕾亞的手牌中，有一樣東西有那種可能性。

「煉金」的奧祕，應該能夠透過「偉大創作」製造出來的「賢者之石」。

蕾亞不清楚在這款遊戲裡面如何，不過說起賢者之石，大致都擁有能夠讓人長生不老，或是將低賤之物變得高貴之類的傳說。

若真如此，只要在滿足某種條件的狀態下使用賢者之石，或許就能讓角色的種族產生變化。

縱使沒辦法做到這個地步，也應該會有某方面發生某種變化。

再說「偉大創作」本來就被視為意指創造賢者之石的作業。

既然如此，倘若能夠創造出賢者之石。

應該就能將角色的種族帶往更高的層級。

蕾亞看著「偉大創作」裡的配方。

配方之中最可疑的就是所需素材最多，並且沒有隸屬於其他技能樹，就只有一個技能樹單獨存在的那個配方。蕾亞決定暫時將其當成賢者之石，著手製作。

這個配方所需的素材共有六樣。

現在已經解鎖的有水銀、硫磺、鐵、魔物心臟，以及強酸。還有一樣素材不明。

既然強酸已經解鎖，就表示蕾亞曾經見過。由於她目前見過的酸主要只有工兵蟻製造出來的酸，看來用那個應該就可以了。

反正強大也沒什麼壞處，蕾亞打算在實驗時安排「賢者之石素材專用」的工兵蟻，盡可能投入經驗值使其成長，讓牠們製造出酸。假如這個不是賢者之石的配方，屆時專用工兵雖然會突然失業，應該還是能在各方面發揮其高度能力。畢竟有才能的人不怕找不到工作。

水銀和硫磺可以從礦脈取得。硫磺是在蕾亞等人挖掘鐵之類的硫化礦物，將其「煉精」時獲得的。

水銀和硫磺這兩樣素材不能直接以辰砂代替嗎？然而如果不能經過一般的硫化，而是必須透過「煉金」這樣的魔幻方式結合，那就沒辦法了。

說起辰砂，根據從前的文獻記載，那是曾經被單獨稱為賢者之石的物質。

蕾亞在取得「煉金」之後，曾經在登出時到ＶＲ圖書館查閱關於古代煉金術的文獻。

不只是西洋的煉金術，辰砂在古代中國也是用來製作神丹等靈藥的知名材料。話雖如此，辰砂畢竟是硫化汞，毒性很強，因此當成藥物攝取必死無疑。

假如水銀和硫磺是用來製作被視為「賢者之石」的辰砂材料。

那麼需要用到其他材料的原因是什麼？

首先令蕾亞好奇的是素材中等級格外低的鐵。

可能是用來保存水銀吧。水銀能夠和許多金屬做成合金，可是沒記錯的話應該無法和鐵製成合金。莫非有其他理由？

倘若鐵的存在是基於某種特殊理由，那麼應該也能推理出剩下的一個不明素材。
比方說，假設剛才的辰砂是賢者之石。
然後其他材料也是製造賢者之石的素材。
說起辰砂以外也曾被稱為賢者之石的物質，最有名的就屬黃血鹽。
黃血鹽就是亞鐵氰化鉀，據說中世紀的人會在家畜內臟等富含氮素的有機物中，加入鐵和碳酸鈣——
「啊，是因為這樣才會用到鐵啊？」
如果是這樣，那麼魔物心臟就是用來代替家畜內臟嘍？若真如此，最後一樣素材應該就是用來取代碳酸鈣。
帶有奇幻色彩，又含有碳酸鈣的某種東西。
假如不管純度，取得碳酸鈣最簡單的方法就是把許多植物燒成灰，然後泡在水裡。
可是蕾亞在官方活動時就做過類似的事情了。雖然當時因為火力太強，導致幾乎所有樹木都跳過灰直接蒸發掉，卻也並非完全沒有灰燼保留下來。再說旁邊還有冒著蒸氣的湧泉，那裡就算存在少量碳酸鈣也不奇怪。也就是說，蕾亞應該已經見過了，素材名稱卻沒有解鎖。
既然如此，就表示所需素材不是碳酸鈣本身，而是某種與其相關的奇幻物質。
「符合條件的……陸上植物的灰燼……還要帶有奇幻色彩……」
假使正確解答是「世界樹的灰燼」，那就只能舉白旗投降了。
就算世界樹真的存在，也不知道在哪裡。至少營運方提供的地圖裡沒有註明。

如果像活體盔甲那時一樣，不管放什麼進去都會產生反應，就只有完成品的等級和種類會改變，那麼就算使用粗略統稱為「奇幻植物的灰燼」的物質或許也能成功。

「這麼一來，當前該做的就是考慮取得奇幻木材了吧。」

這座里伯大森林裡生長的樹木並非普通植物。有些發育得異常迅速，有的則比鐵還要堅硬。

蕾亞明明也使用了那些木材製作木炭，素材名稱卻還是沒有解鎖，這或許表示那些木材的奇幻程度還不夠吧。不過對此蕾亞感到不以為然。

既然這座大森林裡似乎無法取得，就只能考慮從外面入手了。

可是城裡常見的素材主要取自周圍的草原和這座森林，城牆內的農場感覺應該也沒有栽種奇幻作物。

「只能等正在出差的瑪莉詠回報了……」

自從得到地圖後，胡亂探索大森林周圍的必要性便減少了。因此蕾亞命令瑪莉詠和銀花去偵察距離大森林最近的魔物領域。

根據定期聯絡的結果，她們似乎正順利地消化行程，而且將「掌握座標」和地圖進行對照後發現方向也很正確。照這個速度來看，她們應該不用多久就會接觸鄰近的魔物領域。

大概是氣候和環境相近的關係，那個魔物領域也屬於森林型，可以的話蕾亞想要占領下來。

雖然能否占領還得等看過之後才知道，等瑪莉詠抵達之後，只要用「召喚施術者」把蕾亞本人召喚至該座標，接著再「召喚」精金系列，想必就有足夠的戰力能夠壓制全場。

要是那座森林和里伯大森林是不同的生態系，而且有奇幻木材就太好了。

◆◆◆

蕾亞決定在等待瑪莉詠回報的這段時間，讓蠻橫頭目去挑釁玩家們，藉此打發時間。
完全忘了要接待玩家這回事。

◆◆◆

【開局賺經驗值場所】里伯大森林攻略討論串【從開局就一直毫無進展】

521：NO色色
真糟糕耶～
我明明心裡想著該去開拓其他區域了，卻遲遲沒辦法脫離這裡。

522：日圓的金澤爾
真的有那麼好賺嗎？

523：抽屜櫃裡的柑橘醋
這個嘛，其實效率也沒有那麼好啦，不過真的很讓人著迷耶～
幾乎每次都會在想說「再多賺一點好了」的時候被殺掉。
要是能夠活著回來，那真的超好賺。

524：哆啦太郎
里伯大森林真的很好賺。
可是每次只要賺到某個程度，就會有強到爆的活屍出現，實在讓人很嘔。
不過我猜啊……算了，還是不說了。

525：牛仔褲
不要這樣～到底什麼事情，你快說啦～

526：哆啦太郎
我要是說了，恐怕又會有更多人來。
如果連高手們都聚集而來把那個活屍打倒，到時實力差距又會拉得更遠了。

527：抽屜櫃裡的柑橘醋
啊～這倒是很有可能耶。
關於強到爆活屍的事情，我個人有個小小的猜測啦～

528：牛仔褲

所以說到底是什麼啦！

529：amatein
那裡的螞蟻不是很有名嗎？
聽說還會破壞裝備什麼的。真的有那麼好賺嗎？

530：antogi
雖然確實也有傢伙會破壞裝備，那是因為牠的單體戰鬥力最弱吧。
對新手等級來說固然吃力，只要習慣到一定程度就能從容應對。
而且也有辦法分辨出會破壞裝備的個體。

531：那隻手好溫暖
好厲害。簡直就是螞蟻博士耶。

532：antogi
我被溫暖先生誇獎了！

533：抽屜櫃裡的柑橘醋

這樣算誇獎嗎……？

算了，本人高興就好。

534：orinki

先不提螞蟻和活屍了，毛茸茸呢？

之前不是提過也會出現毛茸茸？

535：NO色色

會出現啊。而且偶爾還會看見小隻的。不過小隻歸小隻，體型其實也跟大型犬差不多。

哎呀，那可真是療癒人心耶。雖然遇到會死人就是了。

536：牛仔褲

療癒人心的角色真不錯～但話說回來，活屍呢？

537：抽屜櫃裡的柑橘醋

我是這麼猜的啦，打倒那個活屍之後說不定可以獲得第一屆活動的優勝者所穿的盔甲。畢竟質感感覺很相似，還有異常的防禦力也是。

538：哆啦太郎
你居然說出來了。不過也罷，這件事遲早會被人知道吧。

539：牛仔褲
真假？
是捏爆我腦袋的那副盔甲嗎！

540：那隻手好溫暖
那個，可以麻煩不要討論噁心的話題嗎？

541：antogi
喂，住口啦！少討人厭了！

542：牛仔褲
咦？會不會太過分了……？

543：NO色色
而且不只是活屍，偶爾疑似本人的角色也會四處徘徊吧？

只是遇到之後馬上就會被ＰＫ。

544：哆啦太郎
優勝者在大森林裡賺經驗值的傳言果然是真的啊？雖然我沒遇過就是了。

545：抽屜櫃裡的柑橘醋
嗯……是這樣嗎？
可是感覺也有點像是不同人。因為動作和官方影片裡面不太一樣，而且也沒說話。

546：基諾雷加美許
可是那個人從一開始就沒說話吧？這麼一來，優勝者是官方安排的活動角色這個說法，果然還是最有力嗎……？

第七章 世界樹與高等精靈

終於收到瑪莉詠抵達魔物領域的消息了。

蕾亞等到夜晚來臨，才把里伯大森林交給史佳爾和萊莉，自己則帶著凱莉和迪亞斯一路直奔瑪莉詠所在之處。雖然身上穿著鎧坂先生的她沒必要避開白天，她已經養成習慣了。

「好久沒有直接見面了耶，瑪莉詠、銀花。真高興見到妳們一切安好。」

「非常歡迎您的到來，首領。」

『好久不見了，首領。那就是隔壁的森林。』

隔壁森林的氣氛感覺和里伯大森林有些不同。

根據地圖顯示，不同於森林中被視為有邊界的里伯大森林，這座森林似乎從樹木凌亂林立的界線開始就已經被人類視作魔物的領域。

就好比埃亞法連城之於里伯大森林，據說這一帶在靠近領域的最前線，也有一座那樣的邊境都市。

只不過，那座城市距離蕾亞等人所在的位置相當遙遠。

通往那座城市的街道是避開魔物領域的森林建造而成，聽說瑪莉詠她們就是利用那條街道來到這裡。

街道和城市在遠方與森林遙望，應該可以這麼說吧。相比之下，里伯大森林和埃亞法連城則應該是幾乎相鄰。

里伯大森林和埃亞法連城的距離會這麼近，應該是之前里伯大森林未曾出現過強大魔物的關係。白魔等冰狼們會選擇逃到里伯大森林裡，想必也是基於同樣的理由。

雖然不清楚里伯大森林之前為何能夠維持如此和平的狀態，蕾亞認為原因恐怕是那座森林是史佳爾的搖籃吧。又或者是迪亞斯的搖籃也說不定，總之那座森林的存在目的，或許是為了培育可能成為副本頭目的怪物。

遊戲原先的安排，說不定是隨著那座城市裡的玩家逐漸增多，史佳爾等螞蟻軍團將會吞食玩家們的經驗值不斷成長。

想到這裡，從建設城市和鋪設街道的階段開始就被誇張地避開的那座森林，很有可能是比里伯大森林更加高階的魔物領域。因為這座森林可以說從遊戲一開始，就被人類視為威脅了。

就這層意義而言，這座森林真可謂魔物領域的大前輩。

「真教人期待呢。不曉得現在的我們能夠傷得了前輩們幾分？」

『就由在下負責打前鋒吧。為了您的生命安全著想，還請公主千萬不要站上最前線。』

「……雖然有點可惜，這也是沒辦法的事。畢竟這本來就是我為了保命而準備的戰力增強方案，我要是死了就本末倒置了。」

◆◆◆

迪亞斯也是十分強大的個體，現在或許應該先試著交給他才對。由於蕾亞還沒有見過迪亞斯作戰，正好也能藉此機會確認他有多強。

「迪亞斯，我想要召喚幾名精金系列過來，你覺得要多少數量比較好？」

『沒有那個必要——在下很想這麼說，不過公主應該也想確認在下的指揮能力吧？那麼，可以麻煩您派遣一支小隊的數量來嗎？因為要是再多，在攻陷這座森林上就會顯得人力過剩。』

「我覺得這座森林的等級比我們的里伯來得高，不過既然迪亞斯你這麼說，那就這麼辦吧。要是不夠的話，可以隨時跟我說喔。」

於是，蕾亞召喚了由一具精金領導人、九具精金法師、六具精金偵察兵，以及十四具精金騎士組成的小隊。儘管只是一支小隊，考慮到要在視野狹窄的森林裡行動，這樣的人數還是感覺相當多。

「這款遊戲雖然沒有那種系統，團體組隊應該差不多就是這個數量吧？雖然從現實的角度來思考，要聚集超過三十名玩家也是相當辛苦的事情。」

即使聚集這麼多的精金領導人，牠們也不是蕾亞的對手。無論她有沒有穿上鎧坂先生，這一點都不會改變——只要不是在白天開打。

「我已經告訴精金系列和碳騎士們，基本上除了我之外，也要聽從史佳爾和迪亞斯的命令。當我們都不在時，就以凱莉她們的命令為最優先。儘管我想以上所有人都不在時，牠們就會憑藉自己的判斷行動，因為活體類怪物的自我意識薄弱，如果憑自己判斷，應該頂多只會有效率地殺死敵人。」

◆◆◆

『這麼配置應該就夠了。那麼，一方面也當作測試牠們的性能，就請公主仔細評鑑在下的能力吧。』

迪亞斯說完，便對精金們簡短地下達指令。六具精金偵察兵聽從他的指示分散到森林裡，牠們以輕巧到不像全身都由精金構成的動作，轉眼消失在樹林中。

雖說是精金，因為身為偵察兵的牠們穿戴輕裝盔甲，又完全沒有肌肉、內臟和脂肪，所以並沒有想像中那麼重。體重大概和普通的人類種差不多吧。

而且牠們不像恆溫動物一樣會發熱，因此不會被蛇類魔物的紅外線夜視能力發現。牠們可以說擁有所有從事隱密行動者必須具備的條件。

順帶一提，精金系列和碳騎士們身上也有配備武裝。

只是因為牠們的數量很多，無論如何都只能配備低等級的量產品。蕾亞分配給牠們的武裝大致都是刀劍一類的武器，期待能夠造成和徒手不同種類的傷害。如果單純以傷害量來看，用身體衝撞恐怕效率最好。

可以的話，蕾亞很想每一具都發給牠們一把活體武器，可惜沒有那麼多帶有騎士怨念的劍。

蕾亞之所以進軍這座森林，一方面也是期待能夠在這座森林遇見迪亞斯從前所屬的軍團以外的亡國騎士團成員。迪亞斯他們的遺骨以大陸唯一的國家騎士團來說太少了，她猜想騎士團的殘骸應該分散於整片大陸。

◆◆◆

精金偵察兵消失的同時，迪亞斯也帶隊前進。和偵察兵不同，這支隊伍以小心謹慎的態度撥開草叢，一邊拓展可以戰鬥的空間一邊緩慢前行。指揮能力本來應該從對部隊的掌控進行評價，既然今後可能沒有掌控部隊的必要，蕾亞決定只看迪亞斯的現場指揮手法。單就這一點來看，迪亞斯的指揮儘管謹慎，卻可算是相當合理且精準。

看著迪亞斯和精金們，蕾亞感到心滿意足。里伯大森林裡有多到足以組成好幾支這個戰鬥單位的戰力正在待命。倘若這次進軍能夠比較我方和其他勢力的戰鬥能力，那麼應該可以對里伯大森林的戰力作出客觀評價。

蕾亞也沿著迪亞斯等人開闢的行軍路緩緩而行。

兩旁有凱莉和瑪莉詠，後方則有銀花殿後。假如把鎧坂先生也算進去，這幾個成員皆已取得感覺強化類的技能。只要實力沒有落差太大，就不會遭遇敵人奇襲。

如果是為了偵察，或許應該把森林貓頭鷹歐米納斯也一起帶來，可是牠並沒有那麼強。倘若出現能夠飛行的強大怪物，牠有可能無法與之抗衡。

前進一小段路之後，前方的迪亞斯等人忽然停了下來。看樣子，好像是偵察兵發現某種怪物了。接獲偵察兵的報告後，迪亞斯傳來聊天訊息：

『公主，發現敵人了。這座森林似乎已遭單一勢力壓制。』

『什麼啊，原來如此。既然這樣，那就表示我們只要驅逐或令那股勢力屈服，就能奪走森林的支配權嘍？所以，那是什麼樣的怪物？應該不是人類種吧？』

『……是的，壓制這座森林的是活屍。從身上的盔甲看來，恐怕是……在下從前的同胞。』

這也就是說，這座森林也和里伯大森林一樣，基於不明原因出現了大量活屍。

（我的期待居然成真了……呵呵，真幸運呢。）

這樣的狀況顯然是有人刻意為之，不過這裡的活屍之中，莫非也有像迪亞斯這樣的特殊個體嗎？倘若有，蕾亞無論如何都想將其納為下屬。一來是因為她想為迪亞斯增加同僚，二來是想要有更多樣本，針對為何只有一具活屍擁有自我意識進行調查。

『欸，迪亞斯……』

『公主，您真善良。您想必希望以和平手段支配這裡的頭目吧？倘若您是在顧慮在下，那麼您大可不必這麼費心。』

『這個嘛，如果單看結果說不定是這樣沒錯，但其實我不是那個意思。我純粹只是想要增加戰力，再說我們森林有活屍頭目出沒的傳言也越傳越廣，所以我才想要獲得比較弱小的活屍作為手下。』

那種時候就只能放棄騎士的怨念了。因為從迪亞斯等人的例子來看，牠們一旦復活成為活屍，殘留在骸骨和裝備上的怨念就會消失，變成普通的素材道具。可是如果是以活屍兵團的形式取得戰力，這可是再好不過的手段。

『所以說，可以的話我想要得到活屍兵團。迪亞斯，你能將其獻給我嗎？』

『……謹遵旨意。』

之後，原本幾乎直線前進的迪亞斯隊，開始微妙地蛇行前進。他們好像是在行軍的同時，一面避開敵人的巡邏線。無論如何都閃避不了的守衛，則由偵察兵靜靜地將其制伏。

雖然也可以由蕾亞以「死靈結界」將所有活屍一併納入掌控，然而即使可以讓已被其他角色掌控的活屍處於「支配」狀態，也無法加以「使役」。這麼做，會發生蕾亞第一次遇見螞蟻、發動「使役」時相同的錯誤。

從前和迪亞斯一起出現的活屍們雖然處於四處遊蕩的無主狀態，可是因為迪亞斯率先獲得的是「死靈」類技能和「使役」技能，要是繼續放著不管，迪亞斯或許會將所有活屍納為眷屬、壓制森林吧。

若真如此，牠就會和史佳爾一樣成為副本頭目。

蕾亞曾經思考過在里伯大森林這個搖籃裡，為何會有史佳爾和迪亞斯這兩股勢力的副本頭目，現在想想，如此安排的目的或許是要讓其中一方成為另一方的食物（經驗值）吧。

假設這座森林也是相同的情況，那麼在這場勢力之爭中獲勝的就是活屍。既然如此，就表示活屍已徹底成為副本頭目了。

「真令人期待耶……」

這座森林的面積也相當廣，要抵達中央地帶需要花上很長的時間。迪亞斯和精金系列都是不會感到疲倦也不需要休息的種族，可是蕾亞和凱莉她們不一樣。看來可能有必要在某處野營了。

由於蕾亞睡覺（登出）時的經驗值收入為零，她希望下屬們儘量不要在她休息時作戰。

『所以，要是你們能夠調整一下，儘量在我醒著時戰鬥就太好了。』

『假如沒有遭遇奇襲就有可能辦到，不過……』

『如果對方真的不好惹就還是動手吧。只要把我的話當成努力目標就好。』

後來迪亞斯稍微加快步調，在保有一定程度的謹慎之下大膽行軍。途中偶爾遇見的活屍乍看像是骷髏騎士。與其說偵察兵放走了敵人，應該說偵察兵的部隊規模本來就不適合暗殺，所以牠們才對活屍視而不見的樣子。大部分的活屍都是由精金騎士一刀砍下，然後回收不確定是否該稱之為屍體的殘骸。

◆◆◆

根據地圖顯示，那天蕾亞一行人設置野營地的地點，距離中央大約還有三分之二的路程。

考慮到森林如此廣大，這樣的行進速度算是異常迅速。原因大概是因為蕾亞一行人幾乎沒有休息吧。順帶一提，她們雖是野營，卻又不是夜營。因為蕾亞基本上都是夜間行動，白天睡覺。

「那麼我就睡一會兒吧。對了，因為我大概不到五小時就會醒來，在那之前就麻煩你們保護這個野營地了。你們要繼續前進也可以，不過要是遇到未知的怪物或未知的素材就還是先等等，因為我也想見識一下。」

『那樣有點困難耶。在下還是乖乖地保護野營地好了。』

『那我就回里伯睡覺了。凱莉，妳們打算怎麼辦？要跟我回去一趟嗎？』

『好的，首領，請讓我們同行。』

『知道了，那我先回去了。』

蕾亞對史佳爾「指定座標」，然後發動「召喚施術者」。

回到女王之間後，這次她將凱莉等人召喚回來。

蕾亞一如往常地深深坐在寶座上，準備登出。凱莉等人也脫下鎧坂先生的妹妹們，消失在女王之間深處的隔板後方。那裡設有床鋪，可供蕾亞的侍從和蕾亞在同個房間休息時用來打盹。

銀花則蜷縮在蕾亞腳旁。身為冰狼的牠，只要躺在鋪有巨熊毛皮的地板上就能舒服入睡。

「那就待會兒見了，大家晚安。」

幾小時後，雖然在遊戲內已是隔天，蕾亞確實依照約定時間回到迪亞斯等人身邊，並且詢問白天她不在時的情況。

「所以，在我們白天睡覺的這段時間有遭遇襲擊嗎？」

『稟告公主，非常抱歉，由於遭受未知魔物襲擊，在下等人將其擊退了。』

「沒有什麼好抱歉的。那麼，原來出現活屍以外的魔物了啊？這麼說來，這座森林晚上有活屍，白天則有其他魔物會現身嘍？」

『恐怕是如此。當時出現的是樹魔物，打倒的殘骸已收納在背包裡了。』

「既然是植物類怪物，難道牠是因為白天行光合作用才變得活躍嗎……？可是牠會特地攻擊我們，莫非是因為光合作用所製造出來的養分不足？不過話說回來，既然牠的下半身已經發達到可以跑來跑去，樹根想必也已經退化，很難再吸收養分了吧……牠肯定搞錯進化方向了。」

不過這是一件好消息。沒有比植物類怪物更奇幻的植物了。蕾亞決定將其捕獲，在里伯大森林蓋一座大農場。

「總之，下次再見到的話就抓起來吧。你覺得牠還會再來嗎？」

『這個在下也不清楚。不過既然太陽還沒下山，魔物或許會再出現也說不定……』

『是喔。算了，我們還是邊走邊想吧。畢竟白天活屍不會出來，正是我們趕路的好機會。既然那個魔物是在我們野營時發動攻擊，那麼可能也會在移動過程中攻擊我們吧。』

蕾亞的話果真一語成讖。

她們才剛開始移動便立刻遭遇奇襲。

「原來如此！沒想到牠居然擬態成生長在路旁的樹木！難怪牠能躲過偵察兵的警戒網了！」

如果對方是在野營時主動進攻，蕾亞等人一定會察覺，但如果是蕾亞等人主動移動，那麼對方只需在原地等待就好，不可能會被發現。

可是即使面對樹木突然變成怪物展開攻擊的狀況，迪亞斯所指揮的精金隊依舊冷靜自若。雖然蕾亞其實也看不出來牠們是否驚慌失措。

精金隊由三十具組成，即使敵人包圍四周也不是牠們的對手。戰鬥很快便結束，周圍散落著滿地木材。

「這些傢伙……是和活屍共存的不同勢力嗎？還是說牠們雙方都受到同一存在支配呢……」

無論如何，答案恐怕只有繼續前進才能知曉。蕾亞等人回收木材後繼續前行。

◆◆◆

一行人繼續在森林裡進軍。

過程中她們發現，白天果然是植物，夜晚則是活屍會出來攻擊。

可是從迪亞斯來看，白天應該不是活屍不出來活動的理由才對。不過也有可能是因為迪亞斯的等級較高，才特別能夠在白天活動。

同樣的道理也能反過來套用在植物怪物身上。也就是說，牠們果然必須行光合作用才能活躍行動。

不管怎麼樣，目前發動攻擊的都是一些等級較低的小角色，程度大概和里伯大森林的螞蟻一樣吧。

雖然和工兵步兵相比還是比較強，卻和騎兵、突擊兵沒有太大差別。

以成長時間較里伯大森林要長的森林來說，這樣的戰力確實偏低。假使這裡只有這種程度的魔物，實在沒必要特地讓街道和城市離得遠遠的。

況且雖然不清楚植物類怪物的狀況如何，以迪亞斯的例子來思考，活屍群應該是最近才出現，當初在建設規劃城市和街道時應該還沒有活屍才對。

這座森林裡，說不定還有其他祕密王牌。

「雖然照這個情況來看，似乎沒有必要太過警戒，就像我們在里伯對玩家所做的一樣，我們也有可能正受到接待，所以還是稍微留意一下吧。」

◆◆◆

這一天，蕾亞一行人也依照預定計畫完成行程，在太陽即將升起時設置野營地。這下應該已經走完所有行程的三分之二了。

假使蕾亞是這座森林的主人，即使她要接待對方，也不會被人入侵到這個地步還悶不吭聲。以蕾亞的標準來看，這已經超越絕對要殺死入侵者的界線了。可是這一天的白天，還是只有和前一天相同的襲擊。即使這座森林有支配者階級，統治力恐怕相當薄弱。

迪亞斯指揮這個規模部隊的能力已毋庸質疑，應該沒有必要再繼續觀察下去。於是蕾亞吩咐迪亞斯儘速完成任務、不要進行多餘的演示，筆直地朝中央地帶而去。

在此之前，蕾亞一行人在這座森林裡遇到的怪物全都無法對精金系列造成傷害。既然如此，光是繼續前進、隨便毆打接觸到的怪物，便足以構成侵略了。

可能是因為這個緣故，她們比預計時間稍微提早，在這一天日出將近的時候抵達中央地帶。

「可是這裡沒有什麼特別的東西耶，就只是普通的森林。」

迪亞斯他們的墓地也在稍微偏離中央地帶的位置，而且森林的形狀也不是正圓形。看來當前應該將這裡作為臨時據點，慢慢地往周邊擴大搜索範圍。

蕾亞雖然很想找工兵蟻來，用周圍的樹木興建臨時據點，可是工兵蟻是史佳爾的下屬，蕾亞沒辦法「召喚」牠們。

「假如不是騎士的怨念，而是有木工的怨念或廚師的怨念，不曉得能不能生出精金生產職出來耶……」

儘管說不定能夠辦到，現在說這些也無濟於事。

✦◆✦

無論如何，如果要支配這座森林，就需要能夠管理、營運森林的人才。蕾亞能夠利用「召喚」搬運到這裡的人手就只有重金屬骸骨們，而牠們基本上就只會戰鬥。

「如果要掌控管理這座森林，果然還是交給當地的魔物們比較好呢。真想支配活屍和植物怪物的頭目耶。」

不管怎麼樣，現在差不多是登出的時候了。蕾亞命令迪亞斯等人搭建臨時據點，自己則暫時先回去。

既然迪亞斯曾是遠征騎士團的團長，應該有辦法對建造這種臨時據點下達一定程度的指示。

蕾亞在遊戲內的隔天中午過後回來，當時迪亞斯等人正在和木材作戰。

「早安，辛苦你們了。」

『早安，公主。這點小事一點都不辛苦。』

「不過話說回來，這些怪物還真是一早就積極地展開攻擊耶。」

放眼望去，周遭散落了許多木材。因為可能有一些已經被收起來了，看來數量相當可觀。

「都已經打倒這麼多卻還是不斷出現，莫非這代表牠們的生育週期很短？又或者因為是某人的眷屬才能反覆重生嗎？」

無論答案為何，成功壓制後的利益都十分龐大。不管是打造經驗值農場，還是打造主題樂園二號店，應該都可以加以運用。

◆◆◆

「我雖然很想直接試著用這些木材製作木炭，還是先達成眼前的目的再說好了。畢竟有句話說先苦後樂嘛。」

蕾亞從里伯大森林另外「召喚」來精金偵察兵，將牠們交給迪亞斯。

「首先以探索為優先。在等待偵察兵們回報的同時，我看我也試著採伐這些怪物好了。既然牠們只有無法對精金們造成傷害的攻擊力，應該也無法傷害到我。」

『遵命。』

蕾亞身上所穿的鎧坂先生拔出劍崎一郎，加入支撐前線的精金騎士之中。鎧坂先生以超越精金騎士的出色本領不停砍倒巨木，甚至沒有發動技能。

蕾亞原本也想利用魔法進行支援，忽然間又改變主意。

「啊啊，對了。因為最近很少使用害我都忘了，只要對這些傢伙發動『使役』，就能得知牠們有沒有被收服吧。」

她也打算順便測試「精神魔法」對植物怪物是否有效。

「首先是『自失』……好像沒有變化耶？『睡眠』、『混亂』……沒效啊？『恐懼』、『魅惑』，哦？『魅惑』有效耶。這是為什麼呢？意思是植物類怪物也有精神，可是和一般的精神結構不同嗎？」

既然有效，那麼事情就簡單多了。蕾亞接著施展「支配」，因為似乎成功了，她便跟著發動「使役」。

「使役」也沒有受到強烈的抵抗，那個植物類怪物「樟腦樹人」倏地停止動作，然後看著主人蕾亞——儘管不確定牠有沒有在看，總之感覺牠正在關注蕾亞。

「既然可以收服，那就好辦事了。我就將牠們一一收服吧。」

沒多久——話雖如此，卻也比單純砍倒多花了一些時間，蕾亞成功支配所有發動襲擊的樟腦樹人。

「既然能夠收服，就表示這些孩子處於無主狀態吧。這麼說來，牠們要不是數量很多，就是成長速度非常快吧。」

蕾亞看了一下牠們的技能，發現裡面有一個名為「繁茂」的技能樹，內含「分株」和「光合作用」等技能，與植物的成長和繁殖相關的技能似乎全都集中在這裡面。從已經解鎖的技能來看，牠們的生育週期看起來確實相當短暫。

「有附帶一項奇怪的條件耶。同種只要在一定範圍內增加到超過一定的密度，就會逐漸枯萎……確實如果以這樣的能力值和速度增加下去，人類的領域應該一轉眼就會被森林吞沒。」

雖然不能否認這可能是間拔（註：將作物幼苗密生的部分加以疏除，使幼苗個體分布均勻，有較佳之生長環境），又或者是為了能夠在一定面積內有效率地獲得最多養分而進化出來的智慧，卻感覺更像是營運方採取的補強措施。

「這些孩子也會在里伯大森林紮根嗎？不過牠們自己會走路，說是紮根感覺也有點奇怪。」

牠們只要默默站著看起來完全就是一棵樹，可是如果以人類來比喻，牠們就好比處於腳踝以下埋在地面下的狀態。只要牠們想動，就能把相當於腳踝的根拔出來走路。

「我看不如就把最大一棵帶回去種植看看吧。要是能夠繼續發展『繁茂』中和根相關的技能，牠說不定就會穩定生長。至於其他的就讓牠們留在這座森林裡繁殖，幫忙驅逐不是我們自己人的植物怪物好了。」

蕾亞對於受到「使役」的個體要如何繁殖也很好奇。如果是從種子開始生長應該會變成截然不同的個體，不過牠們應該不像螞蟻一樣是社會性魔物，這麼一來恐怕就得個別收服了。那如果是以「分株」的方式增加呢？可以視為是相同個體的數量增加嗎？這時增加的個體也會是蕾亞的眷屬嗎？

「這些等之後再一一調查好了。」

再來是活屍。縱使白天時不見蹤影，強大的個體有可能也能在白天活動。既然那樣的個體才是蕾亞的目的，探索就沒有日夜之分了。

因為現在已經不需要再理會樹人，蕾亞變更指示要偵察兵們去尋找活屍。假使頭目在森林的中央附近，那麼考慮到搜索範圍，牠們現在應該差不多快找到了。

無論如何，太陽就快下山了，即將進入活屍們活躍的時間帶。白天也尋找正在活動的活屍固然辛苦，但是這麼做有助於掌握活屍全體的行動傾向。

不久之後，天色漸漸暗了下來。受到「使役」的樹人們的動作雖然沒有變遲緩，蕾亞姑且還是命令牠們變成樹木休息，等待活屍出現。

『公主。』

「嗯，我知道了。我們去看看吧。」

◆◆◆

根據偵察兵傳來的報告，牠們似乎已發現活屍活化的地點。

既然在活屍全體尚未正式展開活動的此刻，唯獨該處產生活化現象，應該就表示那裡是活屍現身的中心位置，就算不是這樣，也肯定是某種關鍵地點。

『在下不建議拆分部隊，不過是否要將幾人留在這裡呢？』

「不，還是所有人一起去吧。畢竟這裡雖說是臨時據點卻什麼也沒有，而且樹人們也只是在睡覺而已，就算守著這裡也沒用。」

從這裡到該地點的大致地形和距離，已透過偵察兵傳來的報告得知。這一帶還沒有出現活屍，這些樹人又已成為下屬，所以沒有敵人，因此蕾亞決定以速度為優先開始移動。

雖說同樣位於中央地帶附近，畢竟這座森林幅員廣大，仍需要相當長一段移動時間。

不知不覺間，天色已完全變暗，活屍開始在蕾亞一行人移動的過程中活動。由於牠們會從地底爬出來，一般來說應該會遭遇奇襲才對，但是蕾亞和迪亞斯大概知曉牠們會從哪裡出現。可能是在「死靈」上投入不少經驗值的關係吧，簡直就像在玩看得見的打地鼠一樣。他們只把出現在行進路線上或隊伍內側等會造成阻礙的活屍踩扁，急忙趕路。

由於鎧坂先生會自己行走，蕾亞就算邊走邊想事情也沒問題。蕾亞只要吩咐一聲，鎧坂先生便會在活屍就要湧現時自動幫忙打地鼠，真是輕鬆愉快。

『應該就是那裡了，公主。』

✦◆✦

空氣沉積滯留在森林一隅，一棵格外巨大的樹木根部。

不曉得究竟是那裡具有某種肉眼可見的能量，還是「死靈」的技能使得蕾亞能夠看見無形的物體，總之她看得一清二楚。

在那團停滯的空氣中，佇立著一名裝扮和迪亞斯相似的黑色骸骨騎士，其周圍正接連產生骷髏。這裡想必就是中心地了。

「迪亞斯，你認識牠嗎？」

『這個嘛……從盔甲來看，牠很有可能是在下的同僚，不過由於面貌已改變許多，在下實在無法確定。』

「對方恐怕也有相同的想法吧。」

畢竟兩人都是一張骸骨臉。

此時蕾亞決定自行上前，迅速將其收服。因為「精神魔法」對身為活屍的牠很難生效，她打算憑戰鬥力使其屈服，然後試著強硬地發動「使役」。以前她收服史佳爾時沒有足夠的戰鬥力能夠辦到這一點，現在可說是游刃有餘。

況且多虧了迪亞斯，蕾亞已大概知道牠會發動何種攻擊，因此不會被意外之舉驚嚇到。

「那麼，你們就退下，接下來交給我……不，你們還是幫忙壓制周圍的骷髏好了。可以的話，我想多將幾個骷髏納入麾下，所以你們儘量不要破壞他們喔。」

『遵命。公主請小心。』

之後蕾亞便留下默默低頭的迪亞斯和凱莉他們，逕自朝活屍頭目的方向而去。一靠近，那股異樣的氣氛便更顯清晰。也許是錯覺吧，總覺得腳步也好沉重。不過與其說是錯覺，因為實際在走路的不是蕾亞而是鎧坂先生，也許不是心理作用，而是真的變沉重了。

「……牠製造出了會對周圍敵人產生減益效果的場域啊？看來牠的等級比迪亞斯還高呢。」

那名騎士散發出來的氣場，比蕾亞至今遇過的所有角色都來得強烈。

蕾亞原以為牠應該和迪亞斯同時期出現，不過從他的樣子看來，他重生成為活屍的時間說不定遠比迪亞斯來得早。

「很好，那我們走吧，鎧坂先生。」

蕾亞利用「縮地」瞬間接近頭目，舉起劍崎以「劈砍」揮斬。到目前為止，鎧坂先生的這記攻擊還不曾被敵人躲掉或擋下，因為就算感覺到攻擊，速度也快到讓人根本無從應對。

「——哦哦！」

可是眼前的頭目避開了攻勢。他瞬間判斷自己無法澈底躲開，也很清楚憑自己的劍無法擋下攻擊，於是採取微微挪動身體避開的行動。

居然能夠閃過無論選擇迴避或防禦皆無效的攻擊，看來牠擁有不會反映在狀態列上的強大實力。牠說不定真的和迪亞斯同為騎士團長。

鎧坂先生之後也繼續進攻，可是敵人也巧妙地來回移動，不讓自己遭受致命打擊。

往下揮砍等攻擊大致都會被避開或是澈底躲掉，就連難以閃躲的橫劈，他也犧牲盾牌一面後退，將損害控制在最小限度。突刺攻擊也在千鈞一髮之際被牠躲掉，部分盔甲和斗篷儘管遭到刺穿，本體的骨頭部分卻毫髮無傷。

「『火焰箭』。」

蕾亞趁機使出魔法進行牽制。她不打算殺死對方，因此只有瞄準腿部和肩膀，想藉此讓牠失去行動能力。

頭目活屍試著應付魔法，結果他雖然沒有被直接命中，卻也沒能完全躲避開來。牠的部分肩膀和脛甲燒焦，動作看起來也不如之前俐落。

「『雷電』。」

這時，蕾亞以速度大不相同的這個魔法擊穿膝蓋。

頭目活屍似乎無法一邊躲避鎧坂先生的攻擊，同時以已經習慣「火焰箭」速度的眼睛迴避這個魔法，只見牠終於跪在地上。

蕾亞後退一步，觀察牠能否站起身。

頭目試圖把手裡的劍當成拐杖站起來，可是因為一邊膝蓋已完全遭到破壞，光是維持單膝跪地的姿勢似乎已竭盡全力。考慮到牠的ＳＴＲ和ＤＥＸ等能力值，牠即使只有一隻腿應該也有辦法站起來作戰，可是之前累積下來的傷害大概不允許牠那麼做。

蕾亞注視著活屍的眼睛。話雖如此，因為已經沒有眼球，她只是望著骸骨的眼窩而已。

從牠的樣子看來，牠似乎已下定決心，又或者說敵意已變得十分薄弱。應該可以視作牠已經屈服於蕾亞吧。

「既然如此，你應該願意接受吧？『使役』。」

活屍——恐怖騎士【齊格】毫無抵抗地成為了眷屬。

「話說回來，剛才的戰鬥應該就是抵抗吧。」

畢竟就「憑藉暴力使人聽話」這層意義而言，凱莉等人當時也是如此。

支配齊格之後，四周似乎隨即停止出現新的活屍。

這或許是齊格擁有的技能樹「死靈將軍」的「徵兵」所帶來的效果。那是能夠暫時生出活屍隨意操控，但只要受到陽光照射便會消滅的技能。發動成本是LP和MP。

『……這樣啊，原來你是齊格啊……真是好久不見了。』

「喔……啊……啊啊……啊啊啊、喔喔喔唔……」

雖然不知道牠在說什麼，從語氣聽來，意思應該是「真高興見到你過得好」。見到迪亞斯這副模樣還能說牠過得好，看來齊格的思維相當有彈性。又或者正好相反，是因為牠腦袋空空才會反射性地作出這種公式化回答也說不定。

由於這樣實在無法溝通，蕾亞決定先教牠如何使用背包，再開通好友的聊天功能。

「這樣就可以了。嗯，看來你們果然認識呢。你是迪亞斯的後輩嗎？」

『是、是的。我是第三騎士團長，名叫齊格。是迪亞斯大人的後輩。』

◆◆◆

據說從前他們的國家有六個騎士團，各自的職務皆不相同。

迪亞斯的第一騎士團是近衛騎士團，從齊格的第三騎士團到第六騎士團則負責發揮純粹的軍事機能的樣子。因此，儘管齊格所率領的第三騎士團每個人的素質比迪亞斯他們來得低，總人數卻多到無法相比。

只不過，遠征到這座森林的第三騎士團似乎只有第一部隊而非全部，所以並非一國的四分之一軍事力量皆沉睡於此。

「如果是這樣，我可以理解齊格你們為何沉睡於此，可是為什麼身為近衛的迪亞斯你們會遠征到里伯大森林呢？」

『公主，近衛會有所行動只會為了一個理由。』

「該不會是因為王族去了那座森林吧……」

『正是如此……』

蕾亞之前就聽說迪亞斯等人是遭到營運國家的高層陷害才會出行遠征，不過這下看來就連王族也被陰謀所埋葬了。

原來如此，這也難怪迪亞斯身為近衛騎士團長會對那些人恨之入骨了。即使當事人已經不在了，牠依然想要將因那場陰謀而興起的國家全數消滅。

站在蕾亞的立場，這也是一個在制定遊戲內目的時很好的動機。

大概是因為近來的ＶＲＭＭＯ已經轉變成傾向於注重玩家角色的成長和娛樂性吧，主線劇情之類的東西已經很久都不受重視了。

取而代之的是由ＡＩ自動生成的小任務到處四散、多如繁星，然而那些遊戲基本上多半沒有明確的目的。

這款遊戲也是屬於那種系統，在劇情上完全沒有一個明確的目的。

可是，只以自身成長為樂的玩家固然很多，還是有些玩家想要在遊戲裡尋求某種目的。

有人能夠從解決一連串任務中找到樂趣；也有人以打倒營運方安排的副本頭目等，這類身為「人類之敵」的怪物為目的。

聽完齊格和迪亞斯的話，蕾亞也興起想要嘗試做那種事情的念頭。

所謂那種事情，可以說是接受被委託給成為眷屬的ＮＰＣ任務：「消滅人類種國家吧！」最終目的則是國家這個副本頭目。

蕾亞開始覺得興奮起來了。

「那麼，齊格，你也恨現在支配大陸的六國嗎？」

『我……因為不像迪亞斯大人一樣，被迫親眼目睹必須保護的人慘遭謀殺的情景，所以不確定自己和迪亞斯大人是否有相同的心情……

不過至少我確實曾經發誓要對國家效忠，也覺得自己必須對在此死去的部下們負起責任。假使消滅那六國是令這份心情昇華的唯一方法，我將和迪亞斯大人一同聽從蕾亞大人的命令，舉劍作戰。』

「這樣啊，那就這麼辦吧。話雖如此，因為我一直都待在森林裡，對於那六國是什麼樣的國家只有聽過傳聞而已。而且要把滅亡條件設定在也哪裡很重要……」

目前殷切希望國家滅亡的是這兩名活屍，也就是魔物。既然如此，只要像這次一樣掌控魔物領域，之後慢慢將領域擴大到吞沒所有人類種居住的區域，這樣國家應該就算滅亡了吧。

◆◆◆

「——我們就朝這個方向進行如何？」

『您的計畫太完美了，公主。』

『蕾亞大人，待事情大功告成之後，蕾亞公主殿下不如就重新建國，建立一個由飽受欺凌的魔物們組成的統一國家吧。

既然我等效忠的王族血脈恐怕已斷絕許久，那麼由我等重新宣誓效忠的蕾亞公主殿下擔任君主是再適合不過。』

齊格的個性似乎比想像中還要麻煩。不過既然蕾亞現在也是螞蟻王國的君主，之後就算建立了國家，也只要全部交給適合的眷屬打理就好。只要這麼想，事情感覺就簡單多了。

「好吧，那麼首先就來掌控這座森林吧。齊格的下屬……哦哦，數量不少耶。既然牠們四散在整座森林裡，那就麻煩你直接將這座森林經營成吞沒玩——吞沒人們的魔物森林好了。」

據齊格表示，至少從他醒來之後，就不曾有人在進到這座森林後還能活著回去，因此這座森林又被稱為不歸森林，沒有人會進入。由於白天時樹人們也會見人就殺，人們並不曉得這座森林裡有何種魔物。

可是，假如齊格牠們殺死的人之中有玩家就另當別論了。即使假設玩家在認出樹人之前就被殺死，不知自己死於何物之手，應該也會知道晚上有活屍出沒。因為玩家就算被殺死，之後也會在城裡復活。

「白天就讓我的樹人下屬們去接待客人吧。如果晚上也有人來，就派齊格的眷屬中比較弱的人隨便應戰，適度地讓對方獲勝。這麼一來能夠吸引更多人來，到時我們就能殺死更多人了。」

✦✦✦

『您說的很有道理。自從成為蕾亞公主殿下的眷屬之後，我的思緒不知怎的似乎變得非常清晰，之前徬徨無為的那段漫長日子彷彿不存在一般。』

如果從能力值的角度來思考，可能是因為蕾亞的「強化眷屬」使得INT和MND上升了，不過促使這個劇烈變化產生的原因應該不止如此。說不定是受到「使役」之後，AI產生了某種能力值以外的變化吧。

「不管怎樣，思緒能夠變清晰真是太好了。對了，你有問題就去問迪亞斯吧。迪亞斯在我身邊觀摩了好一段時間，應該也能針對森林的營運給出建議。等你們商討到一個段落，只要聯絡我，我就會用『召喚』回來這裡……」

『唔，看來也只好如此了。公主，在下不在身旁時，您可千萬不要亂來……』

「我知道啦。啊，對了。」

蕾亞仰望齊格先前坐鎮之處後方的巨木。

「這是普通的樹，還是樹人啊？因為晚上不會動，分辨不出來……」

『不，就我所知，這棵樹不曾動過。』

「這樣啊。可是比方說怕麻煩，或是害怕對你出手會受傷，也有可能是基於這類理由而裝睡……好，就來試試看吧。」

即使現在沒有活動，只要是怪物就一定擁有自我。這麼一來只要對其發動「精神魔法」，就應該會出現某種反應。

「『魅惑』。」

枝葉發出「沙沙」的聲響晃動了。

「首領！」

「不要緊！」

蕾亞伸手制止急忙跑過來想要保護自己的凱莉。就蕾亞的主觀感覺，這棵樹雖然強烈抵抗了「魅惑」，卻似乎有機會成功。

除了一開始就無效的魔物，這還是「魅惑」第一次受到如此頑強的抵抗。

可是，那份抵抗沒多久也被制伏了。

「呵呵，果然沒錯！原來你也是樹人啊！『支配』！」

儘管已經中了「魅惑」，樹人依舊對「支配」作出相當強烈的抵抗。牠說不定是上尉種，並非只有巨大而已。

「不過，一切到此為止了。『使役』。」

沒一會兒，原本沙沙作響的枝葉停止晃動。

樹人接受了蕾亞的「使役」。

牠好像是相當高階的魔物。一開始的「魅惑」是蕾亞憑藉自己龐大的能力值和特性帶來的紅利才得以生效，然而牠說不定原本是等級高到蕾亞還無法「使役」的魔物。

可是，假設牠之前是因為害怕齊格才不動，那麼單就戰鬥力這一點而言，牠的實力想必在齊格之下。牠會屈服於蕾亞的「使役」，恐怕也是因為見到了蕾亞和齊格的一對一作戰吧。

✦✦✦

「原來如此，你是『長老樟腦樹人』啊？是比剛才那些孩子更高階的——」

『眷屬已滿足轉生條件。只要你支付經驗值五千點即可轉生，要允許眷屬轉生嗎？』

系統突然傳來訊息，而且內容還和轉生有關。

蕾亞沒想到比起自己，居然會是眷屬先滿足轉生條件。

然而這也是絕佳的大好機會。滿足條件是什麼就等之後再思考，現在應該先把握住這個機會才對。沒錯——

（就算要支付一些經驗值——五千！好貴！）

即使是蕾亞，要她一下子支付多達五千點的經驗值也一樣會心生抗拒。這不是付不起的數字。雖然不是付不起的數字……

「不曉得有沒有……貸款之類的服務？」

『公主？您怎麼了？』

「啊，沒什麼啦，你等我一下……」

『保留課題。』

「不對，我不是在跟你說話……算了，這樣也好。」

簡直混亂至極。

可是，這個情況有必要強迫自己冷靜思考。

這個轉生機會是只有現在才有嗎？假使錯過這次機會，還會有下次嗎？

條件之所以會被滿足，想必是因為蕾亞收服了這個樹人吧。問題在於，那個條件是在「被收服的當下」，還是「處於被收服狀態下」被滿足。

如果是前者，那麼現在就是唯一的機會。然而如果是後者，就可以在今後的任意時間點轉生。在部分領域中，因為時間和情況不對而錯失機會是常有的事。

應該要試試看嗎？可是風險好大。不應該浪費掉這個機會。

況且蕾亞也感覺戰勝不了自己的好奇心。

畢竟是五千點的經驗值。一般來說，應該沒有角色能夠賺到這麼多經驗值。到底是誰有辦法讓這種玩意兒轉生啊？

沒錯，除了蕾亞以外還有誰呢？

（好，那就付吧。我允許轉生。）

『開始轉生。』

結果，長老樟腦樹人的樹枝隨即開始顫抖，撒落有如光粒子般的物體。那個粒子覆蓋所有枝葉和樹幹，整棵樹開始發光。

『這、這是什麼？』

「首領！這究竟是怎麼回事……」

凱莉等人因為已經知道這棵樹是自己的同伴，並未感受到危險，可是依舊對眼前的狀況深感詫異。

迪亞斯他們以前是活人騎士，現在則是活屍，照理說應該已經經歷過轉生了才對，但是他們可能不曾客觀地目睹過轉生現象吧。

◆◆◆

沒一會兒，只見被光籠罩的樹人全身顫抖，接著就開始應聲急速生長。原本應該已經是森林裡最高聳的高度又再次延伸，從下方完全看不見樹頂。

由於樹幹也隨之變得粗大，蕾亞一行人只好後退，結果齊格原本所在那一帶的地面被擴張的樹幹撐裂，土壤高高隆起。

緊接著蕾亞等人背後的樹木突然開始倒塌。還以為發生了什麼事，似乎是長老樟腦樹人延伸的樹根從地底將行進路線上的樹推倒。這是不可能出現在現實中的景象。

不對，這棵樹已經不是長老樟腦樹人了。

在蕾亞眼前的畫面裡，種族名已經變成了「世界樹」。

「原來是這樣……這也難怪要收取五千點的經驗值了。」

『已滿足特殊條件。可轉生成為「高等精靈」。』

「——你說什麼？」

蕾亞瞬間不明白系統在說誰，不過既然沒提到眷屬，那應該就是指蕾亞吧。

雖然蕾亞一直很渴望轉生，願望突然實現反而讓她滿心困惑。

可是，眼前沒有不接受這個選項。況且這次連種族名都先告知了。

這也許是玩家和眷屬之間的差異吧。又或許剛才系統其實也有微弱地嘟囔「可轉生成為世界樹」也說不定。

當然要接受了。根本毋須考慮。條件也已經知道了。從時間點來看，條件八成就是「支配世界樹」。

◆◆◆

『需要追加支付兩百點經驗值。』

蕾亞毫不猶豫就支付了。這個數字非常合理。可是有一點不能忘記，那就是不僅世界樹的五千點高得出奇，高等精靈的兩百點本來也就偏高。

『開始轉生。』

隨後，一股難以言喻、像是發癢似的奇妙感覺滿溢全身。一睜開眼，大概跟剛才的樹人一樣吧，只見眼前布滿眩目的光線。

『公主！』

「首領！」

蕾亞聽見眷屬們憂心忡忡的呼喊聲，微微舉起手要他們別擔心。

變化似乎很快便結束，沒一會兒光線也消失無蹤。可能是因為和從長老樟腦樹人變成世界樹不同，從精靈變成高等精靈時體格不會有太大的差別吧。

可是，蕾亞有一種奇妙的全能感，又像是一口氣把經驗值投入到能力值中之後的感覺。整個人感覺神清氣爽。

「——我剛才轉生成高等精靈了……你們覺得如何？我有哪裡改變了嗎？」

「是的，那個……長相應該沒有改變……不過怎麼說呢，總覺得好像比之前更美了……？」

「就是說啊……還有頭髮變長了。另外耳朵也是。」

雖然瑪莉詠的口氣像是順帶一提似的，但是耳朵照理說不會像頭髮一樣變長，這個情況十分異常。也許這就是高等精靈和精靈在外觀上的差異吧。

◆◆◆

至於凱莉所說的變美，恐怕出自於種族特性。

種族特性：超美貌
妳的種族非常美麗，萬物都會拜倒在你的石榴裙下。
向上補正來自NPC的好感度（大）。
隨時都令麾下角色戰意高昂。

這個種族堪稱是支配者階級。

還有，以「使役」為前提的技能樹明顯增加了。不是解鎖，而是處於已經取得的狀態。這恐怕是種族固有的技能。

蕾亞不認為沒有「使役」還能天生擁有那些技能，因此照這樣看來，高等精靈似乎生來就擁有「使役」。

之前營運方傳來的系統訊息中提到過，所謂受貴族等部分NPC「使役」，大概就是指這件事吧。

也就是說，精靈國的貴族階級有可能全是高等精靈。然後人類之中或許也存在進階種，比方說希爾斯王國的支配者階級便是進階種。

蕾亞在看過那則營運方的公告之後，便一直對於當與國家對立時，貴族會對自己發動「精神魔法」一事心生警戒。

✦◆✦

這是因為「使役」的取得條件之一是「精神魔法」，不過現在看起來，事情也有可能未必是如此。假如和史佳爾一樣，是基於種族特性才從一開始便取得「使役」，就有可能並未擁有「精神魔法」、「死靈」和「召喚」了。

「不僅意外成功得到世界樹，還不小心同時達成我想要製造賢者之石的原本目的，也就是轉生……算了，也罷。如果那個碳酸鈣真的是世界樹的灰燼，我就能製造出許多賢者之石，然後盡情地拿來把玩了。」

另外，將長老樟腦樹人納為下屬之後，蕾亞也終於明白牠之前為何會一動也不動了。

樟腦樹人似乎本來就和活屍很不合。

牠們是屬於像世界樹這樣生命力洋溢、清新純淨的魔物，性質和活屍可以說正好相反。

因此腳下的齊格所散發出來的瘴氣，隨時都會令長老樟腦樹人受到弱化的減益效果，即使動了也不利於和齊格交手。因此牠才會自從齊格覺醒成為活屍之後，就完全動也不動。

蕾亞的「魅惑」會成功，說不定也是託那個減益效果的福。

至於其他樹人之所以只在白天活動，理由與其說是行光合作用，其實是因為活屍會在晚上大舉出動令牠們感到不適的關係。

「如果是這樣，那把齊格等人留在這裡就有問題了……我看還是請世界樹管理這座森林，把活屍們帶回我的森林好了。有很多工作需要完成，你們就聽前輩迪亞斯的話，好好地幹。之後我要把活屍們放到里伯大森林裡，負責接待入侵的人。」

『遵命。教育新人一事請儘管交給在下。』

◆◆◆

『哈哈，好久沒被迪亞斯大人教育了，感覺好懷念啊。』

氣氛如此和睦真是太好了。雖然他們兩人在視覺上都是一副眼神死的模樣。

「好了，那麼我就回去繼續研究了。啊，對了，世界樹，真的非常抱歉，可以給我一根你的樹枝嗎？」

✦◆✦

第八章　魔王降臨

蕾亞向世界樹要來的樹枝，大小和城裡的路樹差不多。
對巨大的世界樹而言，這點程度可能感覺和剪了指甲差不多，不過光是有了這個，就能做許多事。
蕾亞打算對這根樹枝進行加工，做成木炭和灰燼之後用於實驗。她也想用剩下的部分製作手杖，試試看能否做出有助於發動魔法的武器。
「製作手杖應該使用『木工』技能就可以吧？啊，對了，這個也可以做成弓呢。然後將里伯大森林裡的鹿型魔物的肌腱捻在一起做成弦……不曉得哪裡可以找到膠耶？」
「膠可以從那個肌腱裡面提煉出來喔。另外，也可以用鞣製皮革時產生的廢棄物製成。」
「啊，芮咪，好久不見。因為我將世界樹納為下屬了，要是有什麼東西需要製作，可以請妳幫忙嗎？」
「沒問題。我就是聽說這件事才回來的。」
回到女王之間的蕾亞正在自言自語時，芮咪忽然進來接了她的話。芮咪現在正在埃亞法連城經營類似道具店的店家，今天因為要製造賢者之石才特地找她回來。
「我感覺我們的木工武器好少。就算不是世界樹，適合用於木工的木材明明很多，為什麼之前都沒有做呢？」

「會不會是因為沒必要啊？說起用木材製作的武器，大部分都如您所言是手杖、弓和長槍之類的長柄武器，而那些螞蟻全都用不到。」

「啊啊，說得也是。」

螞蟻的主兵裝是位於其下顎和腹部前端的毒針，根本就不需要武裝。至於精金系列，蕾亞雖然姑且讓牠們配備了低等級的武器，可是由牠們自己直接毆打的攻擊力反而比較高，完全沒有木製武器出場的機會。

「不過，畢竟接下來骷髏部隊的規模會擴大，好像還是準備一些弓比較好。以世界樹製成的武器就給芮咪和萊莉妳們用好了。至於用普通木材或樹人殘骸製成的手杖，就發配給精金法師們使用。」

儘管依世界樹的樣子來看，如果是今天要來的樹枝大小，應該是無限供應也不成問題，蕾亞還是希望儘量避人耳目。雖然得實際製作出來後進行性能測試才會知道有多厲害，太強大的武器一旦外流，屆時將會對我方造成不利。

「那麼，總之就先從木炭開始吧。要成功製作出來需要大約一星期嗎？那麼這件工作就交給妳了。」

「是，那我就收下了。」

將世界樹的木材分切好之後，蕾亞把用來製作木炭的那一份交給芮咪。負責切割的是掛在牆上的劍崎。大概是時時都和蕾亞在一起的關係吧，最近這種時候牠都會體察蕾亞的想法，自動自發地行動。

「剩下的就拿一點燒成灰看看吧。」

可是在這裡進行必須格外留意。蕾亞和芮咪取得的攻擊用「火魔法」火力太強，擁有無論怎麼小心調整，都能把女王之間內部整個燒燬的威力。「火焰箭」這類單獨使用的魔法也一樣，只要直接命中，木材恐怕就會立刻粉碎四散。

「啊，我想到一個好點子了。『哲學家之蛋』。」

蕾亞利用技能讓水晶蛋出現，然後拿著木片靠近，讓蛋將木片吞進去。

「很好，『加熱』。」

緊接著她用「火魔法」的「加熱」，連同水晶一起加熱。雖說是加熱，因為這是由蕾亞的高INT施展出來的魔法，內部溫度立刻就超過數百度。

沒多久，木片就在蕾亞眼前自然起火，開始燃燒。她停止「加熱」，靜靜地從旁觀察。

大概是因為水晶是密閉的，煙沒有從裡面跑出來，可是大概是從哪裡供應了氧氣吧，火並沒有立刻熄滅。這個容器真是神奇。

過了一會兒，火熄滅了，只留下化為灰燼的世界樹。

「嗯……我原本猜想或許可以用這個製成木炭，結果還是燒光了啊……看來好像也沒有多神奇嘛。」

「如果使用『煉金爐』說不定就會成功。」

「啊啊，對喔。那妳實驗完再跟我報告。」

「是，首領。」

等到火完全熄滅了，水晶便自行破裂、消失無蹤。

「果然還是破了啊？感覺白白浪費了MP，不過這也是沒辦法的事……」

蕾亞撿起掉在地板上的灰仔細端詳。

之前在水晶裡時看不出來，如今蕾亞才發現灰正微微閃耀著光芒。考慮到這個房間相當昏暗，這個灰說不定是自體發光。

「真不愧是世界樹的灰燼呢。好了，讓我來看看配方……」

她大略確認了一下「偉大創作」的配方。看樣子這果然是「世界樹的灰燼」，有相當多的配方似乎都會使用這項素材，另外還有好幾樣新道具也是以它製作而成。

然後正如蕾亞當初所推測的，暫定賢者之石也是其中之一。看來最後一項素材果然是神奇木材的灰燼。

只不過，配方中顯示的並非「世界樹的灰燼」而是「樹人的灰燼」。由於蕾亞不記得自己曾經把樹人燒成灰，世界樹的灰燼大概也被辨識成樹人的灰燼了吧。既然其他解鎖的道具有些也在素材中列出「世界樹的灰燼」，就表示這無疑是世界樹的灰燼沒錯。

也就是說，也許只要曾經看過高階素材，就會連低階素材也跟著解鎖吧。

如果是這樣，那麼即使使用高階素材也沒關係。倒不如說，使用比較好的素材反而有可能得到有趣的結果。

「之後也用樹人的灰燼試試看好了。好了，那就趕快來做做看吧。」

◆◆◆

蕾亞叫來運輸兵蟻，取出收納在牠背包裡的必要素材。

水銀。

硫磺。

鐵。

里伯大森林的牧場中，實力最強的熊型魔物心臟。

投入大量經驗值的工兵蟻蟻酸。

以及世界樹的灰燼。

她將這些放入「哲學家之蛋」中，以「煉金爐」加熱。

大理石紋一如往常地出現——然而這一次，此時就已經散發出七彩光芒。若是平常，應該都是在出現大理石紋後發動「偉大創作」時才開始發光。蕾亞已經執行過這項作業好幾千次，因此不可能弄錯。

「莫非這預示著結果將會非常成功嗎？我記得很久以前的煉金術師遊戲好像也出現過類似的橋段。不管怎麼樣，會發光就好。很好，發動『偉大創作』。」

蕾亞發動技能的同時，水晶散發出更加強烈的光芒。與其說是水晶裡面，看起來更像是水晶蛋本身在發光，光線亮到讓人無法睜眼直視。

不一會兒光線似乎消失，當蕾亞睜開眼睛時，發現「哲學家之蛋」已經不見了。

取而代之，是一顆大小如普通雞蛋的水晶蛋飄浮在半空中。

「難道說水晶縮小了？這是……變成容器了嗎？莫非裡面的紅色液體就是賢者之石？」

一拿在手上，蕾亞立刻就莫名懂得如何使用。這顆水晶蛋似乎附帶說明書。

「——原來如此，和魔法、技能一樣，只要說出發動關鍵字，水晶就會自動破裂，裡面的液體會被對象所吸收嗎？至於效果……雖然看不太懂，好像是能夠讓存在的等級提升兩級吧。看起來似乎沒有不良效果，可是……」

說明得太簡略了。儘管效果方面感覺很符合賢者之石給人的印象，一下就要用在自己身上還是讓人有些猶豫。

「我很想找人來進行實驗，不過在那之前得先試試能否量產才行。」

「恕我冒昧，我認為應該也要驗證看看由我執行是否也能做出相同的成品。」

「啊，說得也是呢。畢竟能力值和其他技能也有可能會造成影響。既然如此，那就多做一些吧。反正要是材料不夠了，只要再去牧場和另一座森林拿就好。」

之後兩人便一同拚命地量產賢者之石。

「——我們做了好多耶。只要有這麼多賢者之石，就算隨便使用也不會覺得心疼了吧。」

蕾亞和芮咪製作出來的賢者之石並無不同。只不過若是使用沒有投入太多經驗值的工兵蟻蟻酸，或是普通樹人的灰燼，那時就會產生變化。

首先是以「煉金爐」加熱時不會散發光芒。大理石紋會隱約發光，可是這和以往的反應一模一樣。這或許代表結果不是非常成功吧。

◆◆◆

將完成品擺在一起時也能明顯看出差異。使用世界樹灰燼製成的呈現鮮紅色，而且還會隱隱發光。

「多虧只要拿在手裡就會體貼地跳出說明書，讓人一下就懂得如何使用，不過顏色黯淡的賢者之石只能讓存在的等級提升一級。也就是說，使用世界樹灰燼製成的效果多上了一倍吧。」

蕾亞兩人也製作了只降低蟻酸等級和只降低灰燼等級的版本，但是最後都只能做出顏色黯淡的賢者之石。看樣子，大概只有兩者皆使用高等級素材才能做出閃閃發亮的成品。

「一開始先拿只能升等一級的來實驗好了。考慮到最後要用在我身上，最好可以找和我相近，不是素材或道具的角色來當受試者……」

『既然如此，不如就讓在下來當實驗品吧。在下等人是活屍，因為已經死了，不會隨著年紀增加而成長。假使能夠獲得成長的機會，想必將有助於大幅提升我軍的戰力。』

「嗯……可以的話，我希望讓幹部級的各位使用會發光的完成品……雖然根據說明書的內容，使用兩次的結果似乎相同……可是要是有使用限制就傷腦筋了……」

『如果是這樣，那用我的下屬骷髏騎士做實驗如何？一如迪亞斯大人所言，由活屍來當實驗品再適合不過，況且之後應該也不會讓每一具骷髏騎士都使用那項道具。即使是只能使用一次的道具應該也不成問題。』

「……也對，而且要是成功了，就可以當成頭目級加以運用，那就照你說的試試看吧。可以請你帶一名骷髏騎士過來嗎？」

『遵命。「召喚：骷髏騎士」。』

◆◆◆

一具骷髏騎士被召喚到女王之間。

齊格向骷髏騎士說明狀況，之後骷髏騎士點頭應允。他們簡直就像普通公司的上司和部下。

「很好，那麼這個給你。你拿著應該就會知道如何使用了。照你自己的步調來就好，請你試著對自己使用這個道具。」

骷髏騎士毫不猶豫，立刻就將那顆水晶蛋高舉。

結果水晶立刻化為光芒粉碎四散，裡面的紅色液體則變得猶如紅色粉末落在骷髏騎士身上。與其說是受到重力牽引而落下，感覺更像是被骷髏騎士吸引過去。紅色粉末一觸碰到骷髏騎士，直接如細雪融化般滲入骨頭身體內。

當所有粉末都融入骷髏騎士體內後，沒多久骷髏騎士便開始發光。那道光和世界樹那時一模一樣。

「好像要開始轉生了呢。看來角色升等果然就是轉生成高階存在的意思。」

很快地光線消失，只見骷髏身上原本破爛的盔甲變成了正規騎士所穿著的氣派盔甲。不僅如此，整個骨頭身體也變得粗壯，就連身高也長高不少。

『好像轉生成骷髏領導人了……牠原本只是一名小卒，這下似乎升格成隊長等級了。』

「原來如此。看來提升一級還不錯呢。」

假使目前骷髏領導人的數量很少，或許就可以使用這個賢者之石增加幾名。又或是使用在骷髏法師身上，使其轉生成魔法類的進階種族，進而提升蕾亞等人全體勢力的魔法能力。用途可謂無可限量。

只不過一旦轉生過頭，當初預定的「弱得恰到好處的敵人」就會消失，因此必須留意。

「使用在素材等道具上的實驗隨時都能進行，所以就等之後再做吧。那麼接下來要測試能否連續使用。」

蕾亞又遞出一個相同的賢者之石。骷髏騎士接過後注視了賢者之石一會兒，不久便還給蕾亞，左右搖頭。

『看來一天好像只能使用一次。』

「冷卻時間是一天啊？好像沒有使用限制真是太好了。不過這是不是表示，只要有材料就能反覆轉生呢？雖然我覺得不可能會有那麼離譜的事情……」

能夠無限反覆進行強化的作業，是營運方最討厭的程式漏洞。

營運方想必會十萬火急地修正這個漏洞，再說這類舉動應該也會隨時受到系統ＡＩ的漏洞修正功能監視。

總之，等冷卻時間結束後再請牠幫忙，試試看能否轉生成骷髏將軍之類的好了。

「好了，接著來使用看看這個會發光的賢者之石吧。迪亞斯，你要試試看嗎？」

『倘若公主不嫌棄，請務必讓在下一試。』

迪亞斯畢恭畢敬地接過蕾亞遞出的發光水晶蛋。

蕾亞明明沒有那個意思，氣氛卻變成她賜與了下屬什麼珍貴道具似的。

◆◆◆

迪亞斯接過蛋之後，用雙手將其高舉過頭。牠的舉動十分熟練，彷彿聖騎士正在舉行某種神聖儀式一般。雖然牠不是聖騎士而是骸骨。

會發光的賢者之石同樣化為光芒四散。裡面的液體和剛才一樣變成散發紅色光芒的粉末，朝著迪亞斯被緩緩地吸過去。

『眷屬已滿足轉生條件。』

『要允許轉生成為「死亡騎士」嗎？』

『妳要消費一百點經驗值，允許轉生成為「死神」嗎？』

「——原來如此。能夠升等兩級的意思，是可以從中作出選擇啊？」

可能是因為迪亞斯是直屬眷屬，系統才會向蕾亞發出徵求許可的訊息。也就是說，迪亞斯可以從恐怖騎士轉生成死亡騎士，再從死亡騎士轉生成死神。

「這個和我的高等精靈不一樣，比起種族更像是某種職業，不過這種生態的魔物大概都是如此吧。」

無論如何，畢竟都難得使用了比較好的賢者之石，蕾亞決定支付經驗值，允許迪亞斯轉生成為「死神」。

迪亞斯在光芒籠罩下逐漸改變外貌。原本散發不祥氣息的盔甲變得稍微沉穩一些，可是盔甲本身的厚重感和裝飾卻更顯豪華。原先是骨頭身體的本體也覆上了皮，變得與其說是骸骨，實際更像是木乃伊。不過牠依舊沒有眼球，眼窩深處搖曳閃爍著紅光。這大概是正在眨眼的狀態吧。

『哦哦……要怎麼說……在下感受到比生前更加高漲的力量……』

✦◆✦

「你變得好帥氣呢。雖然小孩子看了應該會馬上哭出來就是了。就連技能也……可取得的技能增加了。這個『瘴氣』應該是齊格也有的技能吧？這是大範圍增益減益類的技能樹，能夠對我方活屍進行增益，對敵對勢力進行減益。這要怎麼區分敵我啊？」

實驗應該大致算是成功了。蕾亞好想就這麼將所有幹部級角色都轉生成進階存在。

「不過因為轉生時需要花費經驗值的情況也不少，所以可能沒辦法一次讓所有人都轉生。」

況且，就好比這次轉生能夠取得新技能一樣，相反地或許也有無法取得的技能。

蕾亞也在成為高等精靈之後新增了「光魔法」等可取得的技能，因此她打算把初次見到的技能全部得到手再進行下一次轉生。由於轉生基本上上可以變成能力較強的同種族，應該不至於之後就無法取得，然而最好還是小心為上。畢竟目前手中關於轉生的情報幾乎為零。

「暫時還是先努力賺取經驗值好了，反正也沒什麼好著急的。」

『不，在下認為公主應該先完成轉生比較好。就像高等精靈那時一樣，既然有可能發現會對下屬產生加成效果的特性，那麼光是強化公主一人便能大幅提升全體的戰力。』

「喔，這樣啊……你說的也有道理。那我就先取得技能好了……」

蕾亞開放轉生成高等精靈時新增的「光魔法」，對技能樹「支配者」投入經驗值。

技能樹「支配者」內全都是會對全體下屬產生效果的技能，有名為「強化下屬」的技能群，以及一天可以和某位下屬瞬間交換所在地點一次的「王車易位」等。

「王車易位」這項技能顯然是以有下屬為前提設計的。蕾亞之前會猜測高等精靈應該生來就擁有「使役」，便是因為見到了這項技能。

「強化下屬」的效果和「強化眷屬」相同，不過對象是「所有受自己支配的角色」，範圍非常廣泛，而且似乎也適用於眷屬的眷屬。照字面上來看，或許也適用於暫時受「支配」和「死靈」等技能支配的人們。

技能樹「光魔法」的組成和其他魔法類似，取得之後「植物魔法」就解鎖了。取得條件大概是「光魔法」或是其他技能吧。最有可能的應該是「地魔法」或「水魔法」，可是這兩者如今都已無法驗證。

另外，雖然不知道什麼是關鍵的取得條件，總之也增加了「神聖魔法」這一項，於是蕾亞也一併取得。

每次取得技能就會有更多技能被解鎖，簡直沒完沒了。可是既然事已至此，蕾亞當然想把全部技能都拿到手。與其之後才來後悔當時為什麼沒有取得，為了接下來得更努力賺取經驗值而煩惱要有建設性多了。

再說即使取得所有的技能，和投入世界樹的那五千點相比也是九牛一毛，蕾亞和芮咪量產賢者之石也有獲得經驗值。看來賢者之石果然是最頂級或是接近頂級的道具，就連總經驗值消費量多的蕾亞來製作都能獲得經驗值。

◆◆◆

「——這樣應該差不多了。雖然用掉了不少經驗值，只要有剩下這些數量，就算轉生時被要求支付經驗值應該還是付得出來。」

蕾亞拿著會發光的賢者之石，宣告使用。她之前一直很疑惑無法說話的種族要怎麼辦，不過從剛才的迪亞斯他們來看，系統大概設定可以用發聲取代說話作為發動關鍵字吧。

「發動『賢者之石』。」

和之前見過的一樣，水晶融入光中，之後紅色液體化為粉末逐漸融入蕾亞體內。當所有紅色光芒都被蕾亞吸收，她聽見系統傳來訊息。

『已經使用「賢者之石Great」。』

『已滿足轉生條件。可轉生成為精靈。』
『已滿足轉生條件。支付經驗值三千點即可轉生成為精靈王。』
『已滿足特殊條件。可轉生成為黑暗精靈。』
『已滿足特殊條件。可轉生成為魔精。』
『已滿足特殊條件。支付經驗值三千點即可轉生成為魔王。』

「等一下，情報量太多了……！」

『保留課題。』

蕾亞一如既往地請系統等待，依序確認。

首先是道具名稱。那個道具的名字好像是「賢者之石Great」，不是賢者之石。不對，現在這個不是重點。

系統一開始提到的「精靈」大概是高等精靈的進階種，應該是比高等精靈高一階的種族。至於「精靈王」則是比精靈更高一階的存在，轉生時需要另外支付三千點的經驗值。儘管沒有世界樹那麼多，索求數額卻是相同位數。

再來是「黑暗精靈」。既然提到了「已滿足特殊條件」這句話，那恐怕是某種特殊路線的轉生吧。雖然不曉得那是由蕾亞擁有的眾多技能組合而成，還是有其他完全不同的條件。

從之後的「魔精」和「魔王」的關係來看，黑暗精靈應該相當於高等精靈，魔精相當於精靈，魔王則相當於精靈王。只要想成一邊是偏光屬性，一邊是偏黑暗屬性就好。

「這下要怎麼辦呢……」

如果把事情單純化，這就只是二擇一的問題。也就是要成為精靈王，還是成為魔王。無論要成為哪一方，首先都有一個大問題必須克服。

「……經驗值不夠耶。」

蕾亞萬萬沒想到會被索取四位數的經驗值。

如果是這樣，或許應該暫緩取得技能才對。不對，既然可能有因為轉生而不再滿足取得條件的技能，這就是必要的工程。畢竟轉生到魔王路線之後，想必就無法取得「神聖魔法」了。

不曉得這個保留課題能夠等到什麼時候呢？

可是即使系統不等了，蕾亞也只是浪費一顆會發光的賢者之石——賢者之石Great而已。就算時間到了、賢者之石Great失效，應該也只要等待一天就能再次使用。

總之，就冷靜地讓系統稍候一陣子，要是不行的話就放棄吧。

◆◆◆

「史佳爾。」

『是，首領。』

「麻煩妳把現在這座森林裡，除了我們以外的所有勢力都轉換成經驗值。我需要越多經驗值越好。希望妳能以最大效率，在最快的時間之內完成。」

『知道了。』

「啊，牧場的家畜要保留一些用來繁殖。」

『了解。』

此時此刻，里伯大森林裡同樣有許多訪客。那些人幾乎都是已經獲得不少經驗值的玩家們，只要把他們當成祭品，應該可以賺取到相當多的經驗值。

牧場裡也有為數不少的魔物。雖然要讓數量減少到極限的牧場重新運作可能需要再花上一段時間，這也是沒辦法的事。

蕾亞也對白魔和世界樹傳送了相同的指示。儘管另一座森林裡應該沒有入侵者，因為有許多沒有受到支配的樹人，蕾亞決定下令將那些樹人收拾掉。

下達粗略的指示之後，擔心系統會不會傳訊息來催的蕾亞心急如焚地看著經驗值的數值。

可能是因為洞窟內，不，是整座大森林都變得慌忙起來，凱莉和萊莉她們也來到女王之間。

顯示蕾亞持有經驗值的計數器緩緩上升，經過約莫兩小時之後數值終於突破三千。

「很好！那麼我要轉生成為『魔王』！」

◆◆◆

蕾亞會選擇魔王的理由其實沒什麼大不了。

首先第一是因為有特殊條件。即使有玩家在後面追趕蕾亞，既然必須滿足那個特殊條件，那麼難度應該多少會比較高。只要是人，任誰或多或少都會想成為獨一無二的存在。蕾亞當然也不例外。

再來第二是因為迪亞斯和齊格的「為飽受欺凌的魔物們建立國家」這句話。既然要成為統治魔物們的國王，那當然只能成為魔王了。

和轉生成高等精靈時一樣，蕾亞的身體被光芒所籠罩。

高等精靈那時沒有什麼特別的感覺，可是這次蕾亞覺得腦袋癢癢的，而且腰部附近也感覺像是有蟲在爬一樣。

可是那些怪異感也很快便消失，不久光線澈底散去。

◆◆◆

蕾亞感覺自己從頭頂到腳趾，全身上下都洋溢著強大無比的力量。

轉生成高等精靈時雖然也有這種感覺，完全無法和這次相提並論。

沒錯，是全能感。

現在什麼都辦得到，不會輸給任何人。

那種莫名的感覺充斥蕾亞全身。

可是並不會感到不快。

『哦哦……！』

『好驚人……』

「真是神聖莊嚴……！」

見到蕾亞的模樣，眷屬們紛紛發出感嘆。

「——結束了嗎？有沒有鏡子之類的啊……對喔，我們又沒有製作鏡子，怎麼可能會有呢。如何？瞧你們的反應，我好像改變了許多。」

這種時候看不見自己的模樣實在很不方便。話雖如此，遇到這種時候的機會應該也不多。

「呃……首先是耳朵變短了。像是普通人類的耳朵變得比較尖一點。」

「還有就是長出亮晶晶的角。從耳朵上方往外長出兩支螺旋狀，像山羊角一樣的角。」

『腰部上方長出了翅膀呢。那對純白色的美麗翅膀，讓首領看起來非常神聖莊嚴。』

凱莉、萊莉，以及史佳爾接連回答。其他眷屬們也描述了蕾亞的外觀，不過內容和剛才的三人相同。

蕾亞依序觸摸確認眾人所說的部位。

頭部確實傳來了角光滑堅硬的觸感。腰部的翅膀關節似乎柔軟到可以繞到身體前方，因此可以用眼睛確認。活動翅膀這個之前不存在的器官雖然有點辛苦，習慣之後應該就不會有問題。

然後蕾亞見到的翅膀確實是白色的。那對翅膀純白無瑕到彷彿在昏暗洞窟中自體發光。為什麼是白色呢？不是已經轉生成魔王了嗎？

蕾亞重新確認自己的狀態列，結果種族名稱確實是「魔王」。另外特性也新增了好幾個。

✦◆✦

種族特性：翅膀
妳有翅膀。只要妳願意就不會受重力所束縛。
取得技能「飛翔」。

種族特性：角
妳有角。不可能向沒有角的低等種族屈服。
向上補正無角種族對「精神魔法」、「支配者」、「使役」與「契約」的抵抗（大）。
向上補正對無角種族發動「精神魔法」、「支配者」、「使役」與「契約」的成功率（大）。

種族特性：魔眼
妳的雙眼蘊藏著力量。任何人都逃不過妳的眼睛。
開放技能「魔眼」。

可是好像並沒有特性消失。超美貌依舊存在，弱視和白化症也——
「——啊，我知道了。說不定是因為這樣，翅膀才會是白色的。」
本來應該像烏鴉一般散發不祥氣息的黑色翅膀，恐怕是因為白化症的關係才會變成白烏鴉的翅膀。雖然頭髮和皮膚依舊雪白，因為原本應該要經由黑暗精靈轉生成魔王，這兩者可能原本也

◆◆◆

預計要變成黑色。

基於先天的特性，最後誕生出充滿神聖氣息的純白色魔王。這是什麼跟什麼啊。

「我當初是因為覺得既然是精靈，那麼應該不會太醒目，所以才取得白化症這項特性，結果現在變得超引人注意……不過算了，反正我也不打算拋頭露面。」

應該說，蕾亞現在已經沒辦法隨便出現在人前了。魔王一旦在城裡現身，必定會引發一場大混亂。要是有大規模活動的話該怎麼辦呢？蕾亞就算去外面也一定都會穿上鎧坂先生，可是角和翅膀的部分要怎麼處理？可以在鎧坂先生身上鑽孔嗎？

還有，蕾亞剛才重新確認特性後才發現，先天特性的「美貌」依然保留下來。她之前一直以為已經被合併到超美貌裡了，看樣子先天特性並不會因為轉生而消失。

也就是說，「精神魔法」的「魅惑」成功率向上補正，也會因為美貌和超美貌而重複嗎？蕾亞後來就沒有機會使用「魅惑」，所以不清楚這一點。

「……算了，反正轉生順利結束了。」

她看了一下經驗值，發現數量比完全消費完畢時又增加了一些。

「史佳爾，如果狩獵還沒結束，那麼可以請大家恢復往常的樣子了。待會兒妳再跟我報告牧場的狀況。」

『知道了。』

◆◆◆

至於世界樹那邊，蕾亞則保持現狀繼續進行。因為那邊還沒有牧場，就算把敵對樹人都獵捕完也沒關係。可以的話，蕾亞還想從別處調來魔物，讓樹人負責管理牧場，不過那也是以後的事情了。

『特定災害生物「魔王」誕生。這則訊息將例外發送給擁有特定技能的玩家角色，以及所有非玩家角色。』

「——你說什麼？」

氣氛和往常不同的系統訊息傳來。

系統訊息本來只有玩家才能聽見。而且除了為玩家舉辦的大規模活動外，基本上只有本人才聽得見。

既然系統提到了魔王，那麼蕾亞會聽見應該是因為她就是魔王本人吧。從其他內容來看，擁有某種技能的所有角色也同時聽見了這則訊息。

系統會在蕾亞轉生成魔王後隔了一會兒才發出訊息，想必是為了處理這個例外狀況吧。

然後，究竟是何種技能的持有人能夠聽見呢？

還有，特定災害生物到底是什麼？是某種外來種嗎？

不管怎麼想也不可能有答案。話雖如此，蕾亞也不能隨便去函詢問。假使這在遊戲中是很正常且有可能發生的狀況，要是送出去的問題被公開在官網上，「有玩家變成了營運方公告裡的那個特定災害生物」這則多餘的情報就有可能會擴散出去。

儘管煩躁不安，在獲得其他新情報之前，現在只能先放著不管了。

「……再說我還有好多事情想要確認，也想取得已經解鎖的新技能。而且我也想讓你們完成轉生，所以還是暫時先專心賺取經驗值好了。」

看來目前只能暫時先透過里伯大森林和世界樹所在的魔物森林，穩定地賺取經驗值。

蕾亞當前該做的，就是一邊設法透過魔物森林獲取穩定收入，同時利用「煉金」等技能製作高等級的道具來獲取經驗值。

「沒辦法，現在就先悠哉地努力強化勢力吧。既然我已成為魔王，就得將魔下軍力培養成足以和人類種國家對抗的勢力才行。對了，還有我也必須找個地方確認魔王的基本性能。哎呀，要做的事情還真多耶。」

◆◆◆

『——首領下令，說我們可以把森林裡的敵人全都殺了。』

白魔對身旁的銀花，還有小不點們如此說。

正確來說，這則情報是經由史佳爾而非首領——蕾亞傳送過來，不過既然首領這麼希望，那麼說是命令也無妨。

詳細情形雖然不清楚，首領似乎需要大量名為經驗值的東西。

只要反覆獵捕獵物或是擊退外敵，某個時候就會忽然成長成自己所希望的樣子。所謂經驗值聽說就是將其化為可能的力量。

由於現在所有經驗值似乎都會聚集到身為群體首領的蕾亞身上，白魔牠們就算不狩獵也能變強。這股力量簡直有如神力。由於白魔並不知道什麼是神，這番話只是從凱莉她們那裡現學現賣罷了。

白魔初次遇見凱莉她們時，覺得她們是一群只有動作敏捷的笨貓，現在卻不同了。大概是外表和首領有幾分相似的關係，她們經常被指派各種工作，腦袋也變得聰明許多。

小不點們的體型也長大了不少。雖說如此，牠們現在也只是和普通的郊狼差不多大，而且因為毛髮依舊蓬鬆，使得整體看起來十分圓潤。儘管如此，牠們也已經到了可以開始學習狩獵的時候，然後一開始可以邊玩邊學。

考慮到這一點，這次的命令或許是個好機會。只不過如果只是狩獵，光靠數量龐大的蟻群應該就已足夠，然而若是從獲得更多經驗值這方面來思考，對於作為小狼們首次的狩獵練習而言，這應該是個不錯的機會。

白魔立刻向史佳爾表達自己的想法，史佳爾便決定讓蟻群去處理大型魔物牧場，哥布林牧場則交由白魔等人去應付。

當時史佳爾叮嚀白魔，千萬不能讓用來繁殖的個體死亡。

無論如何，由白魔或銀花對付哥布林都只會妨礙取得經驗值。一方面為了安全起見，白魔打

✦◆✦

算澈底從旁監視，所以這一點不會有問題。

『好了，小不點們，我們要開始練習狩獵了。你們知道哥布林嗎？那是一群個頭嬌小又渾身臭氣的傢伙。牠們自以為很聰明，總是想像人一樣使用武器卻用得很拙劣。不過現在這座森林裡的哥布林的武器全都被沒收就是了。』

小不點們紛紛回答知道。小不點們可以在同種之間傳達意思，卻無法和其他種族對話。據首領表示，這好像和一種名叫INT？的能力有關，不過因為首領目前並不期待小不點們發揮什麼作用，沒有特別讓牠們成長。牠們只要悠閒自在地長大就好，首領如此說道。

白魔帶著小不點們前往哥布林牧場。

抵達牧場後，牠請銀花監視只留下最低限度數量的哥布林，讓小不點們嘗試狩獵。

『雖然這些傢伙的攻擊幾乎不會造成傷害，世上還是有些魔物的爪子或獠牙具有毒性。為了和那些傢伙交戰預作準備，你們試著儘量不要受到攻擊。』

這麼說著，白魔一聲令下，小不點們立刻各自衝上前撲向哥布林，一下咬頭一下啃手腳地開始遊戲。

由於打輸應該會贏的比賽，不論對首領還是特地讓出牧場的史佳爾都很不好意思，只要見到個體快要逃出牧場外，白魔就會告訴小不點們要牠們去追。哥布林雖然行動敏捷，依然逃不過幼狼的追趕。

白魔希望有一天小不點們能夠更確實地掌控全局，讓敵人完全沒有機會逃脫，不過畢竟現在才剛開始，就別要求太多了。

一下把小不點們沒能壓制、逃出牧場外的哥布林帶回來，一下又把為了追趕哥布林而跑出牧場的小不點帶回來，就這麼持續忙了一陣子後，白魔收到史佳爾的通知說可以停止了。看來經驗值已經達到首領的目標。

牧場之後好像會由螞蟻接手管理。遠遠看見螞蟻的身影後，白魔把小不點們叫到自己身旁。

爪子和嘴巴周圍染成鮮紅色的小不點們跑了過來。牠們個個眼神發亮，看起來玩得相當開心。即使是孩子，牠們果然還是狩獵動物。

既然如此，看來應該可以拜託首領讓牠們偶爾進行這樣的訓練兼遊戲。

這時，白魔不知為何忽然感受到一股像是自豪的奇妙感覺湧上心頭。可是那種感覺並不令人討厭。

牠看向其他人，只見小不點們和銀花也沒來由地露出得意自滿的表情。

白魔本能地察覺到。

這恐怕是因為首領大幅成長了吧。有強大存在當靠山的安心感，以及被允許向該存在下跪的優越感，充斥白魔的心中。

必須儘快拜謁首領，將其英姿深深烙印在眼底。

可是在那之前，得先找個地方把小不點們洗乾淨才行。

◆◆◆

在豪奢寬敞的房間裡，同樣豪奢的椅子排列成好幾圈圓形。

這裡是位於希爾斯王國的王城一樓的會議室。

平時這裡以收費形式開放給教會相關人士等舉辦宗教會議等活動，這一天卻被用來舉行連國家位高權重者們也列席的重要會議。以在這座城市設置據點的希爾斯聖教會總主教為首，諸位著名的主教們也都參與了會議。

「——出現神諭了。新的『人類之敵』似乎已經誕生了。」

總主教此話一出，現場頓時譁然。在牆邊負責護衛的湯瑪斯感覺到人們的喧譁聲，有如真的震動一般撼動了自己的身體。對在場的人們來說，那句話帶來的衝擊便是如此強烈。而這一點對不過是一名小卒的湯瑪斯而言亦然。

人類之敵。六大災厄。帶來絕望之物。殺戮的化身。

儘管有好幾個令人忌諱的稱呼，那些實際上都意指相同的東西。

位於西方大陸的起源城——聽說坐鎮在那座不祥城堡裡的，是城主真祖（真祖吸血鬼）。

聳立於極北之地的冰塊巨牆水晶牆——那道牆的後方，據說封印著從遠古以前便自比天空更高之處現身的黃金龍。

位於南方大陸的大樹海裡有一道通往魔界的門，而當地受到了大惡魔的支配。

極東之地有一個非人種族居住的島國，那裡的統治者是昆蟲王。

分隔那個極東島國和這片中央大陸，世界最大的海洋大埃吉爾海——其海底深處有稱霸所有海洋的魚人王。

然後是不知位於世界何處，只知道其存在和威脅的天空城——在天空城的寶座上，統率不祥天使們的大天使正睥睨人間。

「怎麼會這樣……所以在哪裡？新災厄在哪裡……」

「——在這片大陸上。天神表示，災厄誕生在位於希爾斯王國最東邊的城市，埃亞法連城附近的里伯大森林裡。」

「哦哦……怎麼會這樣……」

「豈有此理……豈有此理……」

有些與會者垂頭喪氣，有些與會者仰天長嘆，有些與會者則從椅子上跌了下來。可是他們每個人內心都擁有同樣的情緒——那就是絕望感。

湯瑪斯也不例外。他手裡掛著旗幟的長槍也差點就掉落在地。

沒想到人類之敵竟會出現在這片大陸上。

在此之前，中央大陸從未出現被稱為人類之敵的存在，而這片土地可以說正是因為如此才能夠有所發展。由於彼此會進行交易，可以確定其他大陸和島上有人居住，但是那些地方的文明都不如中央大陸來得發達。其理由是因為環境艱困，先設法活下去比起讓生活富足更為重要。

而環境艱困最大的原因，就是六大災厄。

災厄的存在令魔物和野獸們活性化，到處都是和這片大陸無法相比的強大個體。要在這樣的狀況下改善生活環境簡直是痴人說夢。

對沒有六大災厄居住的中央大陸而言，說起長久以來的天敵，那就是會彷彿一時興起般現身攻擊的天空城天使們。天使們帶來的損害確實重大，可是通常只是暫時性的，並不是一直都住在旁邊。

因此中央大陸的生活才能比其他大陸來得豐足。

然而，那樣得天獨厚的環境也到此為止了。

而且更糟糕的是，不是六大災厄移居至此，而是誕生了新的災厄。

六大災厄如今變成了七大災厄。整個世界的危險程度都直接上升一級，因此無法期待他人給予援助。

「怎、怎麼會……那麼，那個災厄帶來的損害呢？已經出現和天空城的天使們程度相當的損害了嗎？」

「方才總主教提到埃亞法連對吧？我記得曾經收到那座城市周邊的草原被一夕燒燬的報告……莫非那是災厄所為？」

「只是燒燬草原嗎……人類的城市明明就在旁邊，為什麼只對草原……難道說，災厄的力量還無法與人類為敵……？」

「……原來如此。這片大陸過去沒有成功討伐災厄的紀錄，可是也還沒有挑戰剛誕生的災厄的紀錄。如果是現在，說不定還有機會……」

「——沒錯。如果災厄還只像剛出生的嬰兒一樣，那麼現在或許能夠討伐成功！」

「立刻組成討伐隊！」

和氣氛狂熱的會議場形成對比，湯瑪斯感覺自己的臉色逐漸發白。

什麼討伐隊。

這到底在說誰？出席這場會議的全是王國和聖教會的重要人士，發言的本人們不可能會去那裡。他們不可能親自上戰場作戰。

既然如此，去那裡實際和災厄對峙的應該就是湯瑪斯這些士兵們了。

開什麼玩笑。就算國家的一端出現災厄，也不會現在馬上就死掉。既然這樣，有誰會想要特地搶先去送死呢？

如果是現場的貴族等支配者階級的騎士團，那麼就另當別論。他們只要身為主人的貴族沒有遇害就不會死。

只要派那些騎士團去就好。這麼一來，就可以不考慮人力損失發動攻勢。可是與此同時，湯瑪斯也很清楚這一點不可能成真。騎士團是保護他們貴族的盔甲，貴族不可能隨便讓他們離開自己。話雖如此，也不可能有貴族自願深入險境。

士兵的任期大約是三年。照理說是職業士兵的騎士團，則全部都是王侯貴族的私人士兵。因此為了穩定國家的軍事力量和維護治安，徵兵制度不可或缺。

湯瑪斯直到去年為止，也一直都在家鄉的村莊裡耕田，過著貧窮卻安穩的生活。換句話說，他的任期還剩下將近兩年。由於就湯瑪斯所知，這片大陸不曾發生過戰爭，因此即使被徵兵，也只需要像現在這樣負責形式上的護衛，或是做些壓制無賴、在城市入口處站崗之類的工作。

然而如今——

湯瑪斯懷著比聽聞災厄誕生時更加絕望的心情，詛咒這一場會議。

「——那就這麼決定了。我會確實向國王稟報，可以麻煩其他人事先跟各方進行交涉嗎？」

「請儘管交給我們，宰相閣下。」

「這是全體人類的危機。我們得趁還有勝算時，採取所有能夠採取的手段。」

會議最後以驚人速度作出結論，並且研擬出應對措施。

訂定唯一目標，彼此通力合作的執政者們的團結力量真是強大。

那個目標，就是獻出祭品——被徵兵的平民——去解決問題。

本來就算被徵兵，如果任務過於危險就需要本人和家人的同意。

貴族們卻拿因為要對抗「第七災厄的誕生」這個世界級規模的危機當成理由，當場制定戰時特例法的草案，甚至一致決定要在下次會議中無條件通過決議。

而且大概是為了湊人數吧，像是再次徵兵已完成任期的前士兵、下調徵兵年齡等，他們還將通過這些對平民來說根本是惡夢的法律。

◆◆◆

討論結束，國內有頭有臉的諸位貴族們紛紛離場。湯瑪斯默默開門，低著頭目送他們離開。

會議室裡只剩下希爾斯聖教會的總主教和主教們。

「總主教大人……您感覺悶悶不樂的樣子，發生什麼事了……？」

「……我在想，所謂人類之敵……」

「是的，所謂人類之敵……？」

「所謂人類之敵，應該是已經有一定的作為才會成為人類之敵吧……換言之，該怎麼說才好……假使是剛出生、力量還很薄弱的狀態，恐怕不會降下人類之敵誕生的神諭……人類之敵或許在那份神諭降下的當下，就已經完全成形……我是這麼想的……」

主教們陷入沉默，可是如今已無法推翻剛才會議作出的結論。人類之敵是無論我方出手不出手，都會將附近的人類種一一殺死的存在。這一點只要看看天空城的天使們就知道。假如相距遙遠或許還不會產生太大的損害，可是第七災厄就在國內。

即使低估了敵人的實力，若是置之不理，至少希爾斯王國恐怕將從大陸地圖上消失吧。

看著垂頭喪氣的主教們，已經放棄思考的湯瑪斯只希望他們可以快點離開。

第九章　開始蹂躪人類

『致各位玩家：

誠摯感謝您一直以來對敝公司《Boot hour, shoot curse》的支持。

在此通知您第二屆官方大規模活動即將開跑。

活動內容為「大規模攻防戰」。

據報指出，活屍等魔物將從全大陸的魔物領域滿溢而出，攻擊附近的城市和村莊。

各位玩家將選擇協助魔物方或人類方其中一方的勢力，以成功侵略或防衛為目的參加。

．活動期間預定為現實時間的約一星期，遊戲內時間的十日。

．活動期間取得的經驗值將提升十%作為活動紅利。

．活動期間將放寬死亡懲罰。雖然不會扣除經驗值，會在遊戲內的一小時使得所有能力值下降五%。

．活動期間將設置活動專用社群平臺。例如都市間的合作、建構新的團體等，敬請各位多加利用。

．此次活動無須特別申請參加。

※活動將於整個大陸舉辦。即使是在活動結束前便達成侵略或防衛的區域，上述紅利也將持續至活動結束。

※活動結束的同時，活動紅利和死亡懲罰的放寬措施也將結束，但侵略將持續至事態完全平息為止。

※活動過程中，預計會實際安裝從現在所在城市安全區域轉移到鄰近城市安全區域的功能。轉移次數為遊戲內時間一天至多一次，而且不限距離。敬請多加利用活動專用社群平臺，自由調派戰力。

今後還請繼續支持《Boot hour, shoot curse》。』

◆◆◆

『玩家名稱【蕾亞】

誠摯感謝您一直以來對敝公司《Boot hour, shoot curse》的支持。

在此通知您第二屆官方大規模活動即將開跑。

活動詳情請見已傳送給所有玩家的通知。

關於這次的活動，因為營運方想請求玩家【蕾亞】的協助，特此來信徵詢您的意見。

您所在的希爾斯王國東部的里伯大森林，以及種植了世界樹的托雷森林，這兩者目前皆在您的勢力之下。

由於預計從這些領域侵略鄰近城市的魔物們也受到您的支配，營運方無法主導侵略行動。

因此如果可以，想請您協助攻擊希爾斯王國。

當然這項提議以尊重您的意思為前提，假使您不同意，營運方將告知其他玩家該城市不會有活動發生，而您可以選擇您想投入的勢力自由參加。

倘若您願意協助，營運方將特別為您安排報酬。

還請您考慮一下。

《Boot hour, shoot curse》開發／營運一同敬上。』

◆◆◆

「——唔唔唔，虧我好不容易做好準備，正準備南下遠征火山耶。」

蕾亞看著下一次大規模活動的通知一邊嘀咕。

「有什麼問題嗎？」

凱莉疑惑地看著蕾亞。

確認完魔王的特性和新開放的技能後，由於已經取得那些技能，也大致讓下屬完成轉生，這一天蕾亞打算召集主要眷屬們，計劃往火山帶進行遠征。根據地圖顯示，在里伯大森林的南方遠處似乎有座火山，那裡也被視為魔物的領域。因為蕾亞還沒有跟火山相關的魔物和素材，那個地區對她而言很具吸引力。

「沒有啦，只是聽說即將發生大陸規模的魔物領域大舉入侵人類領域的事態，然後有人請求我幫忙而已。雖然很遺憾，看來得等到那件事情結束才能遠征火山了。」

『大陸規模的大舉入侵，這句話真是讓人聽了膽戰心驚。就連在下等人活著的時代，也不曾發生過那種事態。』

『陛下打算協助哪一方呢？是侵略方？還是防衛方？』

迪亞斯和齊格自從蕾亞轉生成魔王之後，似乎就改稱她為「陛下」，而非「公主」。雖然其他成員還是一樣稱呼她為首領，他們兩人並未試圖讓其他人改口。蕾亞原以為依迪亞斯一板一眼的個性，大概會對這一點大發牢騷，看來他或許有他自己的一套規則吧。

「這個嘛，雖然兩方陣營都沒有來拜託我，我如果要參加會選擇侵略方。假如不協助侵略方，我應該就會袖手旁觀吧。畢竟事到如今也不適合去幫忙人類。」

可是從系統訊息的內容來看，假使袖手旁觀，屆時營運方將發布「只有里伯大森林不會發生大舉入侵」的公告。考慮到這一點，蕾亞也沒辦法隔岸觀火。

假如什麼也沒通知，可能不會有人覺得奇怪，然而要是營運方特地告知此事，玩家們勢必會猜測這裡有什麼。這麼一來，就算魔物沒有從這裡滿溢而出，玩家們也不會像之前那樣來玩了。

『請問即將發動大舉入侵的魔物們是什麼種族？這一點說不定會影響到我方能否給予協助，

又或者演變成彼此爭奪獵物的情況。』

「呃……因為上面寫著活屍等魔物，所以應該主要是活屍吧。不曉得是不是每個魔物領域都有活屍——」

不，不可能。

也就是說，這是營運方所做的安排，而迪亞斯和齊格原本就是為此而安排的角色。營運方說不定老早就想實行這個活動了。仔細想想，第一屆大規模活動時，營運方曾經說過是因為原定活動難以進行才會變更成大逃殺。

假如那是因為蕾亞收服了迪亞斯才使得計畫大亂呢？

然後假如現在是因為蕾亞成了魔王，營運方判定身為玩家的蕾亞有資格成為副本頭目，於是才要求她協助呢？

「……原來如此，這麼說不無道理呢。」

如果是這樣，活動計畫會大亂就是蕾亞害的了。如此一來，蕾亞就應該配合協助才對。就像蕾亞盡情享受遊戲一樣，其他玩家也有享受遊戲的權利。因為蕾亞不幫忙，導致鄰近城市無法進行活動這種事情不應該發生。

「不過話說回來，假如要參加，我打算全力以赴。畢竟我自己也是玩家，就算我贏了使得城市毀滅，那也完全是活動的結果。」

『雖然我聽不太明白，見到首領這麼高興真是太好了。那麼，友軍……雖然不知道這麼說是否合適，總之侵略方的魔物是活屍沒錯吧？』

✦◆✦

「是啊。雖然可能也有的地區是別種魔物打倒多到快滿出來的活屍後展開侵略，我想應該多半都是活屍吧。」

蕾亞瞥向迪亞斯和齊格。

「假使是活屍，那些活屍就很有可能是迪亞斯和齊格的前同僚。因為從前若是統一國家，其屍骨就算散布整個大陸也不奇怪。」

『這樣啊……』

『……陛下，在下等人雖然很幸運能夠被陛下收留，這也僅僅是運氣很好而已。您不用勉強將那些人和在下等人聯想在一起。』

『是啊，沒有錯。我等已是死去之人，如今我和迪亞斯大人能夠在陛下手下效忠完全是個例外。還請您將我們的那些同僚當作已經不存在了。』

「……這個嘛，既然你們都這麼說了……」

話雖如此，可以的話，蕾亞還是想要吸收那些活屍。

據齊格所言，第四騎士團以後的團長階級的實力並不是很出色，而且說得難聽一點，那些人全是靠著身為貴族的血統才能夠上位。

因此蕾亞才覺得大可不必吸收，可是第二騎士團不同。她原本很疑惑既然第一是近衛，第三是實質上的一軍，那麼第二究竟是什麼？結果好像是憲兵隊。

基於「使役」這項系統，眷屬們無論如何都不會違抗蕾亞。

這一點即使是遠古時代的統一國家應該也一樣。既然如此，憲兵隊還有必要存在嗎？包括憲兵隊自己在內，所有受到管轄的軍方應該都會忠於君主才對。

蕾亞很想了解關於這方面的事情。然後假使感覺有用，她打算也將其納入自己的軍隊中。

「假如要攻進城裡，到時勢必會遇到保護那座城市的騎士團和專用軍隊。要是他們也被某人，比方說領主『使役』，被殺死之後應該會在值勤室之類的地點重生。」

活動期間為一星期——遊戲內時間為十天。既然只要領主還活著他們就會重生，說不定可以利用活動期間進行重生殺。

這一點同樣適用於玩家們。也就是說儘量不直接攻擊旅館等地點，而是遠遠地進行監視，等玩家重生從旅館出來之後再迅速獵殺對方。

『陛下，恕在下直言，在下認為會對這種邊境領主效忠的騎士應該不多。』

「這話怎麼說？」

『如果是像在下等人這樣的騎士團長或將軍級騎士，對國家以至當時的國王效忠、獻上自己的生命很正常，但如果是小隊長階級就未必如此了。由於效忠對接受忠誠的一方也會造成很大的負擔，幾乎所有士兵都是死了就到此為止。會從一而終的人，頂多只有像在下的第一騎士團這種君主近衛。』

蕾亞恍然大悟。需要憲兵隊的理由就是這個。雖然迪亞斯並未提及，全部由眷屬組成的大概只有第一的近衛隊和第二的憲兵隊吧。蕾亞本來對「使役」方的負擔也很大這句話無法理解，可是假如這是真的，這樣的系統可以說相當合理。

「那麼，這麼說來我們意外地能夠輕易攻陷城市嘍？」

「意外嗎？我認為憑藉埃亞法連城裡傭兵們的程度，不用一小時就抵擋不了我軍的侵略。」

既然平常在城裡和傭兵們做生意的芮咪這麼說，想必不會有錯吧。

「那士兵們的情況呢？沒有受到『使役』的一般士兵有多少作戰能力呢？」

「這我就不太清楚了。因為那個階級的人不會到我的店裡……不過如果是城裡的衛兵隊，等級應該和傭兵們差不多。」

若真如此，問題就大了。長達十天的活動大概半天就會結束。話雖如此，蕾亞並不想刻意放水。那種行為感覺就像瞧不起參與活動的玩家。

再說蕾亞也是人。雖說是遊戲，她還是每天持續努力到現在，當然會想展現自己的成果給別人看。

「——好吧，地圖給我。埃亞法連城和世界樹所在的托雷森林附近的……呃……是叫做盧爾德城嗎？我確定要毀滅這兩座城市……」

蕾亞將手指輕輕滑過地圖上的街道。

「然後，我們也攻陷這個名叫拉科利努城的地方吧。這座城市位於這些分支街道的交會處，是重要的交通樞紐。如果將街道比喻成動脈，這裡就是相當於心臟的商業都市。只要毀滅這裡，希爾斯王國應該就會對我們懷恨在心，這麼一來即使活動結束了，想必也會主動來將這座城市搶回去。」

◆◆◆

活動當天——

蕾亞將主要眷屬們聚集在女王之間。

話雖如此，由於光是集合螞蟻和精金隊的隊長階級，數量就相當多，因此事前必須進行女王之間的擴大工程。而且即使擴大了，還是有些像世界樹這樣的事物在物理上進不來。

然而主要眷屬們齊聚一堂的景象十分壯觀。

昏暗洞窟內，許多漆黑的光澤整齊排列。由於螞蟻和精金隊都是黑色，只能憑藉身高來辨別，卻也因為這樣而充滿了統一的美感。

然後跪在最前排的是身為死神的迪亞斯和齊格。史佳爾因為體型龐大，在蕾亞身後。牠要是站在前面會遮住所有視野。

基於相同的理由，鎧坂先生也站在後方。這是因為蕾亞也給身為魔王武裝的鎧坂先生賢者之石，使其轉生了。

轉生之後，鎧坂先生變成名為神聖要塞的種族。等級順序似乎是活體盔甲、神聖盔甲，以及神聖要塞。換言之就是有生命的盔甲、神之盔甲，以及神之要塞。真不懂這麼命名的意義。整體輪廓雖然依舊是纖細的女性身形，尺寸卻變大了。其身高，不對，應該說整體高度約三公尺，將近蕾亞的兩倍。要是這麼巨大的東西擋在前面，蕾亞根本什麼也看不見。

蕾亞也讓劍崎們從一郎到五郎，全都配合鎧坂先生巨大化。讓劍崎轉生時曾被問到要成為長劍型還是大劍型，因此蕾亞選擇了大劍型。

大劍的尺寸雖然大到從現實層面來看人根本舉不起來，只要提升ＳＴＲ就能順利揮舞。即使是如此巨大的劍，看在現在的鎧坂先生眼裡也和普通的單手劍無異。

劍崎們現在的種族是神聖武器，也就是神之兵裝。由於之前已經見過鎧坂先生，蕾亞對此並不感到訝異。

蕾亞還是和以前一樣將五把劍崎都佩掛在鎧坂先生身上，只不過位置上做了一些調整。她卸下背後的三把和右腰的一把，在雙肩各安裝上兩把。因此她加大鎧坂先生的護肩，重新設計成可以各插兩把劍的款式。

至於凱莉四人則穿著統一的軍服，站在蕾亞的兩側。緊接著白魔和銀花猶如一對狛犬，分別坐在最兩端。小狼們應該正在別的房間和螞蟻嬉戲。要小孩子在這種儀式上保持安靜太困難了。

沒錯，儀式。

這是難得的活動，而且還是所有人都能參加的活動。既然要參加，蕾亞當然想以仇視人類種國家的魔物軍隊身分，舉辦華麗盛大的出征儀式。眷屬們也都表示應該這麼做才對。

「——各位，我們在人們面前現身的時刻終於來臨了。」

蕾亞一出聲，立刻感應到全員都將注意力集中在她身上。

「我想各位在此之前一定受盡了委屈。刻意不殺害隨時都能殺死的人們，甚至計算他們獲得的經驗值，在應該殺死的時候動手，這一點想必對各位造成相當大的精神負擔。為此，我要向各位致歉——不對，是表達我的感謝之意。謝謝你們，你們做得非常好。

◆◆◆

不過，那樣的日子也已經結束了。」

蕾亞暫時止住話，調整呼吸。見到下屬們直視自己的視線，蕾亞自然而然地挺直背脊。

「從今天起，我們將站上舞臺。而我們的第一座舞臺就決定是這個國家——希爾斯王國。我們要襲擊和這座森林相鄰的埃亞法連城，藉此向人類種國家宣戰。從今以後沒有必要再手下留情，可以將遇到的人全部融解、燃燒、貫穿、破壞，以及殺死。各位可以儘管以自己擅長的手段，讓眾人知道里伯大森林裡有我們的存在。

然後，請各位憑藉你們的力量，證明大陸的支配者是我。這不是命令也不是請求，而是確信只要我們展開行動，就必定會產生這樣的結果。」

「鏗鏘」一聲，整個大廳同時響起堅硬物體摩擦的聲響。由於在場魔物幾乎都無法出聲，這便是牠們的吶喊聲。

「好，我們走吧。」

◆◆◆

這次的活動和上次的特殊狀況不同，應該算是從日常延伸出來的事件。營運方也是這麼說明活動的宗旨。

因此儘管時間已到，卻沒有活動開始的明確訊號。

ＮＰＣ們大概什麼都不曉得吧。街上往來的人們看起來十分享受日常生活。

另一方面，也有傭兵慌慌張張地進出城市，遭到城裡人們投以狐疑的目光。那些人應該是玩家吧。

蕾亞現在正從上空俯瞰埃亞法連城。

不是透過歐米納斯或劍崎等人的視角，而是自己親眼所見。不過，她當然是從鎧坂先生裡面看見的。

不用說，她當然無法以正常方式穿上高達三公尺的鎧坂先生。至於說她是怎麼穿上的，其實嚴格來說她並沒有穿上。

鎧坂先生的軀幹背側可以像門一樣打開，讓蕾亞從那裡進入內部。進去之後，裡面有一個宛如異空間、約莫一．五坪大小的空間。蕾亞只要站在那個異空間裡活動身體，鎧坂先生便會做出相同的動作。

異空間內除了作為搭乘入口的那一面，其餘各面都能映出外面的樣子，因此除了背後以外沒有任何死角。雖然確認背後時必須讓鎧坂先生回頭，普通的鎧甲也是如此。反而因為沒有會讓視野變窄的面罩，能夠看見的範圍又比普通人來得廣，比蕾亞本人還要更容易看清楚。由於鎧坂先生已經取得「強化視覺」和「強化聽覺」，能夠將接收到的資訊如實地在這個空間重現，蕾亞對外部狀況的掌握程度超乎想像。

至於鎧坂先生的戰鬥能力，則是和要塞這個名字完全相符。蕾亞曾經讓精金系列和鎧坂先生進行模擬戰，結果牠們的任何攻擊都對鎧坂先生無效。即使最後精金領導人捨棄用劍，改為直接毆打——那是牠威力最強的攻擊——鎧坂先生依舊毫髮無傷，反倒是精金領導人的拳頭碎了。

✦✦✦

魔法也是一樣，無論精金法師使出何種魔法，鎧坂先生都沒有受到任何傷害。就算蕾亞讓精金法師手持樹人手杖，結果還是不變。讓精金法師手持世界樹手杖時，只有「雷魔法」使得鎧坂先生受到傷害，然而那個傷痕也很快就自然復原、消失了。

反觀鎧坂先生的攻擊，則是光空手一揮便將好幾具精金騎士同時撂倒。要是牠手持劍崎一郎，大概會將精金騎士們全部斬成兩半吧。

全副武裝的蕾亞會在上空，是出自技能「飛翔」的效果。

儘管比起穿戴鎧坂先生，蕾亞現在更像站在駕駛艙裡，系統似乎還是判定她處於裝備內，因此蕾亞的技能照樣可以正常作用於外部。不僅能朝所想的位置施展魔法，也能利用鎧坂先生的視野「指定座標」。

只要取得「空中漫遊」和「高速飛翔」的蕾亞在裡面，鎧坂先生也能自由自在地翱翔天際。只不過因為飛行技能為蕾亞所有，無法在交由鎧坂先生控制的狀態下飛行。進行空戰時，必須由蕾亞從駕駛艙操作鎧坂先生才可以。

倘若從這裡以「指定座標」朝城裡擊發幾道大魔法，蕾亞輕易就能贏得這個地區的侵略戰。這麼做雖然也很好，蕾亞認為的「蕾亞之力」不只是單騎戰力而已。如果蒙受超乎預期的損害，蕾亞自然就得出面反擊，但只要情況沒有那麼嚴重，她就打算像個「魔王」命令下屬攻打都市。

◆◆◆

這是千載難逢的攻城戰。雖然對手嚴格來說不是城堡，仍具備與其相近的城牆，正好適合用來測試難以在森林裡使用的砲兵蟻迎面攻擊。

況且這是離開森林的首次侵略戰。這下終於也能實際感受突擊蟻的火焰噴射究竟具備多少威力了。

蕾亞希望牠們今天可以盡情發揮本領。

蕾亞閉上雙眼，借用遠在托雷森林上空的歐米納斯的視野，結果見到那邊的樹人們也正準備離開森林。

活動通知發布至今的一個星期以來，蕾亞投入相當多的經驗值增加樹人的數量。樹人們所擁有的「分株」簡單來說，是可以透過消費自己經驗值複製出自己的技能。

樹人們列隊魚貫離開森林的模樣，簡直就像森林自己逐漸擴大一般。盧爾德城的居民們好像都還沒察覺森林的異狀。大概是玩家很少的關係，也沒有見到像埃亞法連那樣坐立難安的傭兵。

那邊因為森林和城市之間有一段距離，可能沒辦法展開真正的奇襲，但是那種程度的城牆想必無法抵擋那麼多樹人太久。把那邊交給世界樹全權處理應該沒問題。

◆◆◆

蕾亞睜開眼睛，再次眺望下方的城市。蟻群正窸窸窣窣地從旁邊的里伯大森林中爬出來。兵蜂編隊也以整齊劃一的隊形，從大森林的中央地帶附近朝城市的方向飛去。由於牠們不具備遠距攻擊的手段，單純只是用來為爭奪制空權的情況預作準備，然而假使對手不具備空戰能力，牠們可能只能在一旁當觀眾了。

「啊，對了，既然ＳＴＲ應該也因為『強化眷屬』和『強化下屬』提升了不少，不曉得那些孩子能不能帶著砲兵蟻一起飛呢？如果可以，就能進行類似轟炸機的運用，而且要是能抱著突擊蟻飛行，就可以進行高空狙擊了。」

夢想不斷擴大。

「不過這次已經太晚了，還是算了。去拉科利努城的時候再試試看好了。仔細想想，既然壓制之後沒必要重複利用設備和俘虜人質，就算只採取空襲手段也沒關係吧。」

只要破壞一切、殺死一切就好。反正對方發現魔物時也會做出相同的事情，可以說彼此半斤八兩。況且如果是商業都市，城裡應該會有「使役」大量騎士的貴族，蕾亞也很想觀察看看那種靠著賺取大量經驗值成長的ＮＰＣ會如何應對來自上空的轟炸和狙擊。

事到如今，蕾亞認為無論是玩家還是ＮＰＣ，應該都沒有多少角色有辦法對抗現在的自己，可是說不定還是有存在能夠逼蕾亞出面。

「好了，各位玩家已經陸續開始出城了吧。終於要開戰了，真教人期待呢。」

◆◆◆

首先注意到侵略行動的，是匆忙進出城市、看來像是玩家的傭兵。只見他不知大喊了什麼，傭兵們隨即接連從城門跑出來。

由於距離太遠，蕾亞聽不見他們在說什麼，她稍微降低高度，發動「光魔法」的「迷彩」隱身接近他們。「迷彩」是利用光學原理讓對方看不見自己的魔法。

「是螞蟻！這座城市的活動怪物果然是那座大森林的螞蟻！」

「雖然之前聽說會以活屍為主，這下看來還是無法無視地區的土著怪物！唯獨不能無視蟲子（註：無視和蟲子的日文發音相同）。」

「……不過，既然聽說森林裡也有活屍的頭目怪物，搞不好也會出現活屍喔！」

「如果是在昏暗的森林裡就算了，在這麼明亮的地方，即使是活屍頭目也會變得虛弱吧？既然我們這邊有這麼多玩家，ＮＰＣ的傭兵見到城市遇襲也會出手幫忙，至少把活屍趕回森林不成問題啦！」

其中似乎也有相當搞笑的玩家。

（唯獨不能無視蟲子……呵呵，真、真有一套。）

總之，大家好像都很開心，真是太好了。

「該死！怪物居然進攻這座城市了……！以前明明從來沒發生過這種事情！」

「八成是那些新來的一直去森林招惹怪物，害怪物生氣了！可惡！」

後半的怒吼聲大概是ＮＰＣ發出的吧。雖然所謂新來的很顯然是指玩家，會發生這場侵略戰並不是他們的錯。

可是因為蕾亞也是玩家之一，ＮＰＣ認為是玩家的錯，這種認知十分正確。況且考慮到這是營運方為玩家安排的活動，說這一切都是玩家害的也沒有錯。

「——真麻煩耶。算了，就當作是玩家的錯好了。玩家最惡劣了。

✦◆✦

那麼，就請諸位罪孽深重的玩家以死謝罪吧。首先從砲擊開始好了。我雖然也想留著用來攻城，那只要等防衛戰力消失之後，等冷卻時間過去再擊發就好。好，填裝榴霰彈！」

『填裝榴霰彈。』

在女王之間成立司令部的史佳爾跟著複誦。在牠的複誦之下，砲兵蟻們應該已經收到指令了。只見蕾亞下方的砲兵蟻們停下腳步，後彎身體將腹部前端朝向前方。

「那是什麼……樣子和平常見到的螞蟻不一樣耶。」

「螞蟻有辦法做出那種姿勢嗎？那個樣子簡直就像蠍子嘛。」

「呃，話說那個姿勢好像不太妙耶？牠們是不是要發射什麼啊？」

「少說蠢話了，那可是螞蟻耶。怎麼可能──」

「──射擊。」

『射擊。』

那個瞬間，所有砲兵蟻的砲身響起炸裂聲，砲彈朝著城門前的傭兵們發射。

「啊噫！」

「唔喔！」

呆愣望著砲兵蟻的傭兵們連話都來不及說就被炸成絞肉，沒一會兒便消失無蹤。有幾具沒有消失的屍體留在原地，那應該是ＮＰＣ吧。

「如果他們的目的是保護城市，那我的目的就是破壞城市呢。我雖然對他們沒有恨意，反正每款遊戲都是憑靠打倒無冤無仇的敵人來賺取經驗值。」

蕾亞只是形式上地替他們默哀，之後隨即下令再次填裝子彈。

儘管不清楚玩家們怎麼想，ＮＰＣ的衛兵們見到剛才的攻擊後似乎戰意全失，開始關閉城門準備鞏固防禦。

「不錯耶。等完全關上之後，我們再攻擊門好了。只要破壞他們辛苦關上的門，想必他們一定會失去戰意。」

『收到。』

過了一會兒，門完全關閉。埃亞法連城像烏龜一樣鞏固防守。

『射擊。』

砲兵蟻再次發動砲擊。

砲彈一擊中目標立刻爆炸，將碎片和火焰撒向四周。

由於幾發砲彈就將關鍵的城門澈底破壞，史佳爾似乎將目標轉移到城牆上。砲彈接連不斷地削落石壁。

看樣子就算不發動砲擊，光用投石機說不定也很足夠。如果可以讓兵蜂抱著砲兵蟻轟炸市區，應該轉眼就能製造出一片被野火燒過的原野吧。

◆◆◆

「不過那還是等下次再試好了。總之，既然已經攻破城牆，就讓突擊兵和步兵闖入城內吧。讓突擊兵在前面用火焰噴射邊焚燒邊闖入，漏網之魚則交給步兵處置。」

『收到。』

史佳爾一聲令下，在砲兵蟻們旁邊待命的突擊蟻和步兵蟻立刻列隊，跨越瓦礫湧進城內。好幾名城裡的衛兵、城牆和城門一起被撞飛，不過仍有幾名生還者和像是玩家的傭兵們擋住去路。

「雖說是魔物，應該不會在自己人闖入的時候發動砲擊！我們就以近身戰解決牠們吧！」

「我們已經習慣和螞蟻交手了！只要撐過現在，魔法師就會把發動砲擊的螞蟻燒死！」

蕾亞在大森林主要派螞蟻去接待玩家，因此許多傭兵都有和螞蟻交戰的經驗。

可是因為突擊蟻無法在大森林內部運用，蕾亞不曾讓牠們負責接待，玩家們恐怕是第一次見到這種螞蟻。蕾亞希望藉此機會讓他們從特等席好好觀摩後再死去。

眼見傭兵們不斷逼近，突擊蟻一派冷靜地將腹部推向前方，噴射出火焰。

「呀啊啊啊啊啊啊啊！」

「什、什麼！啊嘎啊啊啊啊啊！」

無論是金屬還是皮革，噴灑出來的火焰將對手身上的裝備一律燒燬。突擊蟻靈巧地擺動腹部讓噴射範圍呈現扇形，以火焰吞噬更大的範圍。噴射出來的神奇可燃性凝膠在原地持續燃燒好一陣子，對沒有遭到直擊的傭兵們造成高溫傷害。也就是製造出會持續帶來火焰傷害的傷害區。

身為魔法師的傭兵試圖以水系和冰系魔法滅火，可是螞蟻的數量比魔法師的數量來得多，所以完全就是杯水車薪。

「呵呵！不過這樣雖然很有趣，光是噴射火焰沒有什麼突擊兵的感覺呢。我也好想要擁有突擊步槍喔……可是畢竟是螞蟻，不可能拿著槍突擊。」

冷靜想想，那根本不是這款遊戲的風格。在這個世界裡，小卒基本上只能在極近距離下揮刀互砍或互毆。

以部隊的運用技巧來說，原本應該要讓步兵在前，讓狙擊手從旁支援才對，可是那樣就沒辦法測試突擊蟻的火焰噴射了。

「算了，這樣就好，反正也獲得了豐碩的戰果。」

後方的魔法師放棄滅火，改採直接攻擊螞蟻的戰術。

既然現在剩下只會進行遠距離攻擊的敵人，就用不著隔著火牆互瞪了。蕾亞命令突擊蟻和步兵蟻暫時退下，讓砲兵蟻從原本是城牆的瓦礫後方展開砲擊。

儘管隔著瓦礫進行曲射，上空的兵蜂發揮觀測手的功能，使得砲彈有效率地將魔法師一一變成絞肉。這都是多虧史佳爾的腦袋讓兩者合作無間。

躲在建築後方的敵人則用火焰噴射蒸烤，或是用砲彈連同建造物一起變成瓦礫。蟻群大概也已經習慣了，牠們效率十足地合作將戰線往前推進。

◆◆◆

城市外圍已經徹底喪失功能。衛兵全滅，傭兵也只剩下玩家，其餘全都變成屍體，完全沒想到城牆會破掉的居民們四處逃竄。為了經驗值，蕾亞指示蟻群將擁有戰鬥力的角色全部殺死，無視不重要的普通市民。她的目的是毀滅城市，不是殺害居民。因為從弱小的普通市民身上無法獲得多少經驗值，他們的死去不過是一種結果罷了。

就在蟻群的侵略進行到城市的中央地帶附近時，領主手下的騎士團出現了。不管怎麼想都太晚現身了。即使蕾亞等人在這一刻撤兵，這座城市也無法復興重建。

「啊啊，我知道了，是因為城市的中央地帶有領主宅邸啊？與其說是騎士團現身，倒比較像是我們抵達了保護領主宅邸的騎士團所在之處。」

好不容易努力到現在，儘管讓突擊蟻焚燒到最後也很好，頂多只能當觀測手、感覺很閒的兵蜂們令她在意。她也想讓牠們做些有成就感的工作。

如果這個國家沒有空戰能力，今後兵蜂交戰的對手便主要會是地面戰力，因此蕾亞考慮讓牠們和敵人交手當作練習。

「所以說，一切就拜託妳嘍。要怎麼做全部交由妳來決定。讓突擊兵和步兵們退到砲兵那裡去吧。」

『收到。』

史佳爾回應後不久，原本在上空觀戰的兵蜂們突然下降。

由於之前只有看見地上的螞蟻，領主的騎士們見到新魔物突然現身，全都嚇得驚慌失措。

◆◆◆

「唔哇！」

「原來敵人不是只有螞蟻！可惡，這件事之前沒聽說過啊！」

「那群臭傭兵！居然連正確回報都做不到！」

他們你一言我一語地大罵傭兵們，可是就算這麼做也不會有人手下留情。

兵蜂們下降至貼近地面後紛紛抱住騎士們，接著急速上升。

「可惡！住手！放開我！」

上升到大約五十公尺之後，便扔也似的放開騎士們。

「啊啊啊啊啊啊啊啊……」

和傭兵不同，騎士們雖然身穿氣派的盔甲，他們的裝備似乎減輕不了墜落傷害。彷彿半套盔甲都要陷入地面一般重重摔落在地上。

看來光憑那股撞擊力便足以致命，只見騎士們墜落後便不再動彈。

因顧慮人類方的空戰能力而事先生出許多的兵蜂，數量比騎士們來得多。

在大量兵蜂招待幾乎所有騎士玩沒有繩索的高空彈跳之後，領主的騎士團已經徹底呈現毀滅狀態。

◆◆◆

在那之中如果有正式受到「使役」的騎士，放著不管之後有可能會再次重生。可是如果是玩家，應該就會立刻重生；聽不見系統訊息的ＮＰＣ則要等到整整一小時後才能重生。

既然如此，對NPC進行重生殺的效率果然很差。再說即使讓這種程度的角色重生然後再次殺死，也得不到多少經驗值，等待只是浪費時間。

「既然如此，還是先看看盧爾德好了。這邊應該差不多已經結束了，不曉得盧爾德那邊的狀況如何耶……」

由於在飛行狀態下是蕾亞在操作盔甲，為避免分心駕駛造成危險，蕾亞降落到地面上。只要降落在地面上，就算把主導權交給鎧坂先生也不成問題。

將身體交給鎧坂先生之後，蕾亞閉上眼睛和歐米納斯的視野同步。

◆◆◆

幾小時不見，盧爾德城已被數具巨大的樹人包圍，城牆上覆蓋如藤蔓一樣的東西。

城牆非常高大。遠眺時看起來像被藤蔓所覆蓋，實際上那是某種更加粗大的物體而非藤蔓。

這些全是樹枝和樹根。然後整座城裡同樣也是綠意盎然，而且綠意從托雷森林延續過來。

從上方俯瞰，整座城簡直就像被森林吞沒了一樣。

既然那座森林的中心是蕾亞的世界樹，森林的樹木是蕾亞的樹人下屬們，那麼說是被森林吞沒確實一點都沒錯。

即使是此時此刻，從森林內部延伸過來的樹枝也正穿破城內住家的屋頂，房屋被急速生長的樹幹所吞噬。樹人們到處散布的種子發芽，以驚人的速度不停生長。

受到樹人的技能樹「繁茂」中的「散布種子」到處撒播的種子，原本並沒有如此急速的生長能力。將其化為可能的，是充斥整座城市的光粒子。

這個光粒子從包圍城牆的數具巨大樹人身上，猶如花粉般飄散出來。那些巨大樹人的風格看起來和其他樹人不同。

牠們是經由「分株」，從世界樹中生出來的長老樟腦樹人。

一般樹人們的「分株」技能，是透過消費自己的經驗值生出另一具和自己完全相同的個體。可是世界樹的「分株」並不能生出世界樹，而是生出世界樹的原始種族，也就是樟腦樹人。

生出來的魔物儘管弱小，世界樹版「分株」的消費成本不是經驗值而是ＬＰ和ＭＰ。而且這個樟腦樹人還具備一種能力，那就是轉接身為母體世界樹的部分技能。

譬如當世界樹想要使用散布類技能或範圍增益減益類技能時，可以把這些作為世界樹終端的樹人們當成範圍類技能的發動地點。

現在充滿盧爾德城的光粒子，是源於世界樹的技能「豐盛祝福」。其效果是令範圍內屬於「植物」的所有生命體異常發育。城裡原本就有的普通植物雖然也瞬間成長，因為還來不及授粉花就枯萎了，幾乎都沒能結果就凋零死去。

反觀樹人們沒有設定壽命限制。根據其種族設定，要長成一般樹木的大小約莫要花上一年時間，之後會花費幾十年、幾百年慢慢地長大，最後成為長老樹人。

◆◆◆

可是在「豐盛祝福」的效果之下，到處撒播的種子會瞬間發育，一轉眼就變得巨大。雖然「散布種子」不會使用到經驗值，無法像「分株」那樣從一開始就生出已經成長的複製品，但是那些限制在「豐盛祝福」面前形同虛設。

一開始包圍城牆、身為世界樹終端的樟腦樹人們，因為受到自己轉接散布的「豐盛祝福」的效果影響，如今已長成了長老樟腦樹人。

這座城裡很少有樹人會積極地攻擊人類，因為根本沒有那個必要。四處蔓延的樹根使得地面完全消失不見，也沒有任何一棟房屋完好如初。住在屋子裡或是走在路上的人們全都被瞬間成長的樹木吞噬，大致不是就這麼被壓扁，要不然就是陷入動彈不得的狀態。

就連巧妙閃避、存活下來的傭兵和騎士，面對無法預料會從何處延伸過來的樹枝和樹根，也無法永遠成功逃離。

『唔哇！我原本以為埃亞法連城被螞蟻蹂躪已經很可憐了，結果盧爾德的情況一樣淒慘。這下應該已經無人生還了吧？話說回來，好像差不多可以停止「豐盛祝福」了。感覺已經沒必要再使用這項技能了。』

『說得也是。由於我的ＭＰ剩餘量也變得有點危險了，就到此為止吧。』

世界樹這麼回答完，光粒子的數量就漸漸變得稀薄。樹木的生長速度也隨之放緩，沒多久整座城市就好比時間靜止般變得悄然無聲。

『雖然很淒慘，這幅景象還真是壯闊美麗耶……甚至讓人覺得感動呢。實在是太壯觀了。』

◆◆◆

『有幸獲得神聖美麗的魔王陛下如此評價，是我無上的光榮。』

縱使知道這是對方的肺腑之言，聽到基本上會對蕾亞忠誠的眷屬這麼說，她還是不免懷疑對方在拍自己馬屁。

她姑且當作沒聽見，繼續觀察城市的情況。

『沒有東西會動耶。城裡的人們是不是全滅了啊？』

照理說玩家應該會立刻重生才對，但是如果作為據點的場所整個受到魔物壓制，就沒辦法那麼做了。

當初蕾亞本來考慮可以對玩家進行重生殺，不過現在看來，無論是埃亞法連還是盧爾德都無法執行的樣子。

『似乎是如此呢。這座城市之後要如何處置呢？』

『就讓它被森林吞沒好了。還有街道也是。』

『謹遵旨意。』

樹人們為了將街道也吞沒，窸窸窣窣地從托雷森林中滿溢而出。由於這個地區刻意繞遠路鋪設街道，並將城市興建在遠處，因此若將那一切全部吞沒，托雷森林的面積將增加不只一圈。

『那麼這邊應該沒問題了。我去處理一下另一邊。』

『萬事小心。』

話雖如此，埃亞法連也沒有什麼事情需要小心。

◆◆◆

◆◆◆

「好，盧爾德搞定了。反正領主宅邸已經不需要了，就快點擊潰，前往下個目標吧。」

蕾亞在確認盧爾德情況的期間，要求乖乖待命的砲兵蟻製造砲彈雨。

砲兵蟻回應指令，幹勁十足地抬起臀部，將領主宅邸轉眼化為火海和瓦礫。

雖然不清楚領主是否在裡面，就算在大概也已經死了。假如還活著，考慮到經驗值的問題應該將他解決掉，可是和毀滅一座城市相比，那點經驗值根本只是小小的誤差。

「步兵們還是姑且去尋找疑似領主的人物吧，其他士兵則繼續侵略。因為這座城市離森林太近，把這裡當成我們的據點意義不大，全部夷為平地也沒關係。」

等到澈底夷為平地，就派步兵進行掃蕩戰，讓航空兵和砲兵去拉科利努野餐。只要壓制住那邊，就能完全阻斷王國的血液循環。

蕾亞沒有打消嘗試建造新魔物領域「廢墟型」的想法。可是這是難得的活動，既然要做，她還是想盡可能在令人印象深刻的地點設立據點。

而且說起符合條件的地點，果然就是王都了吧。

象徵王國的都市——蕾亞要將那裡化為廢墟，作為活屍們的巢穴。

◆◆◆

終章

「——報告！」

請四位知名工匠以非常堅硬且昂貴的希爾斯黑檀木打造的厚重木門，在被敲響的同時開啟。

以進入一國宰相的辦公室來說，此舉相當失禮。

可是被授權獲准進入王城這個區域的人，不可能不懂這點禮儀。

（不對，等一下，剛才的無禮之人提到了報告嗎？）

希爾斯王國宰相道格拉斯．歐康諾侯爵不由得為恐怕非比尋常的報告內容全身僵硬，加深眉間的皺褶。

「對、對不起，因為此事十萬火急——」

大概是見到歐康諾不悅的神情後察覺自己的失禮，傳令兵面色鐵青。

「無妨。既然十萬火急就快說吧。什麼事？」

「是！各地都傳來許多魔物從王國領地內的魔物領域現身，正在攻擊城市的報告！」

傳令兵所說的內容，連以精明能幹著稱的宰相歐康諾都不禁驚愕。

「你說什麼！」

魔物出現在魔物領域之外。

這件事情本身並不稀奇。魔物也是生存在這世上的生命之一。只要棲息地內的數量增加過多，就會無法維持自己的生活，必須離開領域去外面尋找活路——不對，是為了擴展領域而展開侵略。類似的情況過去已經發生過好幾次，邊境城市也有設置用來監控該徵兆的專門機關。

然而，宰相並沒有收到任何邊境城市傳來那樣的報告。

「難道說魔物……毫無預警地突然湧現嗎……豈有此理。」

仔細詢問之下才知道，魔物湧向邊境的所有都市，正在與守備隊交戰。

非但如此，聽說魔物還已經翻過好幾個都市的城牆，對市中心和居民造成傷害。

中央雖然同時收到了請求救援的訊息，卻無法派出援軍。因為中央為了對付出現在東方的新災厄組成討伐軍，而且已經啟程上路了。

因此只能請駐紮各地的守備隊，去對付進攻各邊境都市的魔物群。

「我本來還想把各地的守備隊也編入災厄討伐軍中……但是因為趕著遠征，來不及那麼做，結果這反而成了一件好事啊……」

這時，又有人不客氣地打開辦公室的門進來。這次甚至沒有敲門。

「報告！」

「退下！我現在沒有那個時間——」

「非、非常對不起！但這是守備隊傳來的最後消息，交代無論如何都要優先通報！」

「你說最後？到底是哪裡的——」

「城塞都市埃亞法連和城塞都市盧爾德皆已淪陷！」

歐康諾差點大喊怎麼可能。

他沒有失態地大呼小叫，確實保住自己的尊嚴，不過他其實只是驚訝到甚至無法呼吸而已。

說起埃亞法連，那座城市和先前總主教告知的新「人類之敵」的住處相鄰，堪稱是災厄討伐軍的目的地。

倘若是平時，像是討伐軍成立儀式和行軍遊行等，一般都會舉行這類活動來提振士氣、取得國民的諒解，可是這一次為了趁人類之敵還弱小時討伐，特地省略了那些即刻出擊。

為了以速度為優先，他們完全沒有考慮後勤問題，打算靠著向沿途城市徵收來獲得補給。這是在國內行軍才有可能辦到，堪稱十分粗暴的作戰方式。

「意思是來不及了嗎……勢力居然已經大到足以將一座城市毀滅……不對，等一下，盧爾德？那是在哪裡？」

雖說是宰相，也沒有能夠即刻想起所有邊境城塞都市的記憶力。

「稟告宰相！那是靠近托雷森林——通稱不歸森林的魔物領域的邊境都市！」

「……我想起來了。那是雖然興建了城市，卻沒有人進到魔物領域後還能活著出來，所以一直沒有繼續開發的城市。太荒唐了，意思是災厄已經攻陷埃亞法連，甚至進軍到盧爾德了嗎！」

若真如此，速度實在快得驚人。換言之，當王國在組織軍隊時，埃亞法連就已經淪陷了。

可是如果是這樣，應該會更早接到通報才對。像是信鴿或傳令兵等，靠近魔物領域的所有邊境都市內皆備有好幾種手段能夠在緊急時刻進行通報，而且他們也有通報的義務。

「不，那個……好像不是那樣子。聽說埃亞法連城是遭大批螞蟻型和蜜蜂型的怪物，盧爾德城則是遭大批樹人攻擊……而且雙方淪陷的時間點幾乎相同。」

回頭想想，既然報告內容是說「皆已淪陷」，那麼這也是理所當然。傳令兵會那樣回報，就表示通知幾乎同時送達。那兩座城市在街道上的相對位置，雖然是埃亞法連在盧爾德前面，兩者和王都的直線距離大致相同。

假如同時派出信鴿傳訊，通知便會幾乎同時送達。

「莫非是……不同的勢力嗎……」

根據總主教收到的神諭，誕生的災厄應該只有一個。難道說，碰巧有其他能夠毀滅都市的災害級魔物，和災厄魔物同時誕生嗎？這也未免太湊巧了。

「怎麼會有如此離譜的事情……」

可是沒有人能夠回答宰相的話。他們原本打算以埃亞法連城為據點攻陷里伯大森林，不料計畫卻忽然受挫。宰相為此苦惱不已。

◆◆◆

隔天早上，宰相很早就坐在辦公桌前。

與其說很早，其實他從昨晚就一直沒離開過。他忙著寫信對來自各地的求援表示無法回應，煩惱該如何告訴討伐軍埃亞法連城已經淪陷這件事。

「報告！」

不敲門的無禮之人再度來襲。

可是事到如今，比起侍奉國家的高官舉止無禮，他更不想聽見那樣的菁英不惜做出無禮之舉也非報告不可的事實。

「……一大早的……有什麼事……」

「據報亞多利瓦城已經毀滅！」

「什麼！」

宰相拚命地搜尋記憶。邊境有那個名字的城市嗎？

他踢倒椅子猛然起身，瞪著掛在牆上的王國地圖。

「是、是這裡。」

方才前來通報的人指著地圖上的一點。那裡是——

「不、不是邊境……居然不是邊境！」

那個地區雖然位處國界，背後卻聳立一座名為阿布翁梅爾卡特高地，無法攀越的懸崖。

相傳高地上有座古城，雖然無人居住的城裡如今已成為魔物的領域，由於既無法攀登懸崖而上也不可能下來，王國一直都只將其視為一道巨大的牆壁。

那座高地的另一頭是鄰國威爾斯，不過因為中間隔著高地，兩國很少直接貿易往來。

基於這樣的地理條件，那一帶儘管位於希爾斯王國的邊陲，卻始終不被視為邊境。

由於來自高地的水源流入空凡河，造就出肥沃的土壤，使得亞多利瓦這座城市主要以栽種大麥等作物維生。人民將大麥當成稅金繳納給領主，領主再將大麥賣到其他城市換取金錢。

◆◆◆

周圍沒有會出現危險魔物的地方，而且因為並不富有，也幾乎沒有土匪之流。

「那麼平靜的城市為何會……」

「消息由來自其鄰近城市艾倫塔爾城的信鴿所捎來，根據信件內容，一名從亞多利瓦逃至艾倫塔爾的衛兵證實該城遭到大批骷髏攻擊……而且那些骷髏是從維爾岱斯德城的方向現身……」

維爾岱斯德是比亞多利瓦更靠近高地的城市。

骷髏大軍會從那邊過來就表示……

「簡直荒唐……這不就表示骷髏大軍已經攻陷兩座城市了嗎！」

到底是怎麼回事？

邊境湧現魔物。

短短一天之內就有四座城市淪陷。

只不過這時宰相並不知道，毀滅亞多利瓦方向兩座城市的，是和王國所害怕的「新災厄」完全無關的勢力。

無論如何，就算想要應付，能夠作為主力的軍隊也已經幾乎都出兵去討伐災厄了。

那支軍隊是朝著已淪陷城市中的盧爾德和埃亞法連而去這件事，可以說是不幸中的大幸嗎？有那樣的戰力，應該至少可以探查當地的狀況。

「……出發遠征的討伐軍現在怎麼樣了？他們應該有定期聯絡吧？從時間來看，他們應該今天或明天就會經過拉科利努城附近了……」

拉科利努城是王國的交通要衝。從那裡可以沿著街道前往盧爾德或亞多利瓦的方向。

◆◆◆

上次定期聯絡時，他們還沒有抵達拉科利努。拉科利努城有專用的鴿舍，討伐軍抵達那裡後一定會在定期聯絡的信件外另外派出信鴿通報。

畢竟這次遠征說是攸關王國的……不對，是攸關大陸的未來也不為過。

王國雖然沒有請求他國援助，卻派遣了正式的使者出使。由於沒有鴿子能夠飛到其他國家，使者是轉乘快馬趕路，然而通知是否已送達鄰國仍是個未知數。

既然如此，暫時只能靠王國自己設法應付了。

雖然很對不起可能已經毀滅的亞多利瓦和維爾岱斯德城的居民，那一帶並沒有重要的產業和特產，治理當地的領主也不是具影響力的貴族。既然這樣，現在只能捨棄那些地方，待事態平息之後再重新平定。

「討伐軍……只能讓他們依照計畫前往里伯大森林了吧。至於埃亞法連城……不曉得毀損情況如何……要是可以從魔物手中搶回來，當成屯駐地使用就好了……」

無論如何，既然無法確定討伐軍現在身在何處，也沒辦法派出信鴿。雖然不知他們何時才會抵達拉科利努城，如今只能等待回報，再透過回信的方式共享情報了。

◆◆◆

「報告！」

隔了好久，終於有人禮貌地敲門後才走進來。

這裡是位於王城深處，王國宰相的辦公室。這麼做本來就是理所當然。

「討伐軍已抵達拉科利努！」

宰相因為報告內容不是以哪座城市毀滅開頭而鬆口氣。

「這樣啊。那麼我馬上回信告知情報和接下來的指示……怎麼？還有別的事嗎？」

「是的！同時也收到討伐軍接敵的報告。」

「接、接敵？意思是遇見敵人了嗎？敵人是誰？既然特地回報接敵，想必不是一般的魔物或土匪。」

「稟告宰相！是大量的……抱著螞蟻的蜜蜂群！」

✦ ✦ ✦

後記

初次見面的各位大家好。不是初次見面的各位，非常感謝您們一直以來的支持。

等了好久好久，我終於能夠在出道之作的後記寫出這樣的句子。

我從小就經常在小說等作品的後記見到這樣的句子。

當時輕小說這樣的稱呼還不普遍，我都是說：「我去買小說。」然後出門到書店去。

我之所以這麼說，一方面其實也是因為我老家採取的教育方針是會嚴格控管小孩子的娛樂，長久以來都不允許小孩子看漫畫和打電動。直到小學五年級的聖誕節，父母才買了第一臺電動遊戲機給我。

母親那邊的親戚阿姨也尊重我家的方針，每次過年給我的紅包都是圖書券。

讓我為不知道什麼是圖書券的讀者說明一下，所謂圖書券是只能在書店等加盟店使用的商品券，正式名稱是全國共通圖書券。是二〇〇五年就已經結束發行新版的古老票券。順帶一提，當時的票券現在還是可以在加盟店使用。

對方會在過年時送我圖書券當作紅包，想必是希望我用它來獲得知識吧。每次我說我要拿來買漫畫，母親都會眉頭深鎖。

如果我說：「既然如此，那如果買全是文字的小說呢？」母親聽完開心地笑了。

所以，我以前都只會說：「我去買小說。」然後跑去書店買輕小說。因為我擔心要是說輕小說會被追問那是什麼，到時我就必須解釋內容了。

對當時的我而言，輕小說是我最大的娛樂。我還曾有假日時，把一整天的時間都拿來看書的經驗。

升上國中一段時間後，我開始可以自由運用零用錢去打電動和買漫畫，可是我最常做的還是把錢拿去買輕小說。

這當然是因為我很喜歡看輕小說，不過最大的原因還是因為我考慮到花同樣的錢，拿去買輕小說能夠享受的時間最長、CP值最高。這個想法很蠢吧？

雖然很蠢，就某方面而言也是真理。因為閱讀文字是需要花費長時間的行動。

姑且不論當時沒錢的我，在有多樣化娛樂可供選擇的現代將時間花費在一項興趣上，是必須認同那項興趣具有相應價值才能辦到的事。

今天我能夠在這裡將文章呈現在各位面前，都是多虧在此之前有許多人認同我的文章有那種價值。

所以，請讓我再說一次。

不是初次見面的各位，非常感謝您們一直以來的支持。至於初次見面的各位，非常感謝您們願意購買這本書。

很抱歉占用大家的時間。讀完本篇後還來看後記的各位，謝謝您們願意花時間閱讀。如果有機會，希望下次各位還願意撥冗欣賞我的作品。

最後，我要藉這個機會表達謝意。

承蒙繪製插畫的fixro2n老師，非常感謝您在我不時提出麻煩要求之後，幫忙畫出如此美麗的插畫。

還有幫忙校對的各位，我從校樣中如果不仔細閱讀內文恐怕就寫不出來的各種註記，深深感受到各位高度的專業意識。

然後是責任編輯大人。開會討論時，您一直稱呼主角「蕾亞大人」這一點，讓我感受到您滿滿的愛。能夠在插畫中看到腋下，真是太好了呢。校對人員和編輯大人在校樣中展開的火熱註記對決，讓我看了不禁淚腺失守。

我想應該還有許多只是我不知道，但其實參與了本書出版的人。

所有曾經為本書的出版付出過心力的人，我在此向各位致上由衷的感謝。

原純

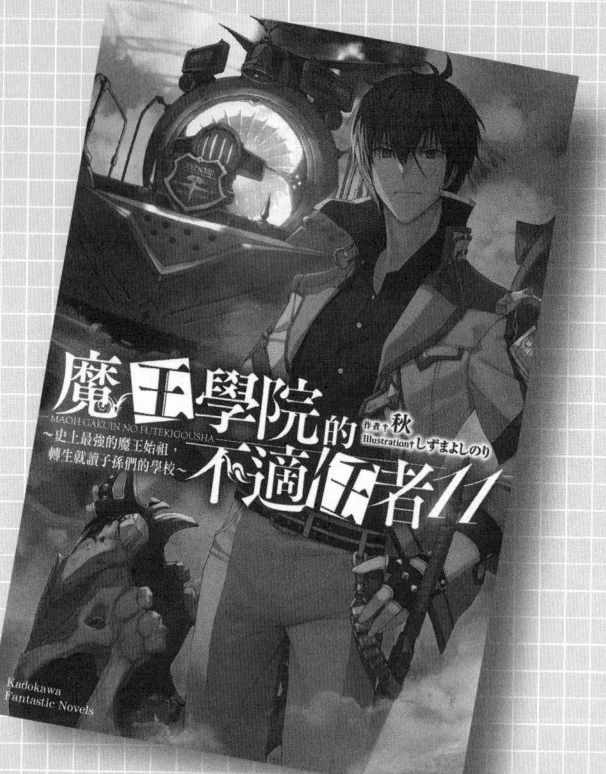

魔王學院的不適任者~史上最強的魔王始祖，轉生就讀子孫們的學校~ 1~11 待續

Kadokawa Fantastic Novels

作者：秋　插畫：しずまよしのり

追尋消失的「火露」下落，故事舞臺終於來到「世界的外側」！

打倒艾庫艾斯後，世界進行了轉生。然而至今流失的「火露」仍然下落不明，阿諾斯等人因此得出一個假設：「在這個世界的外側，可能存在另一個世界。」就像要證實這一點似的，當阿諾斯他們在摸索前往世界外側的方法時，身分不明的刺客襲擊了他們——

各 **NT$250~320/HK$83~107**

SWORD ART ONLINE
027
川原 礫
插畫／abec
刀劍神域
Unital ring VI
Kadokawa
Fantastic Novels

國家圖書館出版品預行編目資料

黃金經驗值. 1：特定災害生物「魔王」降臨競速通關 / 原純作；曹如蘋譯. -- 初版. -- 臺北市：臺灣角川股份有限公司, 2023.12
面；　公分. -- (Kadokawa fantastic novels)
譯自：黃金の経験値 特定災害生物「魔王」降臨タイムアタック
ISBN 978-626-378-291-4(平裝)

861.57　　112017363

Kadokawa
Fantastic
Novels

黃金經驗值 1 特定災害生物「魔王」降臨競速通關

（原著名：黃金の経験値 特定災害生物「魔王」降臨タイムアタック）

2023年12月13日 初版第1刷發行

作者：原純
插畫：fixro2n
譯者：曹茹蘋

發行人：岩崎剛人
總編輯：蔡佩芬
編輯：彭曉凡
美術設計：周欣妮
印務：李明修（主任）、張加恩（主任）、張凱棋

發行所：台灣角川股份有限公司
地址：104台北市中山區松江路223號3樓
電話：（02）2515-3000
傳真：（02）2515-0033
網址：www.kadokawa.com.tw
劃撥帳戶：台灣角川股份有限公司
劃撥帳號：19487412
法律顧問：有澤法律事務所
製版：尚騰印刷事業有限公司
ISBN：978-626-378-291-4